DREAMBOOKS

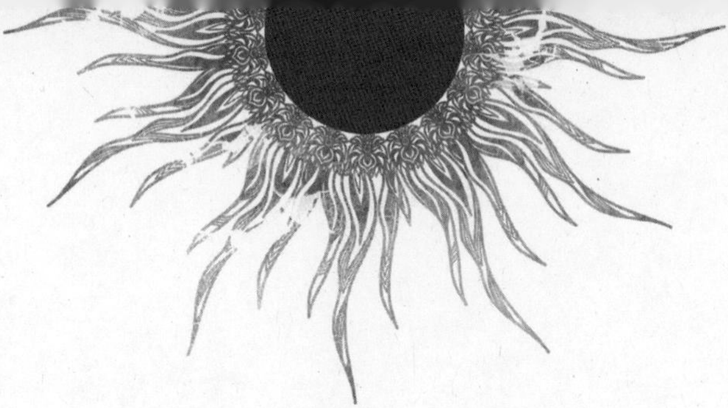

FUSION FANTASY STORY & ADVENTURE

사도연 퓨전판타지 장편소설

신세기전

dream books
드림북스

신세기전 5 마경(魔境)

초판 1쇄 인쇄 2016년 11월 15일
초판 1쇄 발행 2016년 11월 26일

지은이 사도연
발행인 오영배
기획 박성인
책임편집 김다슬
표지 · 내지 디자인 공간42
제작 조하늬

펴낸 곳 (주)삼양출판사 · 드림북스
주소 서울시 강북구 도봉로 173
대표 전화 02-980-2112 **팩스** 02-983-0660
편집부 전화 02-980-2116 **팩스** 02-983-8201
블로그 blog.naver.com/dreambookss
출판등록 1999년 3월 11일 제9-00046호

ISBN 979-11-313-0653-6 (04810) / 979-11-313-0648-2 (세트)

+ 이 도서의 국립중앙도서관 출판시도서목록(CIP)은 서지정보유통지원시스템홈페이지(http://seoji.nl.go.kr)와 국가자료공동목록시스템(http://www.nl.go.kr/kolisnet)에서 이용하실 수 있습니다. (CIP제어번호: 2016021749)

FUSION FANTASY STORY & ADVENTURE

사도연 퓨전판타지 장편소설

신세기전

마경(魔境)

5

dream books
드림북스

신세기전

목차

28장

손오공

어둡고 좁은 복도.

두다다다.

길을 따라 세 마리의 원숭이가 달리고 있었다.

*　　*　　*

"저…… 기 식사하세…… 요."

유라는 쇠창살 아래 자그마하게 난 틈 안쪽으로 꿀꿀이 죽이 담긴 박을 밀어 넣었다.

덜덜 떨리는 손은 금방이라도 박을 엎을 것처럼 위태로

웠지만, 다행히 어떻게 박을 바닥에 놓는 데 성공한 유라는 후다닥 팔을 뺐다.

그만큼 쇠창살 안쪽에 갇힌 사람은 어딘지 모르게 무서웠다.

바닥까지 내려오는 긴 하얀 머리카락은 신비롭게 보이지만, 찢어진 옷깃 사이로 보이는 많은 상처와 진물은 위험한 분위기를 물씬 풍긴다. 꾹 다문 입술이며 각진 턱은 살을 떨리게 만든다.

이 사람은 위험하다.

절대 가까이해서는 안 된다.

유라는 자신의 생각에 확신을 가졌다.

'아저씨들도 어쩌지 못한 섬사람들이 무서워서 쇠사슬로 묶어 가둬 놨는 걸. 아마 나 같은 건 단숨에 찢어서 먹어치울 거야.'

유라는 쇠사슬에 칭칭 감겨 꿈쩍도 않는 남자를 슬쩍 훔쳐보다가 천천히 자리에서 일어났다.

다행히 여태 밥을 가져다주러 오면서 남자와 시선을 마주친 적은 한 번도 없었다. 어떻게 된 일인지 올 때마다 남자가 눈을 감고 있었던 덕분이다.

남자는 언제나 똑같은 자세, 똑같은 모습이었다.

밥을 갖고 올 때도, 치우러 올 때도. 전날도, 엊그제도,

지금도. 아마 내일도 마찬가지일 테지.

혹시 저대로 죽은 게 아닐까 하는 생각도 잠깐 해 봤다. 매 끼니 때마다 가져온 박도 그대로였으니까.

하지만 가만히 보고 있으면 제대로 숨을 쉬고 있는 걸 알 수 있었다. 이따금 감긴 눈자위도 살짝 움직였다.

'대체 뭘 하는 걸까?'

혹시 말로만 듣던 명상을 하고 있는 걸까? 유라는 방을 벗어나기 전에 힐끔 남자를 훔쳐봤다.

벌써 이런 상황이 며칠째 똑같이 반복되니 호기심이 든다.

하지만 유라는 금방 고개를 털었다.

섬에서 살며 확실히 알게 된 사실.

쓸데없는 호기심은 죽음을 부른다.

그래도 이젠 생각보다 너무 위험하지 않다는 걸 알기 때문인지, 자기도 모르게 문을 열다가 다시 한 번 힐끔 남자를 돌아봤다.

"조금이라도 식사하세요. 엄마가…… 밥 남기는 거 아니랬어요."

유라는 얼결에 말을 내뱉었다가 뒤늦게 자신이 무슨 짓을 했는지 깨닫고는 황급히 방을 빠져나갔다.

유라가 나가고 잠시 뒤.

덜그럭. 덜그럭.

쇠창살 안쪽 벽돌이 위아래로 흔들린다 싶더니 뒤로 넘어간다.

거기서 두더지처럼 폴짝 하고 튀어나오는 원숭이 셋.

우끼?

우끼! 우끼!

하얀 원숭이들은 자신이 왔다면서 방방 뛰었다.

그제야 갇혀 있던 남자, 손오공의 눈이 살짝 열렸다. 화안금정이 실내를 가득 꿰뚫는다.

"알아 왔어?"

우끼! 우끼!

원숭이들은 짐짓 근엄한 척하면서 앙증맞은 주먹으로 자기 가슴을 팡팡 두들겼다. 당연하지. 우리 못 믿어?

손오공은 피식 웃으면서 말했다.

"그래? 그럼 한 번 읊어 봐."

우끼! 우끼끼끼!

그런데 원숭이들은 대답은 하지 않고 제자리에서 방방 날뛰었다. 배고파! 밥 좀 줘! 요즘 같은 시대에 무임금 노동 착취가 웬 말이냐!

원숭이들은 손오공이 내린 명령을 수행하느라 사흘 밤낮

발에 땀띠가 나도록 뛰어다닌 데에 대해서 거세게 항의했다.

물론 손오공은 눈 하나 깜빡하지 않았지만.

"뭬질래?"

"……."

"……."

"……."

결국 원숭이들은 별다른 소득도 없이 알아 온 것들을 쭉 나열했다.

"뭐? 제사? 의식 준비를 한다고? 역시 이것들이 삼신산(三神山)을 열려고 하는 게 맞나? 밑에는 사람들이 붙잡혀 있고, 또, 어디론가 데려간다? 뭘 하는데? 그건 알아내지 못했다고? 에라이. 그런 것도 못 알아 왔으면서 뭘 알아 왔다고 잘난 척이야?"

여러 정보들을 취합한 뒤에 손오공이 내린 결론은,

"맞네. 삼신산을 열려는 거. 이것들 봐라?"

절교가 삼신산을 열려 한다는 것.

삼신산은 흔히 전설 속에서 옛 선인들이 살아간다고 전해지는 세 개의 영산(靈山)을 뜻한다.

봉래, 방장, 영주.

이들 세 개의 산은 하계에도 천계에도 속하지 않는다.

정확히 두 계(界)의 영역이 맞물리는 지점, 교차점에 위치한다.

덕분에 천계와 하계의 구분이 확실시된 이후로는 다가가기가 힘들어 신들에게서도, 선인들에게서도 잊힌 옛 땅이 되어 버렸다.

하지만 반대로 말하자면 하계에서 천계로 오르기 위해서는 반드시 삼신산을 건너야만 한다는 뜻이 된다.

결국 절교는 삼신산으로 통하는 입구를 열려 하고 있었다.

손오공을 제물로 삼아.

바깥 상황을 살펴보고 온 원숭이들의 말로는, 이미 그것을 위한 만반의 준비가 거의 갖춰졌다고 한다.

문제는 시일(時日)이다.

의식이란 단순히 도구만 준비만 한다고 해서 되는 게 아니다.

하늘에다 제(祭)를 드리는 것이기 때문에 만물의 이치가 서로 균형을 이뤄야 한다. 연, 월, 일, 시까지 복잡한 계산이 필요하다.

보통 때라면 그 시일을 알 수 없어 작전을 짜기가 힘들겠지만,

"그 시간이 이제 대략 나흘 정도 남았다는 거지?"

다행히 손오공은 정확한 시간은 몰라도 날짜는 짐작하고 있었다. 음장생이 손오공의 의지를 꺾기 위해 지껄였던 말들이 실마리가 된 셈이다.

우끼끼?

원숭이들이 동글동글한 눈을 크게 뜨면서 고개를 갸웃거린다. 이제 어떻게 할 생각이냐는 뜻이다.

"어쩌긴 뭘 어째."

손오공은 피식 웃으며 사악한 얼굴로 말을 내뱉었다.

"시작해야지."

원래는 힘을 어느 정도 되찾은 다음에 뒤집으려 했지만. 어쩌겠나. 시간이 촉박하다는 데.

손오공은 부족하나마 당장 움직여야겠다고 결정 내리며 원숭이들에게 몇 가지를 추가로 지시했다.

* * *

해가 진 저녁.

끼이익.

문이 살짝 열리면서 유라가 조심스레 안으로 들어왔다. 품에는 역시나 박이 담겨 있다.

그녀는 조심스레 쇠창살로 다가가 힐끔 손오공을 살폈

다. 여느 때와 다르지 않게 손오공은 불상처럼 꿈쩍도 않았다.

유라는 다행이라 안도하면서 쇠창살 밑쪽에 난 문을 통해 박을 밀어 넣다가 깜짝 놀랐다.

"어?"

언제나 그대로였던 박이 웬일로 비어 있다. 설거지를 따로 할 필요가 없을 정도로 깔끔하게.

유라는 힐끔 손오공을 훔쳐봤다. 꾹 다문 입술에 잘생긴 얼굴이 보인다.

며칠째 아무것도 안 먹어서 배가 고프지는 않았을까? 이모에게 졸라서 더 많이 갖고 올 걸 그랬나? 언제 명상에서 깬 거지? 혹시 내가 밥을 챙겨 먹으라고 해서?

많은 의문이 들었지만, 묻지 않고 조심스럽게 기존의 박을 치우고 저녁 식사를 밀어 넣었다.

"내일 아침에는 더 챙겨 올 게요."

유라는 그 말만 남기고 후다닥 자리를 벗어났다.

이튿날.

유라는 평소보다 큰 박을 들고 조심스레 고양이 발걸음으로 방에 들어섰다.

혹시나 하는 생각에 어젯밤에 준 박을 확인했다. 역시나 말끔하게 치워져 있었다.

"픕."

유라는 자기도 모르게 살짝 웃음이 나왔다.

자신이 있을 때에는 근엄한 척 가만히 앉아 있다가 가고 난 후에는 눈을 뜨고 부랴부랴 끼니를 때우는 손오공의 모습을 떠올리니 귀엽게 느껴졌다.

많이 배가 고픈지 그릇도 너무 깨끗하다.

아마 지금도 눈을 감고는 있지만 의식은 자신이 뭘 하고 있는지 알고 있을 테지. 그런데도 아무런 말도 건네지 않는 건 부끄러워서일까.

그렇게 생각하고 나니 한순간 여태 무섭게만 느껴졌던 손오공이 가깝게 느껴졌다.

"맛있게 드세요."

정오.

유라는 혹시나 하는 생각에 큰 박을 두 그릇이나 준비했다.

"점심은 오전보다 더 많이 가져왔는데 괜찮으시죠? 아무래도 며칠 동안 굶으셨으니 여전히 허기가 지지 않을까 해서요."

물론 대답은 없다.

하지만 유라는 깨끗하게 싹 비워진 박을 꺼내면서 조용히 속삭였다. 마치 대화를 나누는 것처럼.

"그럼 이따 저녁에 봬요."

저녁.

유라는 조금 양이 많다 싶었던 점심도 말끔히 치워져 있자 환하게 웃었다. 역시 이 사람, 엄청 나쁜 사람은 아니구나. 잘 챙겨 왔다 싶었다.

"다 드셨네요? 역시 배가 많이 고프셨구나."

그녀는 박을 밀면서 위에다 계란을 두 개 얹었다.

"이번엔 양이 좀 부족해서 한 그릇밖에 준비 못했어요. 대신에 주방 아주머니 몰래 갖고 왔으니까 꼭 다 드셔야 해요. 알았죠?"

유라의 입가엔 어느새 미소가 번졌다.

다시 이튿날 아침.

유라는 또 음식을 챙겨 왔다가 깜짝 놀랐다. 싹 비워진 박과 다르게 계란은 하나만 까먹었다.

유라는 뾰루퉁한 표정이 되었다.

"편식은 안 된다고요! 엄마가 그러셨단 말이에요. 음식을 남기면 나중에 지옥에 떨어져서 부처님이 '이놈!' 하고 혼낸다고!"

그녀는 손오공 앞에서 쫑알쫑알 잔소리를 해 댔다.

물론 손오공은 일절 대답도 없었지만.

"하여간 이번에는 음식 남기면 안 돼요. 알겠죠? 벌로 나물만 잔뜩 두고 갈 테니까 꼭 다 드셔야 해요!"

유라는 귀에 딱지가 앉도록 몇 번이고 신신당부했다.

그녀가 자리를 뜨고 한참 뒤에야, 손오공은 슬쩍 눈을 떴다.

"부처라."

한때 부처였던 사람에게 부처가 혼낸다고 말하다니.

참 재미난 아이를 만난 것 같네. 그는 자기도 모르게 작게 웃었다.

"일 호."

우끼끼!

호명과 함께 땅바닥 벽돌이 들썩이더니 하얀 원숭이 한 마리가 두더지처럼 툭 튀어나왔다.

"따라가 봐."

우끼?

원숭이는 귀찮게 자기가 왜 그래야 되냐는 얼굴로 짝다리를 짚었다. 귀여운 모습과 어울리지 않는 왈패 같은 행동이다.

하지만,

"좋은 말 할 때 따라가지?"

손오공의 두 눈이 초승달처럼 얇게 휜다.

어딜 봐도 자상한 모습이었지만,

우끼끼!

원숭이는 등골을 따라 흐르는 오한에 몸을 부르르 떨면서 재빨리 유라가 나간 방향으로 따라갔다. 인자해 보이는 겉모습과 다르게 저건 잠시 후에 바로 주먹이 나간단 뜻이었다.

손오공은 언제 그랬냐는 듯 다시 눈을 감았다.

*　*　*

"치. 몰래 챙기느라 얼마나 힘들었는데."

유라는 전각을 나오면서 작게 투덜거렸다. 손에 들린 계란 한 개. 손오공이 남긴 음식이다.

섬에서는 먹을 게 아주 귀하다. 그중에서도 계란은 정말 간혹가다가 한 번 볼까 싶을 정도로 소중하다. 이렇게 맛난 걸 남기다니. 정말 이상한 아저씨야.

그래도 보면 볼수록 재미난 아저씨란 생각이 들었다.

고마우면 고맙다, 싫으면 싫다, 직접 제 입으로 말하면

될 것을 꼭 아이처럼 말도 없이 음식 투정을 하는 모습이 귀엽게만 느껴졌다.

아직 눈을 마주치고 대화도 한 번 못 했지만, 시간이 지날수록 가까워지는 듯한 느낌이 들었다. 물론 혼자만의 착각일지도 모르겠지만.

“그나저나 계란이 남았는데…… 어쩌지이?”

유라는 몰래 손으로 계란을 가리고 슬쩍 주변에 다른 사람이 없나 싶어 두리번거렸다. 다행히 주변에는 아무도 없었다.

츄르릅. 유라의 입가에 침이 맴돌았다. 남은 음식은 바로 주방으로 갖고 가는 게 맞지만. 히히히. 맛만 살짝 보는 건 괜찮겠지?

유라가 조심스레 계란을 입에 가져가려는데,

“네가 제천대성에게 식사를 건네는 아이인가?”

불현듯 뒤쪽에서 들리는 목소리에 소스라치게 놀라 계란을 후다닥 숨기고 몸을 바짝 엎드렸다.

고개를 돌려 상대가 누군지 확인하지 않았다. 눈이라도 마주치면 바로 목이 달아날 테니.

아니, 굳이 확인할 필요도 없었다.

이 섬에서 사는 사람이라면 절대 모를 수 없는 목소리였다.

평화로웠던 산골 마을에 재앙을 드리웠던 사람.

마을 사람들을 가축처럼 부리고, 성에 차지 않으면 파리 목숨처럼 취급하는 사람. 반항하는 아저씨들을 죽였던 무시무시한 사람.

너무나 무서운 사람이다.

"그, 그렇습니다."

유라는 눈치가 빨랐다. 자신이 음식을 가져다주는 죄인이 누군지는 몰라도, 제천대성이 그를 가리킨다는 것쯤은 재빨리 알아차렸다.

넙죽 엎드린 고개 위로 목소리 주인의 그림자가 드리운다. 음장생은 팔짱을 끼면서 덜덜 떨고 있는 소녀를 마치 벌레 보듯이 깔보았다.

"놈은? 놈은 음식을 제대로 먹고 있던가?"

"그, 그렇습니다."

"직접 봤나?"

"소, 소인이 직접 먹는 건 보지 못하였고, 대, 대신에 그릇을 가, 가져갈 때마다 으, 음식이 비, 비어져 있었습니다."

"그렇단 말이지."

음장생이 흥미롭다는 듯이 손으로 턱을 쓰다듬는다.

"역시 제깟 놈도 목숨이 얼마 남지 않으니 보잘것없는

희망을 가지려는가? 아니면 의욕을 잃지 않은 척하려 애를 쓰는가? 무엇이 되건 간에 참으로 애처롭구나. 후후후후.”

음장생은 비웃음을 가득 담아 웃었다.

그 아래, 유라는 녀석이 내뿜는 음기에 눌려 덜덜 떨고만 있었다.

*　*　*

조금 떨어진 거리, 바위산.

그 위에서 하얀 원숭이가 가만히 아래를 내려다보고 있었다.

“이번엔 많이 못 챙겨왔어요. 죄송해요.”

유라는 어설픈 동작으로 박을 쇠창살 안쪽으로 밀어 넣었다.

평소라면 손오공이 듣지 않아도 미주알고주알 아기 새처럼 작게 지저귈 그녀였지만, 오늘따라 왠지 모르게 행동이 둔하고 어색했다.

그 순간, 여태 꾹 감고 있던 눈을 번쩍 뜬 손오공이 빼려는 그녀의 손을 붙잡았다.

“……!”

유라는 자기도 모르게 흠칫 놀라 굳어 버리고 말았다.

여태 눈을 뜬 걸 보려고 몇 시진씩 엉덩이를 붙이고 앉아 있어도 꿈쩍도 않았던 손오공이었는데. 아무런 예고도 없이 이렇게 의식을 차릴 줄이야.

더구나 손오공의 손길은 억셌다.

두툼하고 굳은살로 가득한 거친 손은 쇠창살 안쪽으로 그녀의 팔을 확 하고 잡아당긴다. 유라의 균형이 앞으로 기울어진다. 손오공은 왼손을 뻗어 그녀의 멱살을 잡아 갔다.

내가 무슨 실수라도 한 걸까? 아니면 명상을 방해한 것에 화가 난 걸까?

아주 짧은 시간 사이에 유라의 머릿속으로 온갖 생각이 다 스쳐 지나갔다.

아니. 이유 따윈 아무래도 상관없다. 그동안 까마득하게 잊고 있었지만, 확실한 건 그동안 가까워졌다 여겼던 손오공은 사실 자신과 아무런 교류가 없다는 점이다.

음장생. 살이 에일 정도로 차가운 음기를 흘리며 잔혹하게 웃던, 그 무섭기 짝이 없는 자도 경계하는 자가 화가 났다면 자신 따위는 파리 목숨에 지나지 않을 테지.

유라는 우악스러운 손바닥이 단숨에 얼굴을 덮칠 것 같아 자기도 모르게 겁에 잔뜩 질려 두 눈을 질끈 감았다.

'엄마……!'

하지만 당장 고통이 덮칠 줄 알았는데 이상하게 아무런

느낌도 없었다.

도리어 따스한 뭔가가 조심스레 머리를 쓰다듬는다.

유라는 한쪽 눈을 살짝 떴다.

쇠창살을 사이에 두고 언제나 멀리서 얼굴만 훔쳐봤던 손오공이 바로 눈앞에 있었다. 각지고 단단한 인상과는 다르게 따스한 눈빛을 한 채.

'아름다워.'

손오공의 눈동자를 보자마자 가장 먼저 든 생각은 무섭다거나 쌍꺼풀이 진하다거나 의외로 장난기가 많다거나 하는 것이 아니었다.

마치 보석이나 명화(名畵)를 보고 났을 때에 저절로 터지는 감탄사. 바로 그것이었다.

그만큼 손오공의 금색 눈동자는 너무 예뻤다.

단지 보고 있는 것만으로도 영혼이 빨려 들어갈 만큼.

금색이 얼마나 맑고 깨끗한지 거울을 보는 것처럼 그 속에 비친 자신의 모습이 너무 잘 보일 정도였다.

아름답고 예쁜 손오공의 눈동자와 다르게 너무 비교되는 꾀죄죄한 몰골의 자신을 자각한 순간, 유라는 자신을 사로잡았던 황홀에서 단번에 깼다.

"놓아…… 주세요."

유라는 억지로 입을 뗐지만,

"몸이 많이 차구나."

손오공은 다른 대답을 했다.

유라는 그제야 손오공이 다른 손으로 자신의 머리를 쓰다듬어 주고 있단 사실을 깨달았다.

'따뜻해.'

손오공의 손길은 부드러웠다. 특히 손바닥에서 느껴지는 체온은 음장생이 흘리던 기운과는 너무나 달랐다.

스스스.

온기가 전해진다.

결정이 맺힐 정도로 차가움에 덜덜 떨리는 손이 따뜻하게 녹아내린다. 팔뚝을 따라 크게 터서 피까지 흘러내렸던 살갗이 다시 제 색을 되찾는다.

유라는 음장생에게 붙잡혀 한참 동안이나 시달렸다. 살이 에일 것 같은 추위에 덜덜 떨면서 대답했다. 기절할 것 같으면 혀를 깨물어 억지로 정신을 깨웠다.

음장생의 눈 밖에 나는 순간, 자신과 함께 섬으로 끌려온 마을 사람들까지 위험해진다는 걸 알기 때문이었다.

겨우겨우 음장생에게 풀려 난 뒤로도 몸을 녹일 새 없이 손오공에게 끼니를 챙겨 주기 위해 바로 찾아온 것이기에 몸은 천근만근 무거웠다.

그런데 여태 쌓였던 모든 추위와 피로가 단숨에 싹 씻기고 있었다.

따뜻하다.

마치 어머니의 품에 안긴 것처럼.

손오공이 흘리는 따스한 온기와 나긋한 손길은 그녀의 심장 속에 단단히 걸어 잠근 빗장을 너무나 쉽게 풀어 버렸다.

"으아아아앙!"

결국 유라는 눈물을 쏟아 버렸다.

쇠창살을 사이에 두고. 손오공의 품에 안겨서.

*　　*　　*

"아저씨, 저 왔어요!"

저녁 무렵, 유라는 다른 때보다 우렁차게 인사를 하며 문을 활짝 열었다. 낮에 손오공의 품에 안겨서 한참 동안 울음을 터뜨렸던 가녀린 모습은 어디에도 볼 수 없었다.

낮에는 크게 실수했다고 생각했다.

그렇게 꺼이꺼이 울어 놓고서, 나중에 정신을 차렸을 때는 부끄러운 나머지 고맙다는 말도 제대로 하지 못하고 도망치듯 나와 버렸으니까.

저녁 식사를 챙겨 주러 갈 때는 반드시 감사하다는 인사

를 해야겠다고 다짐하며 즐겁게 찾아왔지만,

“뭐야? 또 명상하고 있는 거예요?”

손오공은 평소와 마찬가지로 가부좌를 틀고 꼿꼿한 자세로 명상에 잠겨 있었다.

유라는 쇠창살을 마구 흔들었다. 손오공과 이런저런 이야기를 나누고 싶은 마음에 잔뜩 들떴었는데. 그 마음을 이렇게 뻥 하고 걷어차 버리는 게 어디 있냔 말이다.

“일어나라고요, 아저씨! 식사하셔야죠! 저녁은 계란을 세 개나 챙겨 왔단 말이에요!”

하지만 유라가 아무리 시끄럽게 떠들어 본다고 한들, 손오공은 꿈쩍도 않았다.

유라는 혹시 손오공에게 닿을까 싶어 쇠창살 안쪽으로 깊이 팔을 밀어 넣었지만 한참이나 모자랐다.

“힝. 너무해!”

유라는 불만 가득한 눈길로 손오공을 쏘아붙였지만 역시나 묵묵부답.

결국 그녀는 체념하고 박을 안쪽으로 밀어 넣고 씩씩거리면서 일어났다.

“혼자서 많이 드세요!”

유라는 밖으로 나가면서 자신이 불만 가득하다는 걸 드러내기 위해서 일부러 쿵, 쿵, 하고 발소리를 크게 내는 걸 잊지 않았다.

피식.

유라가 나가고 난 뒤, 여전히 눈을 감고 있는 손오공의 입가엔 미소가 살짝 맺혔다.

유라는 나간 지 얼마 되지 않아 바로 돌아왔다. 주머니에 넣어 둔 계란을 주고 간다는 걸 깜빡했기 때문이다.

그런데 들어온 순간 자기도 모르게 말꼬리를 내렸다.

"아저씨, 빼먹은 게 있…… 어라?"

"헉!"

분명 방금 전까지 유라가 아무리 불러도 꿈쩍 않던 손오공이 박에 코를 박은 채 밥을 먹고 있었다. 손오공도 깜짝 놀랐는지 흠칫거리다 유라와 눈이 마주쳤다.

"아저씨, 깨셨네요?"

유라의 눈이 새치름하게 가느다래진다.

손오공은 후다닥 박을 바닥에 내려놓으면서 원래 취했던 자세로 돌아갔다. 허리를 꼿꼿하게 세우고 눈을 질끈 감는다. 마치 아무 일도 없었던 것처럼.

"이미 늦었거든요?"

"……."

손오공은 바늘구멍만 하게 살짝 눈을 뜨더니 모른 척 시치미를 뚝 떼며 반갑게 인사했다.

"오, 왔냐? 왔으면 기척이라도 내고 다니지."

유라는 손오공 맞은편에 엉덩이를 깔고 앉았다.

"밥 드셨죠?"

"무슨 밥?"

"입가에 묻은 밥풀이나 떼고 말해요."

"……뭐?"

손오공은 재빨리 혓바닥으로 입술 주변을 훔쳤다. 그런데 혀끝에는 아무것도 잡히지 않는다.

"사실 아무것도 없는데. 히히히."

"……!"

손오공은 그제야 아차 싶었다.

"역시 밥 먹은 거 맞네, 뭐. 그게 뭐가 부끄러운 일이라고 감추고 그래요?"

이렇게 어이없이 당할 줄이야. 잔머리 대왕이라는 손오공이 쉽게 간파당할 줄은 생각도 못했다.

그새 유라는 재빨리 손오공이 숨기려 한 박을 빼앗았다. 한가득 퍼 왔던 밥이 바닥을 보였다.

"세상에. 그새 이만큼이나 드셨어요? 체하면 어쩌려고. 천천히 좀 드시지. 누가 뺏어 먹는다고."

"흠흠! 누가 급하게 먹었다고 그래? 그냥 먹다 보니 그렇게 된 거지. 네가 몰라서 그렇지, 여기 사는 쥐가 꽤 된다. 그놈들이 그새 먹은 모양이야."

유라는 별 설득력도 없는 변명을 귓등으로 흘렸다. 그냥 잠깐 나갔다가 온 것밖에 안 되는데 그새 다 먹다니. 그렇게 배가 고팠나?

유라가 손오공을 올려다본다. 손오공은 이쪽을 보다 말고 슬쩍 정면을 보는 척 자세를 바꿨다. 덩치에 어울리지 않게 시치미를 뚝 떼는 모습이 귀엽다.

유라는 짓궂게 웃었다.

"에구구. 우리 아저씨 불쌍해서 어쩌나. 그렇게 배가 고팠으면 진작 말씀을 하시지. 자요. 이것도 드세요."

유라는 주머니에서 계란 세 개를 꺼내 박 안에다 담고 손오공에게 내밀었다.

"고맙다. 그나저나 아무래도 오해가 있는 것 같은데. 아까 전에 네가 본 건 내가 절대 음식 욕심이 있어서 그런 게 아니라……."

"네네. 알아요. 알고말고요."

"밤새 깊은 명상에 잠기다 보니 몸이 허해져서 어쩔 수 없이……."

"그렇죠. 그렇고말고요."

손오공이 침착하게 뭐라고 설득을 하려 할 때마다, 유라는 다 이해한다는 자애로운 미소를 띠며 고개를 끄덕였다.

분명 이해한다고는 하는데. 이상하게 더더욱 궁지에 내몰리는 느낌이 든다?

손오공은 결국 말을 길게 해 봤자 손해라는 사실을 깨닫고 조용히 박을 받아 나머지 밥을 마저 먹었다. 그러다 마지막으로 계란을 먹으려 집었다가 잠시 멈칫거린다.

유라는 손오공이 왜 그러나 싶어 고개를 갸웃거렸다.

손오공은 머뭇거리다 계란을 바닥에다 세게 탁 부딪쳤다. 그런데 힘을 너무 세게 준 나머지 삶은 계란은 껍데기와 함께 거의 뭉개지다시피 했다.

"뭐야! 아저씨, 계란도 하나 제대로 못 까요?"

태어났을 때부터 금수저를 물고 태어나 왕족으로 자라고, 한때 만인을 호령하는 군주였으며, 수보리조사에게서 선술을 수련할 때에도 수제자였던 손오공이 언제 제 손으로 험한 일을 해 봤을까.

삼장법사 등과 함께 천축으로 갈 때에도 궂은일은 사제인 저팔계와 사오정이 모두 도맡아 했으니, 사실 생각해 보면 그의 주변에는 언제나 뒷바라지를 해 주는 사람이 꼭 한둘씩은 있었던 셈이다.

없어도 그냥 굶으면 그만이었고.

그런데 이제 와서 손오공에게 삶은 계란을 까라고 하면

제대로 할 수 있을 리 만무하다.

"이깟 계란 하나 못 먹으면 어때? 죽는 것도 아니고."

"그럼 이깟 계란도 하나 못 까는 건 안 이상해요?"

"……."

"이 아저씨, 지금 보니까 순 맹탕이네. 말만 그럴싸하지, 할 줄 아는 건 하나도 없잖아."

손오공은 발끈했다.

"야! 그게 아니라……."

"아, 됐어요. 이리 줘 봐요. 으이그, 내가 못살아."

"그러니까 내 말 들어 봐. 그게 아니라니까."

"예. 예. 알겠습니다요."

손오공은 도대체 오늘 하루 동안 '그게 아닌데' 라는 말을 몇 번이나 하는 건지 헤아릴 수가 없었다.

유라는 계란을 빼앗아 일일이 껍데기를 까면서 타박을 잔뜩 늘어놓았다.

"어제 계란 하나 남긴 것도 사실 깔 줄 몰라서 그런 거였죠?"

"그러니까! 그런 게 아니라니까 그러네!"

"다른 하나는 도대체 어떻게 먹은 거예요?"

손오공은 슬쩍 고개를 옆으로 돌려 작게 대답했다.

"……잘 안 까져서 껍데기째로."

"세상에! 그걸 어떻게 먹어요? 목에 안 걸려요?"

"……안 그래도 자꾸 입 안에서 부스러지더라."

유라는 도저히 이 세상에 존재할 수 없는 사람을 본다는 경악한 표정으로 손오공을 쳐다봤다.

손오공은 슬쩍 시선을 옆으로 돌렸다. 이상하게 유라를 상대하면 상대할수록 뭔가 자꾸 말려들어 가는 기분이 들었다.

'콱! 쥐방울만 한 걸 쥐어박을 수도 없고.'

손오공에게 유라는 잘못해서 톡 건드리기만 해도 와르르 부서질 것처럼 위태로운 아이로 보였다.

겉으로는 괜찮은 척, 당당한 척 굴어도 사실은 겁이 많다. 그래서 아무 말도 없는 자신을 처음에는 아주 무서워했다.

그런데 그러면서도 마음 씀씀이는 너무 깊다.

손오공이 혹시 굶주리지는 않을까 싶어 제 끼니를 조금 줄이면서까지 음식을 더 챙겨 주고, 걱정을 살까 싶어서 음장생이 흘린 냉기에 손발이 꽁꽁 얼어도 아무 일 없었다는 듯 태연하게 굴었다.

그 모든 과정을 분신인 하얀 원숭이를 통해 모두 봤을 때는 얼마나 가슴이 미어지던지.

처음에는 그저 밥을 주는 절교의 노예에 불과했지만, 지금은 지켜 주고 싶은 아이였다.

그래서 걱정되는 마음에 조금 챙겨 줬더니만.

바로 이 꼴이다.

'이럴 줄 알았으면 우는 걸 받아 주는 게 아니었어. 젠장!'

언제나 갖고 싶은 건 가져야 직성이 풀리고, 부딪치는 상대가 있으면 힘으로 찍어 누르는 등 제멋대로 살기 바쁜 손오공이라 하지만, 유라에게도 그렇게 했다가는 위태로운 얼음 조각처럼 와르르 부서질까 싶어 그러지도 못했다.

결국 손오공으로서는 어떻게 반박도 못하고 따박따박 잔소리를 해 대는 유라의 말을 가만히 들어야 하는 신세로 전락할 수밖에 없었다.

생각지도 못하게 천적을 만난 셈이었다.

거기다 또 다른 문제는,

'맛있네?'

그녀가 까 준 계란이 너무 맛있다는 거다. 껍데기째 먹었던 계란은 모래 알갱이 같더만. 이건 꿀이다. 꿀.

온갖 산해진미와 미주가효에 혀가 익숙해진 손오공으로서는 절교의 노예들이나 먹는 꿀꿀이죽을 먹는 게 영 고역이었다. 그런데 드디어 음식다운 음식을 먹으니 입에 침이 고였다.

그래서 허겁지겁 먹다가 목에 걸렸다.

"켁켁! 무, 물 좀……!"

"으이그!"

유라는 한심하다는 듯이 따로 챙겨 온 물통을 건넸다.

식사를 가져올 때까지만 해도 존경 가득한 눈빛으로 손오공을 바라보던 시선은, 어느새 철없는 동생을 챙겨 주는 누나의 것으로 바뀌어 있었다.

"뭐예요? 아저씨, 삐졌어요?"

유라는 등을 반쯤 돌리고 눈도 마주치지 않으려 하는 손오공을 보고 크게 웃음을 터뜨렸다.

"그런 거 아니다."

"뭐야. 진짜 삐진 거예요?"

"그런 거 아니라니까."

"그런 게 아니면 왜 고개를 돌리는 건데요. 지금 심통이 단단히 나서 제 눈 안 마주치려는 거죠?"

"아니라니까!"

"에이. 맞구만, 뭘."

"아니야!"

"그럼 이쪽 좀 봐요. 네? 네?"

유라는 검지로 손오공의 등을 콕콕 찔렀다. 그럴 때마다 손오공은 아예 뒤로 돌다시피 하면서 그녀의 시선을 피했다.

유라는 손오공이 식사를 마치는 내내 옆에서 필요한 것들을 챙겨 줬다.

덕분에 그녀가 손오공에 대해 내린 결론은 하나였다.

자존심만 더럽게 센 아이.

손오공은 자존심이 아주 셌다. 짓궂게 물어보면 끝까지 그런 게 아니라며 잡아떼고, 증거를 들이대도 모르쇠로 방관한다.

때로는 능글맞게 대꾸를 하면서 다른 화제로 돌려 보려고도 했지만, 그때마다 유라는 음식을 몰래 먹다 걸린 것에 대해 집요하게 물고 늘어졌다.

그러다 결국 이 사달이 났다.

"아, 진짜! 이 아저씨 안 되겠네!"

낮에는 그렇게 어른스럽던 사람이 지금은 도대체 왜 이래! 유라는 정말 이 속 좁은 양반이 돌아가신 어머니를 떠올리게 할 정도로 따스하게 안아 주던 사람과 동일인지 궁금해질 정도였다.

몇 번이나 돌아보라고 해도 돌아볼 생각을 않자, 이번엔 유라가 단단히 심통이 났다.

"아, 좀! 속 좁게 굴지 좀 말고요!"

유라는 결국 손오공의 등을 잡고 앞쪽을 향하도록 강제로 돌렸다. 갑작스러운 손길에 손오공은 어떻게 자세를 바로잡을 새도 없이 엉겁결에 몸이 반쯤 돌아갔다.

손오공이 다시 자세를 붙잡으려는데, 갑자기 유라가 그의 멱살을 잡아 올렸다. 그리고 동시에 뭔가가 목에 칭칭 감겼다.

목도리였다.

* * *

유라가 돌아가고 난 뒤.

손오공은 목에 감긴 목도리를 가만히 매만졌다.

"이건?"

"낮에 잠깐 만들어 봤어요. 요즘 새벽에 얼마나 쌀쌀한데요. 아저씨 감기 걸리지 말라고 준비했어요."

"날…… 주려고?"

"예! 이거 주려고 돌아보라고 했던 건데. 정작 당사자는 삐쳐서는. 남자가 그렇게 속이 좁아도 되는 거예요?"

"……."

"아, 이건 잘 안 어울리네. 이렇게 감는 게 나으려나. 아저씨는 어떤 모양이 좋아요?"

유라는 툴툴대면서 목도리를 이리 맸다가 저리 맸다가를 반복했다. 다각도로 목도리를 묶은 뒤에야 손오공에게 가장 잘 어울리는 모습을 찾았다면서 기뻐했다.

사실 목도리는 정말 보잘것없었다.

다 떨어진 헝겊을 이리저리 엮어 만든 누더기에 불과했다. 이런 걸 해 봤자 얼마나 따뜻해질지 의심이 갈 정도였다.

하지만 손오공의 시선을 사로잡은 것은 목도리가 아니었다.

유라의 손.

서툰 솜씨로 목도리를 만든 건지 손가락에는 보지 못한 상처로 가득했다. 뾰족한 바늘을 다루다 찔린 상처. 최대한 가리려 했어도 손오공의 눈을 피할 수는 없었다.

더구나 분신들을 통해 바깥 섬의 구조와 상황을 알아본 손오공으로서는, 유라가 이 작은 목도리를 하나 만들기 위해서 몇 안 되는 옷 조각과 헝겊을 모으려 얼마나 노력했을지 상상도 가질 않았다.

이 섬에는 유라와 같이 전국각지에서 납치되거나 인신매매 되어 강제로 끌려온 사람들이 많았다.

절교는 그들을 가축만도 못한 노예 취급을 하면서 갖가지 노동에 부려 먹었다.

일부는 광산에 밀어 넣어 광석을 캐게 하고, 일부는 식량을 준비케 했으며, 일부는 의식을 위한 준비를 도맡게 한다.

하지만 대다수는…… 제물로 바쳐졌다.

삼신산을 열기 위한 의식은 절대 허투루 다룰 수 없다. 오로지 한 번밖에 기회가 없으며, 실패를 했을 경우에 또다시 이만한 조건과 기일을 찾으려면 얼마나 많은 세월을 투자해야 할지 상상도 가질 않는다.

덕분에 절교가 이번 의식에 집중하는 정도는 상상을 초월했다.

그래서 시범 의식을 몇 번이고 반복했다. 그 와중에 노예들이 사용되었다. 사람의 피와 육신과 영혼은 세상 그 어느 것보다 귀중한 제물이니.

거기서 나오는 양분은 교주와 음장생을 비롯한 절교의 수뇌부에게로 돌아갔다.

덕분에 절교는 무력을 더 갖추는 것과 동시에 의식에 대한 만반의 준비를 할 수 있었다.

하지만 손오공은 분신들을 통해 하루에도 몇 번이고 섬의 구천을 떠돌아다니는 무수히 많은 끔찍한 원혼들을 목격해야 했다.

"살려 줘. 살려 줘. 살려 줘!"

"으아아아아악! 이들이! 이들이 날 죽이려 해!"

"제발! 제발! 제발! 그만해애애애애!"

"저주한다. 너희들을! 죽여 버리겠다! 너희들을!"

손오공, 그 역시 저곳에 같이 휘말리지 말라는 법은 어디에도 없었다.

그래서 어떻게든 탈출을 하려 다방면으로 계획을 짜고 있었고, 어느 정도 진척을 이뤘다.

달리 말하자면 손오공이 위기의식을 느낄 정도로 이곳은 너무나 무시무시한 곳이었다.

그런 열악한 환경 속에서 유라는 손오공을 위해 밤새 추울까 봐 목도리를 만들었다고 한다. 그것도 바늘에 수도 없이 손을 찔리면서. 구하기 힘든 헝겊을 이어 모아서.

그저 자신이 한 일이라고는 조금 심심하다는 이유로 유라에게 잠시 관심을 가졌던 것밖에는 없건만.

손오공으로서는 과분할 정도로 따뜻한 마음이다.

사실 손오공은 노예들을 구해 주지 않고 홀로 섬을 탈출할 계획이었다.

아직 자신에게는 그들을 모두 구해 줄 힘이 없으니, 우선 화과산으로 돌아가 힘을 되찾는 게 먼저였다. 그 뒤에 돌아올지 아니면 다른 식으로 나설지를 결정할 생각이었다.

물론 그동안 섬에 남은 노예들이 어떤 꼴이 될지는…… 알 수 없다.

하지만 손오공은 단 한 번도 여기에 대해 죄책감을 가지지 않았다.

미안한 마음도 없었다.

그게 최선의 선택이란 것을 잘 알고 있으니까.

그만큼 그는 이기적이었다.

그는 자신이 절대 대자대비한 부처에 어울리지 않는다는 걸 안다. 만인을 위해 능히 스스로를 희생하는 영웅의 그릇이 되지 못한다는 것도 아주 잘 알고 있다.

자신은 이기적이다.

우선 자신을 먼저 챙기고, 주변 사람들을 지키기에도 급급하다. 다른 사람들은 그 후에야 여유를 부리듯이, 혹은 적선을 던지듯이 신경을 쓸 수 있었다.

그런 자신에게 이렇게 따뜻한 목도리를 준다고?

어떤 호화스러운 비단 목도리보다도, 화염륜이 풍기는

열기보다도 훨씬 따뜻한 마음이 담긴 목도리를?

'내게 무슨 자격이 있어서?'

손오공은 입술을 꾹 다물었다. 화안금정이 깊게 내려앉는다.

"대체 내게 잘해 주는 이유가 무엇이냐?"

"예?"

"내게 가까워질수록 위험해진다는 건 잘 알지 않느냐."

"……예."

"그런데 왜 이리도 잘해 주는 것이냐?"

"처음이거든요."

"뭐?"

진지한 그의 물음에 유라는 처음으로 보석처럼, 명화처럼 아름답다고 생각했던 화안금정을 똑바로 직시했다.

"여기서 저한테 머리를 쓰다듬어 준 사람은 아저씨가 처음이에요."

"……고작 그런 이유로?"

"고작이 아니에요! 제가 처음 이 섬에 끌려왔을

때, 제게는 어머니밖에 없었어요."

"다른 가족은?"

"죽었어요."

"뭐?"

"아버지와 오빠는 마을에서 끌려 나올 때 저항을 하다 그만 돌아가셨거든요."

"……!"

"미안해하실 필요 없어요. 그때 아버지와 오빠만 죽은 게 아니거든요. 마을 사람들 중 대다수가 그때 죽었어요. 그리고 남은 사람들을 살리기 위해서라도…… 끌려왔지요."

유라의 목소리는 의외로 담담했다. 하지만 손오공은 그녀가 오늘날 울지 않게 되기까지 얼마나 많이 울었을지 짐작도 가지 않았다.

"하지만 그건 잘못된 선택이었어요."

유라의 어머니는 하나 남은 딸을 살리기 위해서라도 절교의 명령에 순순히 따랐다.

먼 길을 따라 억지로 걷고, 또 걷고, 배에 올라 타 이름

모를 외딴 섬에 끌려 왔다.

하지만 도착한 순간, 어머니는 아버지와 오빠가 있는 곳으로 가 버렸다. 끌려오는 내내 몇 안 되는 음식도 딸에게 주다가 결국 열병을 안고 눈을 감은 것이다.

그 뒤로 유라는 쭉 혼자였다.

의지가 될 만한 사람은 아무도 없었다. 마을 사람들도 제 한 몸 가누기에 바빠 그녀를 모른 척했고, 먼저 끌려온 사람들은 도리어 혼자인 그녀의 음식을 빼앗기 일쑤였다.

이 섬은 짐승을, 아니, 가축을 가둔 우리에 불과했다.

결국 유라는 홀로 살아남는 법을 터득해야 했다. 주변의 눈치를 보게 되었다. 다행히 어렸을 때부터 제법 영특하다는 말을 들었던 터라, 감독관들 눈에 잘 띄어 비교적 쉬운 일을 배정 받았다.

그게 바로 손오공에게 배식을 하는 일이었다.

"모든 사람들이 저에게 차갑게 대했어요. 마을 사람들도. 다른 사람들도. 오히려 저를 부려 먹으려 했죠. 먹을 걸 뺏고, 힘든 자기 일을 맡기려 하고. 그런데…… 제게 처음으로 머리를 쓰다듬어 주신 거예요. 아저씨가."

"……그냥 그게 전부였다만?"

"아저씨에게는 '그냥' 이었을지 몰라도, 저한텐 너무 따뜻했어요. 그러니 저도 아저씨를 따뜻하게 해 드려야 공평하겠죠? 그러니까 좀 가만히 있어 봐요. 매듭이 자꾸 비뚤어지잖아요."

유라가 방긋 웃는다. 다른 감정이 일절 섞이지 않은 순수한 호의다.

그 마음이 손오공의 심장을 무겁게 눌렀다.

'혹시 그 아이라면.'

문득 든 생각.

어딘지 모를 곳에서 자신을 구하겠답시고 천둥벌거숭이처럼 날뛰고 있을 어떤 애송이 녀석이 떠올랐다.

'한 번…… 시험해 볼까?'

*　　*　　*

이튿날, 아침. 의식을 바로 하루 앞에 둔 때.

손오공은 반가운 얼굴로 음식을 들고 온 유라에게 다짜고짜 진지한 자세로 물었다.

"만약."

"예?"

"만약에 너에게 차갑게 대했던 모든 사람들에게 똑같이 되돌려 줄 수 있고, 너에게서 소중한 것을 앗아간 것들에게 복수를 할 수 있는 힘이 주어진다면, 어쩔래?"

그게 무슨 뜻인지 왜 모를까.

유라는 질문의 의도를 몰라 멈칫거렸다가 겨우 입을 뗐다.

"……아마도 복수를 하지 않을까요?"

"그럼."

손오공의 화안금정이 요요히 빛났다.

"한 번 해볼래?"

*　　*　　*

유라는 덜덜 떨리는 손으로 감옥을 나왔다. 음장생에게 시달리던 때와는 다르게 긴장감이 가득하다.

'내가…… 할 수 있을까?'

그녀는 잠깐 겁을 먹었다.

만약 이대로 음장생에게 달려가 이른다면?

하지만 유라는 생각과 동시에 고개를 가로 내저었다.

그럴 수는 없다.

언제까지 이렇게 노예처럼 살 수는 없으니까.

"엄마, 아빠, 오빠, 죄송해요. 저는 조금 더 늦게 가야겠어요."

유라는 알지 못할 말을 중얼거리면서 어디론가 걸음을 옮겼다.

섬의 중앙에 위치한 화산. 분화구가 있는 방향이었다.

그리고 잠시 뒤.

쿠쿠쿠쿠쿠쿠!

삼백 년 동안 잠들어 있던 활화산이 약동했다.

*　*　*

"크, 크, 큰일 났어요!"

"무슨 일이냐?"

창고를 지키고 있던 감독관은 어떤 소녀가 다급히 달려오자 인상을 찡그렸다.

의식을 하루 앞에 둔 이때. 절교는 다른 어느 때보다도 잔뜩 긴장을 한 상태였다.

특히 감독관들은 더 했다. 조금이라도 일이 틀어지면 화가 바로 그들에게 미친다. 그런데 웬 이상한 꼬마가 쓸데없이 말을 거니 짜증이 날 수밖에.

"쓰, 쓰, 쓰러졌어요!"

"뭐가?"

"그 이상한 사람이요!"

"그게 누…… 무, 뭐?"

감독관은 뒤늦게 소녀가 제천대성에게 밥을 가져다주는 사람이란 걸 깨닫고 눈을 크게 떴다.

만약 제천대성이 의식을 앞에 두고 자살 기도라도 했다면 큰일이 난다!

"젠장! 거기가 어디냐!"

"저, 저기예요!"

감독관은 창고를 지켜야 한다는 본분도 잊은 채 부리나케 소녀, 유라를 따라 걸음을 재촉했다.

그리고 잠시 뒤.

우끼끼? 우끼! 우끼!

갑자기 창고 위로 드리운 나뭇가지에서 하얀 원숭이 세 마리가 열매처럼 톡 하고 떨어졌다.

녀석들은 서로를 보면서 아주 잠깐 키득거리더니, 이내 창고 문을 잠그고 있는 자물쇠를 돌멩이로 부수고 안쪽으로 들어갔다.

아주 은밀하게.

* * *

파스스스.

좁은 실내를 따라 뿌연 안개가 마구 돌아다닌다.

그것은 마치 살아 있는 생명체처럼 서로 뭉쳤다가 흩어졌다를 반복하면서 음장생의 머리 위를 맴돌았다.

"으아아아아아!"

"살려 줘! 살려 줘!"

"제발……! 그…… 만……! 컥!"

"쿨럭!"

실내를 메운 안개가 짙어지면 짙어질수록 사람들은 절규를 터뜨린다.

좁은 복도를 따라 양쪽 벽면에는 쇠창살로 이뤄진 감옥이 있는데, 그 속에는 사람들이 발 디딜 틈도 없이 빽빽하게 갇혀 있었다.

그들은 죄다 눈물 콧물을 질질 흘리며 쇠창살을 붙잡고 마구 흔들어 댔다가 도저히 부러질 기미가 보이지 않자 이번엔 벽에 달려가 마구 몸을 부딪쳤다.

하지만 어깨가 부러지도록 아무리 부딪쳐도 벽에는 흠집조차 나지 않았고, 몇몇은 아예 쓰러진 사람들을 밟고 올라 천장을 손톱으로 긁기도 했다.

어떻게든 감옥에서 탈출하기 위한 최후의 발악이었지만, 그들의 발악이 심해지면 심해질수록, 절망이 깊어지면 깊어질수록 음장생의 입가엔 웃음꽃이 만발했다.

"하하하하하하하!"

결국 음장생의 웃음소리가 모든 사람들의 절규를 잠식했을 때, 감옥은 온통 잿빛 안개로 가득 차 수많은 원혼들의 비명으로 가득했다.

끼아아아아아!

강한 원망을 가진 원혼들은 이내 구체화되면서 망량으로 변질되었다가, 서로 뒤죽박죽 섞이며 천천히 음장생에게로 흘러들었다.

그 중심에는 반쯤 부서진 원혼망이 있었다.

스스스!

원혼망이 게걸스럽게 망량 무리를 먹어 치운다.

"안…… 돼……!"

"으어어어어어……."

그럴수록 사람들은 피를 잔뜩 쏟아 내면서 천천히 죽어갔다. 힘없이 바들바들 떨리는 손길이 바람 앞에 놓인 촛불처럼 위태로운 그들의 생명을 대변했다.

균열로 가득한 원혼망이 빠른 속도로 수복되면서 음장생의 눈가에 기이한 희열이 감돈다.

"조금만 더. 조금만 더."

입가에 맺힌 웃음이 짙어지는 바로 그때,

쿠쿠쿠쿠쿠!

갑자기 대지가 크게 출렁였다.

"흠?"

음장생이 이맛살을 찌푸리며 고개를 들었다.

지진? 왜 갑자기? 분명 요 며칠 사이 점을 쳤을 때 의식에 방해가 될 만한 자연 재해는 아무것도 없었는데?

나중에 진원을 찾아 해결해야겠다며 다시 원혼망으로 시선을 옮기려는데, 방금 전보다 더 큰 지진이 감옥을 강타했다.

콰콰콰콰콰콰쾅!

어딘가 매설된 화약이 폭발한 게 아닐까 싶을 정도로 어마어마한 굉음과 충격파가 감옥을 강타한다.

복도를 따라 걸려 있던 무구들이 아무렇게나 바닥에 떨어지고, 심지어 건물이 무너질 듯 크게 휘청거리면서 쇠창살 두어 개가 부러졌다.

그러다 끝내 와장창 건물이 통째로 폭삭 주저앉았다.

"젠장!"

음장생은 함몰되기 전에 공력을 발출해 무너지려는 잔해들을 모조리 날렸다. 그의 얼굴엔 짜증이 역력했다.

조금만 더 있으면 수복이 완료되건만!

의식이 도중에 끊기면서 망량 무리는 뭉치다 말고 확 하고 흩어져 도로 노예들의 육신으로 돌아가고 있었다.

"도대체 뭐냔 말이다!"

폐허가 된 잔해 위.

음장생은 먼지가 수북이 쌓인 머리를 손으로 쓸어 올리면서 신경질이 단단히 난 얼굴로 진원을 찾아 고개를 돌렸다.

섬의 중앙. 화산이 꿈틀거리면서 화산재를 내뿜고 있었다.

음장생의 눈에 경악이 단단히 어린다.

"무슨……?"

콰콰콰콰콰콰콰!

먼지가 하늘을 가득 메우며 집채만 한 바위가 우박처럼 우수수 떨어진다. 분화구에서는 시뻘건 용암이 샘솟기 시작했다.

저곳은 내일 절교를 삼신산으로 인도해 줄 아주 신성한 영산이었다. 인근 섬사람과 어부들에게는 신이 깃들었다고 알려진 곳.

거기다 당장 화산 활동을 할 징후도 없었기에 단단히 믿고 있었건만.

도대체 어째서……!

음장생의 얼굴에 불신이 역력했다.

*　　*　　*

우끼?

우끼끼! 우끼끼끼!

사람들이 대거 빠져나간 광산 속.

하얀 원숭이들이 서로 손짓 발짓을 해 가면서 이야기를 나눈다. 녀석들은 저마다 제 몸집보다 몇 배나 큰 봇짐을 인 이상한 모습을 하고 있었다.

전부 빠져나갔어? 방금 확인했어. 다른 녀석들은? 정해진 위치에 있을 거야. 그럼 시작하자. 갖고 오라고 한 건 모두 챙겼어? 당연하지.

광부들이 모두 무사히 탈출한 걸 확인한 원숭이들은 일제히 어깨에 매단 봇짐을 주섬주섬 바닥에다 풀었다.

원숭이들이 챙긴 건 대부분 곱게 빻은 가루였다. 주황색 가루. 바로 황이었다.

유라가 손오공이 쓰러졌다는 핑계로 감독관들의 이목을 끌어들이는 동안, 원숭이들은 손오공의 지시에 따라 몰래 창고로 들어가 안에 있는 물건이란 물건은 몽땅 훔쳤다.

의식에 사용할 제기(祭器)며 방울, 거울, 청동검, 깃발, 솟대 따위는 바로 그 자리에서 깨뜨리거나 분질러버리고, 황이나 염초 따위의 가루들은 따로 보자기에 바리바리 싸들고 몰래 빠져나왔다.

물론 마지막에 창고에다 불을 지르는 건 절대 깜빡하지 않았다.

그렇게 섬을 크게 한 바퀴 돌고 나니 뒤늦게 감독관들이 이상한 낌새를 알아채고 방비하려 했지만, 그때는 이미 대다수의 물건들이 털리고 난 뒤였다.

특히 원숭이들이 따로 챙긴 것들은 의식에서 요긴하게 쓰일 도구이면서도, 주로 화약을 제조할 때 쓰이는 재료들이기도 했다.

여기 있는 걸 몽땅 분화구에다 쏟아 버린다면?

으흐흐흐흐흐.

원숭이들은 일제히 음침하게 웃어 댔다.

* * *

콰콰콰콰콰쾅!

화산의 위력은 대단했다.

곳곳에서 노예들이 지정된 장소를 벗어나 도망치려 하고

있었다. 광산, 밭, 주방, 어디 하나 가릴 곳 없이 비명을 지르면서 달아나기 바쁘다.

감독관들이 놈들을 통제해야 하지만, 도망치는 무리 속에는 녀석들까지 섞여 있으니 어떻게 손을 쓸 도리가 없었다.

그뿐이랴.

화산재는 하늘을 까마득하게 메워 어느새 나후성을 가리고 있었고, 바위들은 섬 곳곳에 설치된 전각이며 농작물들에 닥치는 대로 잔뜩 쏟아졌다.

"호법님! 호법님! 큰일 났습니다!"

그때 하늘에서 다급한 어조로 누군가가 내려왔다. 절교로 가담한 악선들이었다.

"대체 내가 자리를 비운 동안 무슨 일이 있었던 것이냐!"

악선들은 행여 자신의 목이 날아갈까 싶어 바닥에다 바짝 몸을 엎드렸다.

"아, 아무래도 내부에서 소란을 부리는 무리들이 있는 것 같습니다! 창고가 동시다발적으로 급습을 당해 진의를 파악하던 중에 갑자기 화산이 폭발했……!"

"지금 그깐 걸 변명이라고 해?"

퍽!

음장생은 다급히 변명을 하려는 악선의 머리통을 그대로

으깨 버렸다.

다른 악선들의 어깨가 바들바들 떨린다.

음장생의 두 눈에 불이 켜졌다.

"멍청하게 여기 있지 말고 어서 막아! 네놈들의 몸뚱이로 분화구를 틀어막는 한이 있더라도 당장 막으란 말이다!"

악선들은 목숨이 경각에 달했다는 사실을 깨닫고 부리나케 화산 쪽으로 몸을 날렸다.

그들은 생명을 불사를 정도로 어떻게든 화산 폭발을 막아 보고자 노력했다.

강풍을 일으켜 화산재와 바위를 어떻게든 묶어 두려 하고, 분화구에 서리를 내리게 해 용암을 누르며, 지맥을 잡아 성난 화산을 어떻게든 진정시키려 한다.

하지만 억누르면 억누를수록 화산은 더 크게 꿈틀거리면서 반발했다.

강풍은 도리어 열풍에 떠밀려 부서지고, 용암은 더욱 분출해서 서리를 모두 녹여 버렸으며, 지맥은 더 크게 요동치면서 선인을 날려 버렸다.

"컥!"

"우웨에에에엑!"

선술이 실패한 악선들은 가슴을 붙잡고 피를 토했다.

거기다 곳곳에서 난리가 났다.

"불이다! 불이 났다!"

"물! 물은 대체 어디 있어?"

"수로가 망가졌어! 젠장! 도대체 누가 이런 짓을 한 거야!"

사람들이 도망친 자리로 갑자기 불길이 치솟더니 걷잡을 수 없이 번진다. 물에 양동이를 담으려 몇몇이 바쁘게 움직였지만, 물을 가둬 뒀던 둑이 갑자기 무너지면서 그대로 밖으로 왕창 쏟아져 갈 길을 잃고 말았다.

아수라장도 도저히 이런 아수라장이 없다.

섬은 전체가 이미 혼란으로 가득했고, 도망치는 노예와 그들을 제지하려는 감독관, 그리고 어떻게든 사태를 무마하려는 악선들로 소란스러웠다.

절교가 어떻게 손을 쓰지 못하도록 동시다발적으로 일이 터진다. 이건 분명 치밀한 계산 아래에서 사전에 철저히 준비된 일이 틀림없었다.

하지만 이런 소란을 일으키려면 웬만한 인원으로 안 될 텐데?

아니, 수많은 눈을 피해 이런 일을 획책할 정도로 담대하고 영악한 자가 노예 중에 있었는지부터가 의문이다.

'설마?'

음장생은 불현듯 감옥에 갇혀 몇 달 동안 석상처럼 꿈쩍도 않던 손오공의 얼굴이 떠올랐다.

"제길!"

불안한 마음에 단숨에 하늘 위로 솟구친다.

섬이 한눈에 내려다보이는 곳에서 가장 크게 눈에 띄는 것은,

"워, 원숭이?"

섬 전체가 마치 제 놀이터인 마냥 마구잡이로 날뛰고 다니는 하얀 원숭이 떼였다.

음장생의 얼굴에 황당한 기미가 번졌다.

*　　*　　*

우끼! 우끼끼!

도대체 언제 이렇게 많은 원숭이들이 있었던 건지, 녀석들은 곳곳에서 튀어나와서 깽판이란 깽판은 죄다 저질렀다.

"젠장! 꺼져! 꺼져! 제발 저리 좀 꺼지라고!"

"아아아아악! 거기는 깨물지 마! 말라고!"

어떤 녀석은 도망치는 노예를 붙잡아 채찍질을 하려던 감독관의 머리에 올라가 머리털을 죄다 뽑아 버리고, 또 어떤 녀석은 동료들과 함께 자신들을 사냥하려는 자에게 달

려들어 팔뚝을 깨물고 꼬리로 면상을 찰싹찰싹 때리는 등 응징을 가했다.

"아, 안 돼! 그, 그건 손대면 안 된다고!"

우끼끼끼!

그런가 하면 또 어떤 녀석은 어디서 갖고 왔는지 모를 도자기를 죄다 땅바닥에다 그대로 깨 버렸다.

그 외에도 겨우겨우 숨겨 뒀던 의식용 제구(祭具)들도 길거리에 즐비한 도자기 파편들과 똑같은 꼴이 되고 있었다. 와장창 하는 소리가 들릴 때마다 감독관들의 얼굴은 거무튀튀하게 죽어 가고 말았다.

노예들은 이 많은 원숭이들이 왜 이러나 싶었지만, 곧 녀석들 중 몇 마리가 자신들 앞에서 손짓 발짓을 하며 어딘가 가리키는 것을 보고 의도를 알아챘다.

"따, 따라오라고?"

우끼끼!

원숭이들이 마구 고개를 끄덕인다.

노예들의 얼굴에 화색이 돌았다.

"여러분들! 아무래도 이름 모를 분께서 우리를 도와주러 오셨나 봅니다! 원숭이들을 따릅시다!"

"서, 섬 밖에는 신인이 세상을 구해 준다는 소문이 들린다던데! 우리에게도 그 신인이 왔나 보다!"

“그래. 신인이 오신 거야. 신인이 오셨어!”

“놈들을 치우고 집으로 돌아가자!”

“신인을 따라라!”

노예들은 처음으로 희망을 가지고 원숭이들을 따라 바닷가 쪽으로 달리기 시작했다.

“이, 이놈들, 어딜 가려 하…… 쿠에에에엑!”

그들을 제지하려던 감독관들은 원숭이 떼가 휘두르는 꼬리에 면상을 후려 맞아 볼썽사납게 뒹굴었다.

그렇게 자유를 위한 대탈주가 시작되었다.

* * *

부들부들.

음장생의 주먹이 부르르 떨린다. 이를 악문 채 두 눈에는 실핏줄이 터지고 미간에는 혈관이 도드라졌다.

원숭이. 그걸 상징하는 녀석은 딱 한 명밖에 없다.

그는 모든 분노를 담아 울분을 터뜨렸다.

“제천대서어어어어어엉!”

* * *

감옥 안.

"으아아아아암!"

손오공은 늘어져라 하품을 쩍 하다가 새끼손가락으로 귓구멍을 후벼 팠다. 깜빡이는 두 눈에는 따분한 기색이 역력했다.

"어디서 누가 내 욕이라도 하나?"

그때 손오공 앞으로 공간이 물결처럼 출렁이면서 음장생이 튀어나왔다.

"노오오오오오옴!"

음장생은 잔뜩 화가 난 얼굴로 노호를 터뜨리며 손오공의 멱살을 잡아 올렸다.

손오공은 오, 하고 놀랐다는 표정을 지으면서 히죽 웃었다.

"어라? 이게 뭐야? 내일 의식이라면서? 소중한 제물을 이렇게 막 다뤄도 되는 거였어?"

"도대체 무슨 술수를 부린 것이냐!"

"야야. 나 포로야, 포로. 잘 좀 대우해 주라. 나 몸도 안 좋다고. 혹시 교주한테 여기 온다고 이야기는 했어?"

"말해라! 도대체 무슨 술수를 부린 것이냐는 데도!"

"아니네. 안 했어. 캬! 천하의 절교도 이제 갈 때까지 갔구만. 갔어. 이제는 상사 말도 안 듣고. 집구석 꼴 참 잘도 돌아간다. 그치?"

"똑바로 대답해라, 제천대서어어어어엉!"

음장생은 끝까지 깐족대기 바쁜 손오공을 보면서 이성의 끈이 끊어지기 일보직전이었다. 마음 같아서는 쇠사슬에 묶여 아무것도 못 하는 놈의 모가지를 분질러 버리고 싶은 심정이었다.

하지만 마지막 남은 그 빌어먹을 이성의 끈이 억지로 충동을 제재하고 있었다.

손오공은 한쪽 입술 끝을 말아 올렸다. 영락없는 비웃음이었다.

"너희들이 내 손발 다 묶어 놓고서는 뭔 지랄이야? 화풀이하려거든 꺼져."

"……죽여 버리겠다."

"언제는 나 안 죽이려고 그랬냐?"

"죽어서도 좋은 꼴을 못 볼 줄 알아라!"

"좀 참신한 다른 말 없냐? 하도 많이 들어서 귀에 딱지가 앉겠다, 야."

손오공은 귓구멍을 후비던 새끼손가락을 빼면서 음장생에게 내밀었다.

"봐. 벌써 앉았잖아."

쾅!

음장생은 분한 마음에 손오공을 벽면으로 밀쳤다. 갈비뼈가 으스러진 손오공은 피를 가볍게 토했다. 인상을 살짝 찡그리면서도 손오공은 웃음을 잃지 않았다.

"말로 안 되니까 이제 폭력이냐?"

음장생은 낯을 잔뜩 구기다가 다시 축지를 밟아 바깥으로 나갔다.

손오공은 벽면을 따라 주르륵 아래로 미끄러졌다. 그는 목도리에 내려앉은 먼지를 툭툭 털었다.

"에이. 비뚤어졌잖아. 하여간 개념 없는 새끼, 저러니까 평생 남의 뒤치다꺼리나 하지. 쯧쯧."

목도리를 매만지며 히죽 웃는다.

"그런데 너희들이 참 멍청하다는 게 뭔지 아냐?"

마치 놈이 아직 이 자리에 있는 것처럼 말한다.

"정작 다급한 일이 터지면 앞뒤 분간을 제대로 못한다는 거야. 오, 됐다. 어떠냐? 조만간 새로 유행할 옷차림이라더만."

손오공은 한쪽 벽을 보면서 물었다.

어느새 원숭이 한 마리가 비상 통로를 통해 땅바닥 벽돌을 치우고 올라와 고개를 빼꼼 내밀었다. 녀석은 손오공이 자랑스럽게 내민 목도리를 보며 고개를 갸웃거렸다.

우끼끼!

엄청 거지 같은데요? 딴 거 없어요?

"뒈질래?"

우끼끼끼!

원숭이는 털이 휘날리도록 세게 고개를 절레절레 흔들며 방방 뛰었다. 어, 어울려요! 완전 최고! 엄청 멋있어서 반할 것 같아요!

"그렇지? 자, 갖고 온 거 내놔."

손오공은 원숭이가 쭈뼛대면서 내미는 열쇠 꾸러미를 낚아채더니 몸을 속박하고 있던 쇠사슬에 가져갔다.

신마저 구속하는 신진철은 웬만한 물건으로는 꿈쩍도 않는다. 신진철을 끊을 수 있는 것은 똑같은 신진철뿐. 다행히 녀석들은 해제 도구도 같이 지니고 있었다.

우우우우우우웅!

자물쇠에 열쇠를 가져가자 두 신진철이 같이 공명을 일으킨다.

그리고,

철컥. 철컥.

손발을 묶던 구속구가 거짓말처럼 풀린다.

손오공은 몇 달 만에 처음으로 자유를 얻은 손발을 가볍게 풀었다. 뻣뻣했던 근육이 우두둑 하는 소리와 함께 빳빳하게 힘이 들어간다.

끝내 몸을 다 풀었을 때, 화안금정은 다른 어느 때보다도 요요하게 빛을 발했다.

* * *

"이제 아저씨도 무사히 섬을 빠져나가시겠지?"

우끼끼!

유라의 물음에 원숭이는 고개를 크게 끄덕였다.

여태 원숭이들로 하여금 감독관들의 감시를 피해 쉽게 움직일 수 있도록 도와준 사람이 그녀였다.

그동안 원숭이들이 그들을 피해 섬의 구조를 세세히 파악해 뒀다고는 하나, 몰래 움직이는 것과 마음대로 소란을 일으키는 것은 큰 차이가 있었다.

결국 소동이 벌어져 악선과 감독관들의 시야가 어지러운 사이, 유라는 원숭이 두 마리와 함께 몰래 음장생이 머무는 거처까지 몰래 잠입해 신진철을 풀 수 있는 열쇠 꾸러미를 찾는 데 성공했다.

아마 지금쯤 손오공을 속박하던 구속구도 모두 풀렸으리라.

그럼 바로 섬을 빠져나가겠지.

"너한텐 미안하지만 내게는 당장 풀려난 데도 놈들을 막을 힘이 없어. 대신에 너희들을 몇몇 구할 정도는 되지."

"그럼……?"

"북쪽 나루터에 배를 몇 척 준비해 뒀다. 원숭이들이 깽판을 치는 동안 너는 사람들을 데리고 그곳으로 가. 모두 탈출하긴 힘들겠지만, 여기서 계속 언제 끝날지 모르는 노예 생활을 하는 것보다는 낫겠지."

"아저씨는요?"

"내가 뭘?"

"아저씨는 어쩔 건데요?"

"야! 거기까지 도와주면 됐지, 뭘 더 바래? 그땐 이미 난 여기에 없어. 뒷일은 알아서 해."

손오공은 도와줄 의리는 없지만 너를 봐서라도 거기까지 도와주는 거다, 라는 식으로 툴툴거렸다.

하지만 유라는 그의 말투에서 속내를 읽었다.

'아저씨는 녀석들의 이목을 끄시려는 거야.'

배를 준비해 놨으니 거기에 타기만 하면 된다고?

말도 안 된다.

이 섬에는 하늘을 날아다니고 선술을 부릴 줄 아는 자들이 수두룩하게 많다.

배를 타고 가다가 그런 자가 하나라도 공격한다면?

사람들은 바다 위에서 어쩌지 못하고 그대로 수몰되고 만다.

어린 자신도 아는 사실을 손오공이 모를 리 없다.

배를 띄우는 동안, 손오공은 스스로 미끼가 되려는 것이다.

아직 회복도 덜 된 다친 몸으로. 자칫 겨우 잡은 탈출의 기회를 놓칠 수 있는데도 불구하고.

유라는 자신들을 위해 그렇게 희생할 필요는 없다고 말하고 싶었지만, 손오공의 웃음을 보는 순간 아무 말도 할 수 없었다.

어린애처럼 자존심만 세고, 잘 삐치고, 빈틈이 많아도 그는 하겠노라고 한 번 마음먹은 일은 반드시 해내는 눈을 갖고 있었다.

가족들을 지키기 위해 단호하게 나섰던 아버지와 끝까지 딸을 걱정하던 어머니와 같은 눈을.

자신도 그런 눈을 가지고 싶었다.

우끼?

그때 원숭이가 유라의 옷깃을 잡아당겼다. 어서 다른 사람들이 있는 곳으로 가지 않고 멍하니 서서 뭘 하고 있냐는 시선이다.

"원숭아. 미안한데, 한 군데만 더 들를 수 있을까?"

우끼끼?

원숭이가 눈을 동그랗게 떴다.

*　　　*　　　*

음장생은 다시 하늘 한가운데에서 나타났다.

섬은 여전히 온통 소란스러웠다.

악선들이 바쁘게 돌아다니며 화산을 바로잡고, 이런 사달을 벌인 원숭이들을 잡으려 한다지만 이미 돌이키기엔 너무 먼 길을 온 것 같았다.

하필. 왜 하필이면 오늘이란 말인가!

중요한 의식을 바로 하루 앞에 둔 이때!

제의(祭儀)를 맡은 교주는 마음과 육신에 묻은 불결을 모두 털어 내겠다며 목욕재계에 들어가 소식이 끊겼다. 바깥과의 통신도 일절 두절되었으니 연락이 닿으려면 최소한 내일 오전은 되어야 할 터였다.

그러니 그때까지는. 내일 오전이 될 때까지는 반드시 모든 걸 제자리로 돌려놔야만 한다.

아니, 되돌릴 수 없으니 틀어 버려야 한다.

모두 죽이는 한이 있더라도!

“의식에 혹 마(魔)라도 낄까 싶어 최대한 저어하려 했지만.”

음장생은 지옥 불처럼 일렁이는 눈을 하고서 반쯤 부서진 원혼망을 꺼내 소리쳤다.

“네놈들이 먼저 자처를 했으니 어쩔 수 없지!”

그 순간, 원혼망이 길게 울음을 터뜨리더니 하늘 가득히 잿빛 기운을 한가득 뿌렸다.

우우우우우우웅!

원숭이들을 따라 해변 쪽으로 움직이던 사람들은 모두 깜짝 놀라 하늘을 쳐다봤다.

“저, 저게 뭐야?”

“도대체 무슨 일이 벌어지는 거야?”

여전히 왕성하게 뿜어져 나오는 화산재가 뒤덮일 정도로 뿌연 안개가 하늘을 가득 메우고 있었다.

반면에 원숭이들에게 눌렸던 감독관이나 요동치는 지맥을 억누르던 악선들은 무슨 일이 벌어지는지 눈치채고 안색이 시퍼렇게 죽고 말았다.

“저, 저, 저……!”

“피, 피해야 해! 으아아아아악!”

그들은 하던 일을 내팽개치고 부리나케 달아나려 했다. 감독관들은 채찍과 완장을 바닥에다 버리고 노예들과 함께 원숭이들의 뒤를 따르려 한다. 악선들은 재빨리 축지를 밟거나 몸을 하늘 높이 띄웠다.

하지만,

끼아아아아아!

하늘 가득히 퍼져 나갔던 잿빛 안개가 서서히 구체화되더니 암세포처럼 뒤죽박죽 망량이 마구잡이로 얽힌 망량떼가 되었다.

밖으로 돌출된 망량들은 일제히 본체에서 떨어져 나와 지상으로 추락했다.

놈들에겐 적아 구분이 없었다.

구별할 수 있는 건 오로지 주인이 신의 목소리를 빌어 내린 명령뿐.

—놈들의 숙주를 찾아라. 놈들의 머리를 내게 찾아와 무릎을 꿇게 만들라!

그걸 방해하는 자는 모두 죽여도 좋다!

키드드드드득!

서로 저마다 미간에 빨갛고, 노랗고, 파란 보석을 박은 망량들은 모두 도끼를 들며 눈앞에 있는 것들은 닥치는 대로 찍어 버렸다.

아니, 찍어 버리려 했다.

방해만 없었다면.

"휘몰아쳐라."

어디선가 울려 퍼진 신의 목소리.

그것은 음장생이 내렸던 것보다 훨씬 무겁고 넓게 퍼져 사람들의 심장에 단단히 각인되었다. 마치 부처상을 영접하고 나면 알 수 없는 황홀을 느끼듯이 사람들은 멍하니 하늘을 쳐다봤다.

그리고,

콰르르르르르르르르릉!

그 어느 것보다도 훨씬 강렬하고 무시무시한 강풍이 채찍처럼 하늘을 세차게 갈라놓았다.

망량은 모조리 강풍에 휘말려 갈가리 찢겼으며, 하늘을 가득 메운 잿빛 안개는 그대로 흩어져 사라졌다. 이쪽으로 불어오던 화산재는 용암과 함께 역류해 도리어 분화구를 틀어막아 버렸다.

동시에 불어닥치는 불 폭풍. 하늘을 시뻘겋게 물들이는 것이 아닐까 싶을 정도로 뜨겁게 이글거리는 불꽃은 커다란 소용돌이를 그리면서 모든 것을 불살라 버렸다.

쿠르르르르르르르릉!

쿠릉! 쿠르르르르르!

찢긴 망량들은 흔적조차 없이 소각된다. 도리어 화력을 더해 주는 장작이 되어 더 거세진 불길은 이내 화산의 남은 분화구마저 으깨 버렸다.

"저, 저, 저……!"

"어떻게 저럴 수가……!"

여름이 된 것은 아닐까, 불길은 분명 엄청난 높이에 있는데도 불구하고 그 아래는 엄청난 폭염으로 가득해서 사람들은 땀을 쉴 새 없이 흘리고 있었다.

하지만 그들 중 어느 누구 하나 더위를 느끼지 못했다.

하늘을 가득 메운 화마(火魔)가 화산을 송두리째 날려 버리고 먼지며 나무며 용암이며 모두 녹이기까지 하는 광경은, 그들의 눈에 부처가 직접 이 땅에 강림하여 악마가 다스리던 땅에 직접 벌을 가하는 모습으로 비쳐지기에 충분했다.

부처가 내려온 것이다.

바로 그들을 구하기 위해서!

"아아아아아."

"신인이! 신인이 내리셨도다!"

사람들은 감격에 젖어 눈물을 흘리며 흐느끼거나, 바닥

에 주저앉아 연신 염불을 외워 댔다.

화산뿐만이 아니다.

부처의 불길은 화산에 이어 지상에도 내려와 곳곳으로 번지면서 섬에 있는 모든 것들을 집어삼켰다.

그나마 남아 있던 숲을 불사르고, 폐허도 필요 없다는 듯이 무너뜨리고, 의식 장소까지 모두 녹여 버린다.

신의 목소리가 공언한 것처럼, 불 폭풍은 그야말로 '휘몰아치면서' 그들을 지난 수년간 노예처럼 괴롭게 만들었던 것들을 이 땅에서 모두 싹 지웠다.

"살라라."

그리고 다시 한 마디가 내려졌을 때, 하늘을 크게 한 바퀴 돈 불길이 이번에는 수십 수백 가지 갈래로 나뉘면서 소나기가 되어 지상으로 떨어졌다.

악선들은 본능적으로 자신들을 노린다는 사실을 깨닫고 몸을 피하려 했지만, 불벼락은 사정없이 그들을 갈가리 찢고 재조차 남기지 않고 태워 버렸다.

그 속에는 감독관들을 포함한 절교의 모든 것들이 속해 있었다.

쿠르르르르르르르르—!

부처의 분노 아래, 불벼락은 몇 번이고 지상에 내리꽂히며 절교와 관련된 것들은 하나도 남기지 않고 모두 싹 지워 버렸다. 살이 타 버릴 것 같은 열풍과 새카만 재가 흩날리는 섬을 내려다보는 음장생의 손길은 덜덜 떨리기만 했다.

"어, 어떻게……?"

어떻게 힘을 되찾은 거지? 분명 힘을 모두 잃었을 텐데 어떻게 제천대성으로 돌아올 수 있는 것이냔 말이다!

음장생은 믿을 수 없는 제천대성의 부활에 머릿속이 하얗게 되어 아무 말도 할 수 없었다.

딱. 딱. 딱.

전능하리라 생각했던 교주에게 유일하게 대적할 수 있는 자가 가진 보석처럼 아름다운 눈을 마주하게 되었을 때, 이제는 없어졌다고 생각했던 공포가 물씬 피어나 등골을 오싹하게 만들었다.

몸이 바짝 굳은 듯 움직일 수 없고 턱이 부르르 떨려 어금니가 부딪치기만 한다.

음장생의 시선이 내려앉는 대지.

그곳에서 손오공이 반갑게 손을 흔들고 있었다. 화안금정을 아름답게 반짝이면서.

"어떻게, 맞을 준비는 좀 됐냐?"

콰콰콰콰콰콰콰콰!

잿빛 하늘을 깨 버릴 것처럼 가로지르는 붉은 궤적.

그것을 육안으로 따라잡는다는 건 도저히 말도 안 되는 일이었다.

심지어 음장생마저도!

'대체! 도대체 어째서!'

분명 구속되기 전까지만 해도 힘이 다해서 비실비실 대던 인간이다. 그 후에는 신진철에 묶여 힘을 되찾을 길이 전혀 없었고.

어떻게 운이 좋아 구속을 풀었다고 하더라도 힘이란 게 바로 돌아올 정도로 편리한 것이 아니다.

그런데 어떻게 이자는 이리도 바로 강한 힘을 보여 줄 수 있는 거지?

"오지 마! 오지 마! 오지 마아아아아앗!"

음장생은 자신을 압도적으로 밀어붙이다 못해 이제는 갖고 노는 손오공이 두려웠다. 발도 못 붙이게 하기 위해 마구잡이로 원혼망을 휘둘러 댄다.

징, 징, 징, 원혼망이 울릴 때마다 수만 마리의 망량이 일어나 손오공을 막아선다. 하지만 이마저도 손오공은 단일격에 내지른 불 폭풍으로 모조리 소각시킨다.

그럴수록 음장생의 머릿속은 더 새하얗게 질렸다.

이미 용량 이상으로 망량을 소환한 원혼망은 잔뜩 균열이 가 금방이라도 깨질 듯이 위태롭다. 하지만 음장생은 그걸 눈치챌 겨를이 없었다.

결국,

콰르르르르르르르르!

또 한 번의 엄청난 불 폭풍과 함께 마저 남은 망량도 살라 버리고,

"까꿍!"

손오공이 단숨에 음장생 앞에 나타나 아주 장난스럽게 손을 흔들어 댄다.

"제기라아아아아아아아알!"

음장생은 이미 핏기가 싹 가신 얼굴로 마지막 저항을 시도해 보지만,

콰아아아아아아아아앙!

"컥!"

그보다 먼저 손오공의 주먹이 음장생의 명치를 찍는다.

늑골과 흉골이 단숨에 안쪽으로 함몰되면서 아주 잠깐 정신이 끊어진다.

입 밖으로 피 화살을 토하면서 음장생은 하늘 높은 곳에서 지상까지 수직으로 추락했다.

아주 볼품없이. 힘없게.

이미 불 폭풍에 의해 화산이 말끔하게 도려내진 평원 위로 떨어진다.

음장생은 마치 채집된 곤충처럼 땅속 깊은 곳에 처박혔다.

척추며 장기가 모조리 박살이 나 몸에 힘이 실리지 않는다. 시야가 이리저리 어지럽게 일그러진다.

손오공은 무릎을 세우며 바로 그 위를 덮쳤다.

콰르르르르르르르르르—!

위력이 얼마나 대단한지 산이었다가 평원이 된 자리에는 족히 수백 미터는 될 엄청난 크기의 구덩이가 생겨난다.

모래 기둥이 버섯 모양으로 치솟고, 사방으로 수십 킬로미터나 되는 균열이 거미줄처럼 마구 퍼졌다.

화산이 폭발할 때보다도 더 엄청난 지진이 섬 전체를 뒤흔든다. 이대로 섬이 무너지는 게 아닐까 싶을 정도로.

음장생은 이미 손오공의 무릎에 맞아 하체가 갈가리 찢겨 나간 상태였다.

당장 죽어도 이상하지 않을 테지만, 깊은 깨달음이 겨우겨우 숨통을 부지하고 있었다. 하지만 그마저도 금방 꺼질 듯이 위태롭다.

"뒈지기 전에 하나만 묻자."

"컥…… 컥……!"

“교주 새끼, 어디 있냐?”

손오공은 익살맞게 웃었다. 하지만 화안금정은 호선을 그리지 않는다. 싸늘하게 식은 채로 다 죽어 가는 음장생의 마지막 모습을 담는다.

“대답을 안 하시겠다?”

이미 장기가 모조리 박살 난 음장생은 말을 할 수 없는 상태였다.

하지만 손오공은 녀석의 의지를 읽었다.

네놈에게 말하겠느냐는 의지.

피식.

손오공의 입가로 바람 빠지는 소리가 난다.

“잘난 척은. 뭐, 상관없어.”

손오공은 어깨를 으쓱거렸다.

“그냥 나오게 하면 되지 뭐. 안 그래?”

음장생이 무슨 말을 하려는 듯 입을 벙긋거렸지만,

화르르르르르르르르륵!

완전히 무시된 채 손오공을 따라 불길이 일어난다. 화산을 지웠을 때처럼 엄청난 불 폭풍이 일어 이번엔 지상에 난 균열을 따라 퍼져 나간다.

화마와 균열은 금세 섬 전체를 집어삼켰다.

콰콰콰콰콰콰콰콰콰!

잠시 후, 균열에 의해 수백 갈래로 잘게 쪼개진 섬이 힘을 잃고 바다로 수몰되기 시작했다.

원래 화산이 크게 있던 자리가 무너지면서 엄청난 격랑이 사방으로 몰아친다.

마치 폭풍우가 다가온 것처럼 혼란스러운 와중에 손오공은 홀로 수면 위에 서서 하늘을 응시한다.

"이만 나오지? 거기 있는 거 다 아는데."

비딱하게 고개를 꼬아 말한다.

쏴아아아아아.

그 순간, 세상이 반전(反轉)되었다.

열 폭풍이 수없이 할퀴어 대 붉은 자국으로 얼룩덜룩한 하늘 사이사이 새카만 칠흑빛이 꽃처럼 피어난다.

꽃과 꽃이 이어지면서 헝겊으로 기운 듯한 이상한 모양의 어둠 덩어리에서는 온갖 잔상이 언뜻 맺혔다 사라진다.

마치 무성 영화를 영사기로 틀어 놓은 것처럼 두서없는 장면들이 수없이 겹치고 분리되고 나타났다가 사라지기를 반복한다.

그 속에는 손오공의 과거 모습도 있었고, 동주칠마왕의 모습도 있으며, 지호의 모습도 있고, 음장생, 십이사도, 그들과는 전혀 무관한 일반 백성들의 모습까지 있었다.

이것은 꿈.

세상을 살아가는 수많은 자들이 잠을 자면서 잊거나 기억하면서 남긴 꿈들이 응어리져서 만들어 낸 환상이다. 동승신주라는 세상의 이면이다.

그것이 바로 교주.

한때 꿈을 관장했던 이의 모습이다.

밤이 사라져 꿈이 악몽이 되어 다른 어느 때보다 어둠이 강렬해진 이때.

교주는 다른 어느 때보다도 강한 힘을 자랑하며 신이었던 모습으로 되돌아가고 있었다.

하늘에 맺힌 세상의 악몽이 완연하게 피어났을 때, 그 사이로 두 개의 눈이 커다랗게 활짝 열렸다.

까만 자위에 하얀 눈동자.

제사장 흑왕이 가졌던 왼쪽 눈과 똑같은 눈이다.

—생명을 사르고 있구나.

신이었으나 이제는 신이 아닌 자는 천 년 전이나 지금이나 언제나 한결같은 목소리로 말한다.

—그대의 영혼은 우리의 양분. 그것을 헛되이 쓰지 말라, 제천대성.

손오공은 약지로 귀를 후벼 파면서 어이없다는 표정을 지었다.

"내가 뭘 하건 말건 간에. 어디 맡겨 놨냐?"

—그대의 미래는 어차피 얼마 안 가 덧없이 사라지는 것. 그렇다면 뜻 깊은 곳에 담는 게 좋을 테지.

"누가 사라진대? 이거 미친놈 아냐?"

—이미 결정된 명(命)이 아닌가.

"이봐, 형씨. 그렇게 겪고도 아직 모르겠어?"

우두둑, 우두둑.

손오공은 가볍게 어깨를 풀며 송곳니가 훤히 드러나도록 웃었다.

"나 제천대성이야. 손오공이라고. 그깟 명쯤 하나 못 바꿀 것 같아?"

콰아아아아아아아아앙!

수면이 거압에 짓눌리면서 파문이 십여 킬로미터나 퍼져나간다.

이전 격랑과는 비교도 안 될 정도로 큼지막한 해일이 번져 나가면서 손오공은 화살이 되어 하늘에 맺힌 악몽을 향해 쏘아졌다.

—나의 꿈속으로 들어오라.

어둠의 장막이 활짝 열리면서 손오공과 함께 조용히 사라졌다.

*　　*　　*

쏴아아아.

격랑의 회오리에서 상당히 떨어진 망망대해 위로 세 척의 배가 지난다.

상당히 물살이 거칠었지만 사람들은 갑판 위를 바쁘게 오고 가며 돛을 펴고, 노를 잡아 어떻게든 균형을 잡아 가고 있었다.

다른 사람들이 원숭이들을 따라 섬을 탈출하기 바쁠 때에 유라가 지하 감옥에서 구출한 사람들 중에 뱃사람이 상당수 있었던 덕분이었다.

유라는 난간을 꼭 붙잡으며 저 멀리 붉은 궤적과 칠흑빛 장막이 맞물리는 하늘을 쳐다봤다.

"괜찮…… 으시겠지, 아저씨?"

그녀는 안다.

손오공이 자신들을 구하기 위해서 섬에 남아 놈들과 싸워 시간을 벌어 준다는 걸.

꽉.

흔들리는 난간을 붙잡는 유라의 손길에 잔뜩 힘이 들어갔다.

우끼끼!

하얀 원숭이는 그녀의 머리에 꼭 들러붙은 채 걱정 말라며 익살맞게 웃었다.

놈들이 상대하는 건 손오공이다.

과연 놈들이 손오공을 제대로 상대할 수 있겠느냐면서.

* * *

쏴아. 쏴아아.

화산과 섬이 크게 가라앉은 자리.

넘실대던 해일과 격랑이 언제 그랬냐는 듯이 가라앉아 잔잔하던 수면 위로, 갑자기 뽀글뽀글 물거품이 올라오기 시작했다.

"제…… 천대…… 성……! 제천대성……!"

포말 위로 손 하나가 번쩍 튀어나오더니 암초를 붙잡고 위로 기어 올라온다.

철저하게 망가져 원래의 모습을 찾아볼 수가 없다.

잘게 일그러진 얼굴로 고개를 치켜든다.

누군가의 전언이 신탁처럼 머릿속에 내려앉는다.

—놈의 흔적을 찾아라.

"제천대성!"

흉측한 얼굴 사이로 두 개의 귀화가 잔뜩 피어오르더니, 곧 천천히 물살을 따라 어디론가 이동하기 시작했다.

29장

신화

이제는 폐허가 된 반검맹의 대연무장.

"하나."

"정신을!"

"둘."

"차리자!"

"하나."

"정신을…… 으악!"

"어쭈, 자세 봐라. 그래 갖고 어디 야밤에 마누라 만족시킬 수 있겠나. 어서 일어난다. 실시."

"실시!"

"하나."

"정신을!"

"둘."

"차리즈아아아아아!"

지호가 팔짱을 끼고 차갑게 한 마디씩 던질 때마다 무사들은 이리 굴렀다, 저리 굴렀다, 머리를 바닥에 박았다가 일어나기를 반복했다.

이상한 동작이 계속될 때마다 무사들은 하늘이 노래지고 몸이 물을 먹은 솜처럼 무거워지는 것 같았다.

하지만 지호는 그런 걸 전혀 신경 쓰는 눈치가 아니었다.

그저 누가 게으르게 구는지를 매의 눈으로 감시할 뿐. 물론 내공 사용은 절대 금지였다.

강호에서 내로라한다는 고수들과 반검맹의 고수들은 모두 거지꼴이 되어 가고 있었다.

"……저게 뭐라고 했었는지 기억이 나오?"

대연무장이 한눈에 내려다보이는 곳에서 권왕 혜가는 묘한 표정이 되었다.

자칫 자신도 저기에 휘말릴 뻔했으니까. 보는 것만으로도 등이 축축하게 젖는다.

"뭘 말인가? 아, 저거?"

청왕 납탑도인은 혜가를 치료하다 말고 혜가가 가리키는

곳을 보며 말했다.

"글쎄. 뭐라더라. 원산폭…… 격? 피티…… 체조? 하여간 뭐 그런 것이라고 들었네."

"원…… 뭐요?"

"원산폭격."

"그런 것도 있었소?"

"몰라. 나도 제법 속세에 밝다고 자부하는데, 젊은 사람들의 세계를 도통 따라잡을 수가 있어야지."

납탑도인은 고개를 절레절레 흔들다가 혜가의 오른쪽 어깨에 깊게 박힌 침을 거뒀다.

침이 놓였던 자리는 찢어진 걸 강제로 이어붙인 듯한 흉터가 남아 있었다.

"그보다 어깨나 한 번 움직여 보시게. 최대한 근육을 살리려 해 봤네만."

혜가는 슬며시 고개를 끄덕이더니 팔을 크게 한 바퀴 돌리려 했다.

하지만 반쯤 올리다 말고 살짝 인상이 일그러진다.

"으으으음."

"역시 아직 완전하지는 못한 건가. 아무래도 신경을 좀 더 세밀하게 이어야겠어. 체력이 회복되는 대로 다시 한 번 해 보세."

납탑도인은 턱을 짚으며 미간을 좁힌다.

혜가는 괜찮다며 손사래를 쳤다.

“아니오. 아니오. 지금 이런 치료를 받는 것조차 노납에게는 과분한 은일 뿐이오. 그러니 이 이상의 치료는 안 해 주셔도…….”

“섭섭하게 그리 말하지 말게. 나중에 자네 제자가 그런 말을 했다는 걸 알기라도 하는 날에는 내가 엄청 시달려.”

“…….”

“그러니 어서 나으세.”

혜가는 감사하다는 말 대신에 다른 팔로 염주를 굴리며 아미타불, 아미타불, 몇 번이고 염불을 외웠다. 그러지 않으면 눈가에 눈물이 살짝 감돌 것 같았다.

백왕과 적왕의 사건이 정리되고 난 후, 철기보는 완벽하게 반검맹을 장악했다. 이중에서 소란과 불만은 없었다. 그럴 기미를 보이기도 전에 지호와 같이 땅바닥을 굴러야 했으니.

이후, 차예린은 최대한 정국을 안정시키는 한편, 언제든지 반검맹의 힘을 분출할 수 있도록 준비를 갖췄다.

지호가 하려는 일이 태양의 조각을 찾는 것과 환란을 그치는 것에 있다는 걸 알고 있는 이상, 반검맹도 그를 도와 혼란을 수습하고 민생을 바로잡으려 했다.

혜가는 그런 그들의 마음을 알고 스스로가 부끄럽기만 했다.

정확한 사정은 알지도 못하면서 천둥벌거숭이처럼 날뛰었다는 사실이 못내 부끄러워 아주 조심히 떠날 생각이었다.

하지만 그런 그를 막은 사람이 납탑도인이었다.

"설마하니 이렇게 떠날 생각은 아니겠지? 자네의 제자가 많이 피곤해 보여. 조금만 쉬다 가시게."

"하지만……."

"제아무리 나나 자네가 모시는 분이 다르고, 그분들의 뜻이 조금 다르다 한들, 그 끝은 결국 하나로 이를 것이고, 그 길을 보는 것 또한 즐거움이 아니겠나?"

납탑도인은 천계, 선계, 속세, 이 모든 것이 한데 휘말려 어지럽기만 한 환란의 끝을 같이 지켜보는 것이 어떻겠냐고 물었다.

그리고 당연히 그 끝은 한 사람을 가리키는 것일 터.

'신인, 이라.'

혜가는 이제 선인과 고수들의 엉덩이를 발로 차면서 진

창으로 끌고 가는 지호를 봤다.

선인으로서의 품위는 느껴지지 않지만, 대신에 자유분방함이 풍긴다.

이제 확신할 수 있었다.

관세음보살이 계시로써 내렸던 씨앗.

그것이 바로 지호를 가리킨다는 것을.

'어쩌면 그가 무사히 세상을 구제하는 걸 지켜보는 게 내게 주어진 마지막 남은 사명일지도.'

불가의 수문장이 되고도 왜 여전히 하계에 속박되어 있는지에 대해 몇 번이고 스스로에게 되물었던 질문의 대답이 바로 여기에 있었던 셈이다.

"아미타불 관세음보살."

혜가는 아직 신경이 살아나지 않아 불편한 왼손에서 오른손으로 염주를 옮기고는 조용히 염불을 외웠다.

마가 잔뜩 꼈던 마음에 광채가 스며들려는 그때,

지이이이이이이잉.

금고아가 길게 울음을 토했다.

"……!"

"이, 이건?"

"또 무슨 일이……!"

갑자기 반검맹 사이로 흐르던 잔잔한 공기가 거세게 요

동친다.

그리고 어깨가 가라앉을 만큼 무겁게 변해 사람들의 숨통을 막히게 만들었다.

납탑도인은 경악한 얼굴로 벌떡 일어나 하늘을 바쁘게 둘러보고, 혜가는 싸늘하게 식어 가는 심장을 억지로 잡으면서 주변 사람들을 확인했다.

자신들이 이런 반응을 보일 정도라면 다른 사람들은 위험했다.

아니나 다를까.

한창 진창에서 구르며 상거지 꼴이 되었던 무사들은 몸을 굳힌 채 안색이 하얗게 질렸다.

무공을 익히지 않은 일반 시비와 하인들은 숨이 넘어가기 일보 직전이라, 혜가는 재빨리 법력을 가득 뿌려 그들을 보호했다.

"아저씨, 대체 이게 무슨 일이에요?"

차예린이 대연무장으로 나와서 납탑도인을 찾는다.

도력을 풀어 혜가와 함께 기세가 반검맹에 내려앉지 못하게 겨우겨우 버티고 있던 납탑도인은 이를 악물었다. 눈에 핏대가 잔뜩 선 채로 소리친다.

"나오지 말고 어서 들어가! 사람들을 모두 대피시켜라!"

"아, 알겠어요!"

차예린의 지시에 따라 무사들은 시비와 하인들을 먼저 안전한 곳으로 대피시킨다. 고수들과 선인들은 혜가와 납탑도인을 따라 공력을 한껏 풀어 근원을 알 수 없는 위압감에 저항했다.

하지만 시간이 갈수록 공기는 점차 무거워졌다.

부들부들. 법력을 지탱하는 손길이 위태롭게 흔들린다.

'대체 누가 있어서……!'

단순히 위압감만으로 나라연금강의 법력을 뒤흔들 정도라니.

일반 천계의 신들도 이 정도는 아니다.

상급 신격을 가진 신들이나 가능할까.

하지만 그런 이들 중 도대체 어느 누가 이곳을 노린단 말인가?

특히 위압감과 더불어 휘몰아치는 열풍은 법력과 함께 영혼이 송두리째 타 버리는 것이 아닐까 싶을 정도로 뜨겁고 강렬했다.

이대로는 정말 법력이고 뭐고 아무것도 남지 않겠다는 생각에 지호를 바쁘게 찾는다.

그라면 어떻게든 할 수 있지 않겠냐는 생각에.

하지만,

"시…… 주?"

이상하게도 지호는 그들을 돕지 않고 하늘 한가운데를 가만히 응시하고 있었다. 인상을 살짝 찌푸리면서 뭔가를 찾으려는 듯 바쁘게 눈을 움직인다.

그런 와중에 혜가는 지호가 손에 끼고 있는 반지가 비정상적으로 울린다는 것을 알아챘다.

그리고 주변 공간이 크게 출렁인다는 사실까지도.

'저것이다!'

혜가는 반지, 금고아가 이 위압감을 풍기는 원인이란 사실을 눈치채고 사자후를 터뜨렸다.

"시주! 어서 그 반지를 벗……!"

하지만 그의 말이 끝나기도 전에,

팟!

지호가 축지를 밟아 어디론가 사라졌다.

"성아!"

―응!

망망대해 한가운데.

지호는 방향 감각도 잡히지 않는 푸른 물결만 가득한 곳 위를 달렸다.

아주 희미하게 남은 손오공의 잔향을 따라.

'어디지? 대체 어디야?'

이미 손오공이 남긴 기운은 언제 그랬냐는 듯이 조용히 사그라졌다. 마치 모든 게 거짓말이었던 것처럼.

그나마 영혼에 새겨진 흔적이 있어 대강이나마 위치를 짐작할 수 있는 것이지만, 그마저도 흐르는 바람에 묻혀 사라진다. 지호는 최대한 감각을 개방해 주변에 있는 사념들을 읽어 들였다.

막대한 양의 정보들이 물밀 듯이 들어온다.

그것을 일일이 받아들이는 것만 해도 정신이 핑 돌 것 같았지만, 악착같이 버텨 낸다.

파아아아앙! 파아아아앙!

거친 해일을 일으키며 해수면 위를 달리기를 여러 번.

그러다 우연히 어딘가에 도착한다.

"화산……?"

섬이 부서져 조각이 드문드문 배치된 곳.

어떤 격전이 있었는지 포말을 품은 파도가 넘실넘실 춤을 춰 댄다.

혹시 이곳이 뭔가 관련이 있는 게 아닐까?

"성아, 뭔가 좀 보여?"

—으응. 잠깐만.

문을 다루는 솜씨는 아직 지호보다 청룡이 낫다.

심연 속에서 청룡은 잔뜩 인상을 찡그리며 지호의 눈을

빌어 뭔가를 찾고자 했다.

하지만 그러다 고개를 젓는다.

—히잉. 미안해. 아무것도 안 보여.

"안 보인다고?"

—응…… 뭔가 시커먼 게 막막 가리고 있어.

지호는 눈을 가느다랗게 좁혔다.

"정보 차단인가?"

이미 파사를 비롯한 선인들에게 몇 번 당해 본 적이 있으니 충분히 가능한 일이다. 하물며 손오공과 관련된 일이라면 어떻게든 악착같이 숨기려 들겠지.

탁!

지호는 원래 섬이었을 돌섬 위에 올라서서 주변을 쓱 훑어보았다.

역시나 아무것도 보이지 않는다.

그러다 문득 발밑에 치이는 뭔가를 본다.

"……그릇?"

그저 흔한 깨진 바가지 조각. 오랫동안 썼는지 낡은 흔적이 곳곳에 남아 있다.

하지만 여기엔 익숙한 냄새가 났다.

손오공이 쓰던 바가지였다.

*　*　*

지호는 바가지 조각을 갖고 철기보로 돌아왔다.

철기보는 거친 태풍이 불고 지나간 듯 조용했다.

특히 고수들은 금고아를 따라 전해졌던 숨 막히는 기세가 아직도 가시지 않은 듯 몸을 덜덜 떨고 있었다. 몇몇은 지호를 더더욱 두려움에 찬 눈빛으로 보기도 했다.

"어떻게 되었나?"

납탑도인과 혜가가 다가온다.

지호는 대답 대신 바가지 조각을 보였다.

"잠깐 봐도 되겠나?"

"예."

납탑도인은 조각을 건네받아 이모저모를 살폈다. 그러다 살짝 인상을 좁힌다.

"뭘 담은 것으로 보이네만."

지호는 뒷머리를 벅벅 긁었다.

"무너진 섬 같은 게 있었는데 이와 비슷한 것들이 주변 바다 위에 많이 떠다니더라고요."

"그럼 그곳이……?"

"절교가 머물던 곳인 것 같습니다. 다만, 바로 꼬리를 말고 사라져서…… 그보다 여긴 아무 일도 없죠?"

"일단은 그렇다네. 다들 경기를 일으키긴 하지만."

납탑도인은 이쪽으로 시선을 주지 않으려 애쓰는 자들을 보면서 쓴웃음을 지었다.

"그런데 무슨 일 있습니까? 공기가 영 이상한데요?"

지호는 납탑도인과 혜가를 보며 물었다.

혜가는 굳은 얼굴로 눈을 지그시 감더니 아미타불, 염호를 외워 댄다.

납탑도인이 대신 대답했다.

"신통(神通)이 끊어졌다네."

그제야 지호도 이번 일이 심상치 않다는 걸 깨달았다.

신통은 하늘과 소통하게 만드는 능력. 납탑도인과 진무대제를 잇는 연결 고리다. 그게 흐트러진다는 건 어떤 문제가 있다는 뜻.

혜가를 돌아보니 그도 신중하게 고개를 끄덕였다.

"관세음보살께서 내리시던 계시도 사라졌다오."

신과 부처, 둘 모두 연결이 끊어졌다?

천계와의 연락 자체가 끊겼다는 뜻이다.

"따로 신탁은 없었습니까?"

"없었다네."

"역시 절교가 무슨 일을 벌인 거네요."

지호는 인상을 찡그리면서 하늘을 올려다봤다.

혹시 삼신산이 열릴 시기가 지금인가 싶어 하늘을 살폈지만, 나후성은 여전히 잠잠히 그곳에 있다.

마치 지호의 우려를 비웃기라도 하듯이.

수수께끼를 낼 테니 맞혀 보라는 것 같다.

보통 때라면 스스로 치민 울분을 참지 못했을 테지만, 이상하게 마음이 차분하게 가라앉는다.

'오공은 아직 무사해.'

금고아는 지호와 손오공을 이어 주는 매개체. 손오공에게 어떤 일이 발생하면 즉각 지호에게 전달된다.

뜨겁게 타오르던 열풍. 그건 분명 근두운이었다.

손오공이 뭔가를 하고 있었다.

어디선가 놈들과의 싸움을 다시 시작했단 뜻이다.

'조금만. 조금만 기다려요, 오공.'

꽉.

금고아를 붙잡는 손에 바짝 힘이 들어갔다.

나후성에서 시선을 거두고 고수들이 있는 쪽을 바라본다.

남은 조각은 다섯 개. 전부 선인들이 갖고 있을 테지. 그리고 반검맹에서의 소식을 듣고 잔뜩 날을 세운 상태일 것이다. 모두 수거하려면 인력이 필요하다.

마침 공짜로 부릴 만한 좋은 인력들이 있었다.

눈을 가느다랗게 좁히며 씩 입꼬리를 말아 올리자, 고수들은 다시 바들바들 떨기 시작했다.

그들의 눈에 지호는 영락없는 악마처럼 보였다.

* * *

철기보에 환란이 닥쳤다!

소문은 사천 지방을 넘어서 무림에 퍼져 나갔다.

게다가 주체가 반검맹을 만들려 했던 백왕과 적왕이며, 검마와 손을 잡고서 발족식에 참여한 사람들에게 모두 세뇌를 가하려 했다는 사실도 밝혀져 사람들에게는 상당히 충격적이었다.

하지만 이들의 계획은 이루어지지 못하고 단번에 뒤집어지고 말았으니.

신인!

초나라 강역 전반에 걸쳐서 소문만 무성하던 자가 나타나 백왕과 적왕을 쓰러뜨리고 습격에 참여한 모든 고수들을 제압한 것이다.

더구나 신인의 정체가 일 년 전에 제나라에서 사고를 크게 쳤던 질주광마라는 사실이 더불어 알려지면서 소문은 걷잡을 수 없이 커졌다.

하지만 이렇게 상황이 시끄러워졌어도 철기보는 묵묵히 제 할 일을 진행했다.

구명(求命)을 받은 고수들과 함께 반검맹을 완성시켰다.

다만 맹주 자리에는 원래 내정되었던 백왕이 아닌 신창선자 차예린이 앉았으며, 검마가 죽었기 때문에 맹의 목적도 바꾸었다.

모든 환란을 종식시키자!

진나라 곳곳이 수많은 환란과 마인들의 등장으로 몸살을 앓았던 바. 반검맹은 무림의 뜻을 한데 모아 평화를 구축하기 위한 작업을 시작했다.

그들의 뜻에 동조해 모여든 무인의 숫자만 천여 명.

반검맹은 기치를 높이 들며 호주를 떠났다.

그들이 가장 먼저 밟은 땅은 사천의 도읍, 성도였다.

*　　*　　*

와아아아!

커다란 함성과 함께 무사들이 바쁘게 달린다.

국경을 넘어 영토 깊숙한 곳까지 들어온 이민족들.

말을 몰며 활약하는 그들은 전장에서는 무적의 군단이었고, 마을에서는 거칠 것이 없는 마적 떼다.

이미 정부의 기능이 유명무실해진 지금, 이민족들은 놀이터처럼 부유한 마을을 약탈하고, 처자들을 겁간하며, 아이들을 몰이하다가 낄낄 대며 창으로 찔러 죽인다.

하지만 그들은 자신들이 자행했던 그대로 무사들이 짜 놓은 계략 안에 갇혀 목이 잘려 나갔다.

이미 이곳으로 오는 내내 자국의 처참한 지경을 두 눈으로 목격한 무사들은 화가 머리끝까지 치민 상태였다.

검을 휘두르는 데 전혀 주저하는 기색이 없었다.

그리고 그들의 머리 위.

콰르르르르르르릉!

잿빛 하늘을 시뻘겋게 물들이는 붉은 궤적이 빠르게 그어진다 싶더니 어느 지점에서 크게 터져 나간다.

이미 반검맹 무사들은 몇 번이고 본 광경이라 익숙했지만, 위기에 내몰린 이민족들은 해와 달이 사라진 것만큼이나 충격적인 사건이었다.

"시, 신이 나타났다!"

"하늘이 노하셨어……!"

워낙에 미신을 신봉하는 그들이기에 정신적으로 받는 충격은 아주 컸다.

하늘을 종횡무진 날아다니면서 손을 휘두를 때마다 불꽃을 뿌리고 벼락을 내리며 바람과 얼음 조각을 날린다.

그것이 신의 이적이 아니면 또 무엇이겠는가!

이미 중원뿐만 아니라 새외에서까지 신인으로 불리기 시작한 지호는 이민족들을 배후에서 종용해 혼란을 부추긴 선인들을 상대하는 중이었다.

콰아아아아아앙!

화염륜이 대기를 떠밀면서 해일처럼 엄습한다.

검을 들고 지호를 잡으려 했던 선인은 미처 방어할 새도 없이 단숨에 화염에 찢어발겨져 시신도 남기지 못하고 사라졌다.

"신인이다! 신인이 나타났다!"

신인이 써 내려가는 새로운 신화(神話)는 다시 시작되고 있었다.

"운학자!"

동료의 죽음에 놀란 누군가의 외침이 울린다.

—운학자. 검의 선인. 허공을 떠다니는 검을 수족처럼 다루며 싸움을 좋아한다. 욕심이 너무 과해 신격을 얻지 못한다.

"이놈! 감히 운학자를……!"

"죽어라!"

등 뒤에서 두 사람이 나타나 각각 양쪽 허리를 갈라 온다. 분노에 눈이 멀어 앞뒤를 보지 않는다.

이미 예지안을 뜨고 있어 놈들의 공격을 예측하고 있던 지호는 허공을 박차 높이 공중제비를 돌았다. 머리 아래쪽으로 아슬아슬하게 두 자루의 검이 스쳐 지나가고, 지호는 어느새 두 선인의 뒤를 점했다.

"위험해!"

다른 누군가가 경고를 던졌지만, 지호는 이미 양손에 샛노란 뇌벽세를 잔뜩 담아 터뜨렸다.

파지지지지지직!

"컥!"

"쿨럭!"

단숨에 녀석들의 몸뚱이에 사람 머리통만 한 구멍이 뻥 뚫린다. 두 녀석은 멍하니 서로를 쳐다보다 힘없이 아래로 추락했다.

이번에도 역시 둘의 정보가 지호의 뇌리로 흘러들었지만, 바로 내보냈다.

이미 계속된 예지안의 사용으로 어느 정도 다루는 법을 터득한 터라, 필요한 정보만 쏙쏙 뽑아서 기억 및 연산 처리하는 것이 가능했다.

제갈희희, 금학산, 음양상인, 백보 대사, 천령, 포송화, 여설, 계수연, 환…….

지호는 자신을 에워싼 선인들의 이름을 모두 '알았다'.

하지만 이 중에서 기억할 것은,

"시간 낭비일 뿐이지."

없었다.

지호는 차갑게 웃으면서 오른손을 한껏 웅크렸다. 뱀처럼 팔을 둘러싸고 있던 화염륜이 주먹 안쪽으로 빨려 들어가면서 작은 구슬 모양으로 농밀하게 압축된다.

그리고 녀석들을 향해 세게 탄지(彈指)를 날렸다.

퓨퓨퓨퓨퓨퓨퓻!

붉은 구슬들이 탄환처럼 사방으로 튄다. 목표는 선인들의 미간.

"흡!"

"젠장!"

공간을 꿰뚫는다는 착각이 들 정도로 너무나 빠른 속도에 미처 반응하지 못한 선인들은 당했다는 자각도 없이 그대로 미간이 꿰뚫려 즉사했다.

몇몇 선인들은 들고 있던 보패를 휘둘러 방어를 시도했지만,

콰콰콰콰콰콰쾅!

탄환이 폭발하면서 압축되어 있던 불꽃이 폭사했다.

뜨거운 불길은 보패를 녹여 버릴 뿐만 아니라 그 뒤에 있던 선인들까지 한꺼번에 날려 버렸다.

상반신이 날아가거나 발만 덩그러니 남은 시신들이 아래로 추락한다.

"괴, 괴물 같으니라고……!"

결국 지호를 습격했던 선인들은 모두 죽어 버린 채, 겨우 숨이 붙은 건 제갈희희라는 요선(妖仙) 한 명밖에 없었다.

타고난 색기로 남자들을 홀려 정기를 빼앗고 등선을 했던 그녀는, 선인이 되고 나서도 부단히 방중술을 수련해 풍부한 공력을 자랑했다.

덕분에 다른 선인들이 모조리 죽어 나갈 때 그녀만큼은 살아남을 수 있었지만, 그만큼 한꺼번에 많은 공력을 소비해 그녀가 자랑했던 젊음과 아름다움은 사라지고 추레한 노화만이 남아 버렸다.

지호는 축지를 밟아 제갈희희 앞에 당도해 손을 뻗었다. 손아귀가 검버섯이 자글자글한 목젖을 틀어쥔다.

"웃기는군. 너희들이 강도짓 하는 건 괜찮고, 내가 막는 건 나쁜 거냐? 뭔 논리가 개뼈다귀야?"

지호는 두려움에 젖었으면서도 억지로 분노를 토해 내는

노파를 비웃었다.

"우리는 네놈과 다르게 수양을 쌓아……!"

"그래. 수양을 쌓으셨겠지. 수백 년 동안. 그런데 뭐? 그게 뭐 어떻다고? 그래서 너희들이 나보다 더 잘할 거다, 이 말이야?"

"당연하지 않느냐!"

"하지만 미안하게도 여기서 당신을 찾는 사람은 아무도 없는데 어쩌지?"

지호는 아래쪽에다 턱짓을 했다.

제갈희희는 지상을 보며 입을 꾹 다물었다.

와아아아아아!

이미 전투는 모두 끝났다.

무사들은 포로로 잡은 이민족들을 포박하고 기쁨에 찬 함성을 질렀다. 개중에 하늘을 향한 소리는 지호를 찬양하는 목소리가 대부분이었다.

반면에 이민족들은 제갈희희를 보다 눈이 마주치자 소스라치게 몸을 떨며 바닥에 엎드렸다. 울부짖는 처절한 소리가 난무한다.

"쟤네들이 뭐래는지는 모르겠지만, 아마도 살려 달라는 거겠지?"

"……."

제갈희희는 아무 말도 할 수 없었다.

자신이 봐도 너무 상반된 모습이었으니.

반검맹 쪽이 분명 이기기는 했으나, 그들에게서는 지호를 숭배하고 존경할지언정 두려워하는 기색은 전혀 찾아볼 수 없었다.

어떻게 저런 게 가능한 거지?

여태 힘으로 이민족들을 끌어왔고 말을 듣지 않으면 바로 목을 치는 형식으로 다뤘던 그녀로서는 도저히 이해가 가지 않았다.

"……당연하지 않느냐. 저 멍청한 것들을 인도하기 위해서는 어쩔 수 없으니!"

"멍청해?"

"그래! 우리 선인들은 하늘로부터 선택을 받은 자들! 어찌 아무것도 아닌 양민들 따위와 한 자리에 같이 설 수 있겠는가! 우리들은 부족한 저들을 올바른 길로 인솔해야 할 의무가 있다. 하지만 인간들이란, 한 번 풀어 주면 제 분수를 모르고 날뛰니 억지로라도 잡……!"

"닥쳐."

"……!"

"나는 말이야. 처음 이 세상에 왔을 때부터 뭔가 좀 이상하다고 생각했어."

지호의 얼굴은 다른 때보다도 잔뜩 일그러져 있었다.

"힘을 다룰 줄 모르는 사람들은 이렇게 힘들게 사는데, 신을 논한다는 놈들이 이렇게 바글거리면서 전부 뒤에 숨어 있으니까 말이야."

힘을 주어 제갈희희를 노려본다.

"특히 너네 같은 버러지들."

힘이 있으면 그만큼 쓰고 싶은 것이 사람의 심리다.

당연히 힘이 있는 자가 권력을 취할 수밖에 없으니, 자연스레 이 세상의 권력 구조도 선인들을 중심으로 체제를 갖출 수밖에 없었다.

하지만 생각과 달리 현실은 전혀 그렇지 못했다.

일반 사람들은 선인을 전설 속 존재로 치부하고 각박한 세상을 살았다.

세상 어느 곳에서도 선인들의 손길이 닿은 흔적을 찾을 수가 없었다.

만약.

선인들이 힘을 속세에도 나눠 줬다면?

그땐 이 세상이 뭔가 바뀌지 않았을까?

지금처럼 환란이 닥쳤어도 슬기롭게 극복할 수 있지 않았을까?

"그런데 이제는 알 것 같다. 너희들이 얼마나 간사하고 비겁한 존재인지를.”

혹시 사람들에게 욕망만 심어 줄까 저어되어 숨겼던 것이라 쳐도 다르지 않다.

그렇다 하더라도 환란이 닥쳤을 때에 선인들은 직접 나서서 사람들을 구제했어야 했다. 자신이 가진 힘을 조금만 풀어서 조각을 수습하는 데 몰두했어야 했다.

그랬더라면 지호가 없는 요 1년 동안 이미 환란은 해결이 되었을 것이다.

하지만 이들이 보인 모습은 어떤가.

속세가 고통에 차 신음을 흘리건 말건 간에 전혀 신경도 쓰지 않고 있다가, 아니, 절교란 존재가 무서워 꼬리를 말고 숨어만 있다가, 해의 주인이라는 신위가 나타나자 승냥이 떼처럼 득달같이 달려든다.

이 얼마나 우스운 일인가!

도(道)를 깨달았다면서 스스로 지고한 존재라 금칠을 하고 고고하게 살겠노라 하던 작자들이, 사실은 제 욕심과 아집만 부리는 존재에 지나지 않았으니!

꽈아악.

지호의 분노 때문인지 제갈희희의 목줄을 쥔 손길에 힘이 바짝 들어갔다. 제갈희희의 안색이 시퍼렇게 질린다.

“힘을 가졌으니 그만한 책임을 지라고 억지로 강요하지

는 않겠어. 하지만 너희들이 가진, 그 잘났다는 생각이 얼마나 많은 사람들을 죽게 내버려 뒀는지 잘 생각해."

"끄으으으윽……!"

제갈희희는 무언가를 말하고 싶어 하는 눈치였지만, 지호는 전혀 기회를 내주지 않았다.

"그리고 그 잘난 선민의식은, 결국 더 잘난 힘 앞에 무릎을 꿇을 수밖에 없다는 것도."

우드득.

제갈희희의 모가지가 그대로 돌아간다. 혀를 쭉 뺀 채 침을 질질 흘리는 요선의 마지막 모습은 그녀가 산 세월만큼이나 더럽기 짝이 없었다.

"그러니까 저승 가서 전해. 더 덤비고 싶으면 얼마든지 덤비라고."

파스스스.

녀석의 칠공을 따라 붉은 안개가 올라온다.

지호는 그걸 고스란히 삼켜 오른쪽 눈으로 불어 넣었다.

쩌어어엉, 맑은 소리와 함께 전지의 영역이 확장되고 심연에서는 나후의 핵에 조금 더 금이 간다.

지호는 이제 조각이 거의 다 수중에 들어왔음을 느꼈다.

'이제 남은 건 두 개.'

*　*　*

"아버지!"

이나은이 다급하게 회랑을 달리며 대장군 이승경을 찾는다. 평소 침착하고 이성적이라 알려진 것과는 전혀 상반된 모습이다.

자신의 방에서 집무를 보고 있던 이승경은 딸이 있는 쪽으로는 눈길도 주지 않고 대답했다.

"알고 있다."

"……예?"

이나은은 숨을 헐떡이면서 뭔가를 말하려다가 시기를 맞추지 못하고 눈만 크게 떴다.

이승경은 날인한 서류를 옆으로 옮기고 다른 서류를 확인하면서 말했다.

"또 손지호, 그 놈팡이의 소식을 갖고 온 게 아니냐?"

이나은은 양 볼을 살짝 붉히면서 콧잔등을 긁었다.

"저는 그저 진나라의 혼란이 빠른 속도로 수습되고 있다는 걸 말씀드리려고……."

"위대하신 신인께서 하시는 일인데 오죽 잘하겠느냐? 오히려 서운하구나. 이 아비는 골방에 틀어박혀 시커먼 사내놈들이 올리는 보고서를 확인하느라 머리에 열이 날 지경인데, 딸이라고 하나 둔 건 아비 앞에서 제 남자가 벌인 활약을 두고 희희낙락거리기나 하고 말이다."

어딘지 모르게 심통이 가득한 말투.

그럴수록 이나은의 뺨이 더 빨개진다.

그토록 기다리던 지호의 소식이 날아와 기쁜 나머지 빨리 아버지께 알려 드려야겠다는 생각에 이성을 잃어버린 것이다.

대장군가는 환관 일파를 한꺼번에 축출하고 황제를 구출한 뒤로 명실상부한 제나라의 일인자가 되었다.

항간에는 여태 바른 말만 하던 대장군가가 대척할 점이 없고, 황제의 권위가 실추된 틈을 타 조정을 농락하는 게 아닌가 하는 의심을 하기도 했다.

하지만 대장군가는 보기 좋게 모든 우려를 날려 버렸다.

환관 일파에 의해 축출되거나 유배되었던 충신들을 부르고, 전국 각지에서 인재들을 끌어모아 조정을 바르게 세웠다.

또한, 호군위영으로 대표되는 군사들을 전국 각지에 보내 혹세무민을 일삼는 절교를 압박하는 한편, 환관 일파가 착복했던 땅을 유민들에게 풀어 정착하게 만들고, 저수지에 물을 채우고 도로를 닦았으며, 구휼미를 풀어 굶주리는 이가 없게 만들었다.

아직 얼마 되지 않았는데도 불구하고 전국의 혼란이 빠른 속도로 줄어들었다.

어디 그뿐이랴?

환란으로 고통에 빠진 백성에게는 국경이 없다는 지론을 앞세워 초나라에 따로 군사를 파병하기도 했다.

엄연한 내정 간섭이었지만, 이미 초나라의 황실은 유명무실해져 군벌이 난립을 하던 상황이라 빠른 속도로 복속되었다.

무엇보다 초나라 백성들의 대장군가에 대한 평가는 아주 좋았다.

대장군가가 내세운 기치 때문이었다.

신인께서 우리와 함께하신다!

대장군가는, 아니, 정확하게 이나은은 아주 영리하게 호사가들을 모아 대대적으로 선전 활동을 펼쳤다.

바로 지호가 했던 일들에 대해서.

갑자기 세상에 나타나 제나라를 전복하려던 오호문을 홀로 막아 내고, 이 세상에 재앙과 환란을 뿌린 마신 나후와 그를 신봉하는 절교란 단체에 맞서 싸운 자.

그가 질주광마라는 악명을 썼을 때 일으켰던 사건 사고

들은 절교를 미연에 차단하기 위한 것이었다고 각색되었고, 그가 곳곳에서 벌인 좋은 일들은 더 좋게 포장되었다.

또한, 지호가 활약을 펼치고 떠났던 곳의 민담과 전승을 취합해 보기 좋게 가공하기도 했다.

신화(神話)였다.

구세주인 지호가 환란에 빠진 세상을 구하기 위해 천하를 떠돌아다니는 이야기.

결국 신화는 수많은 사람들의 입방아에 오르내리게 되었다.

개중에는 신인의 행적에 대해 미심쩍어 하는 사람들도 있었다.

하지만 사람들은 신화를 통해 가슴속에 저마다 잃어버렸던 희망을 다시 품기 시작했다.

세상에 말세가 찾아온 것이 아니다.
해와 달이 기나긴 잠에 빠진 것일 뿐.
새로운 해와 달이 뜰 수 있도록 만들자!

대장군가가 내세운 구호는 민중에 가득 퍼졌다.

그리고 그들을 따라 말세론을 펼치던 절교의 꼬리들을 몰아내고, 고향으로 돌아가 마을을 만들고, 자치대를 만들고, 논과 밭을 갈고, 희망을 노래했다.

상계에서는 너도 나도 돈을 내놓으면서 마을을 유지하게 만들었고, 유생들은 난세에 움츠렸던 몸을 일으켜 서로가 출사를 하겠다고 나섰다.

새로운 해와 달이 뜨기를 바란다는 노래가 마을 곳곳에서 퍼졌다. 대장군가의 힘이 닿은 곳은 금세 치안이 안정되어 다음 마을로 바로 이동할 수 있도록 도와주었다.

제나라와 초나라, 강역의 구분 없이 세상은 하루가 다르게 변했다.

그런데 여기에 이어 진나라까지 변하고 있다는 소식이 전해졌다.

단순히 속세만이 아니다.

언제나 분열되어 이전투구만을 일삼던 무림이 모처럼 반검맹 체재에 모여 남은 환란을 극복하고자 하니, 세상 사람들 모두가 한마음 한뜻이 되고자 했다.

이승경은 이러한 모든 변화가 신기하기만 했다.

지난 일 년 동안 얼마나 숱한 고생을 했던가.

끝을 모르고 이어지는 환란 때문에 절대 헤어 나올 수 없는 굴이라고 생각했던 길. 그게 드디어 빛을 보기 시작했으니.

'……덕분에 정작 나는 광명을 찾기는커녕 이놈의 서류

들 때문에 죽을 맞이지만.'

물론 기쁘기는 하다.

어느 서류에서도 비명을 지르지 않고 희망만 이야기하고 있다.

그래도 소중한 딸내미가 어떤 놈팡이 이야기만 하고 있으면 심술이 날 수밖에 없다!

"죄송해요. 제가 생각이 짧았습니다."

그런데 딸내미는 정말로 자신이 잘못한 줄 알고 미안해 한다.

하여간 머리만 잘 쓸 줄 알지, 이런 데에서는 영 맹탕인 아이다. 하긴 그러니 여우처럼 굴지 못하고 한 번 빠진 남자한테 모든 걸 다 퍼 주려고 그러지.

"네가 미안할 게 뭐 있느냐. 사실 요즘 들어 곳곳에서 웃음소리가 끊이질 않으니 내 한 번 심술을 부려 봤다."

이나은은 안도한 듯 그제야 살짝 미소를 지었다.

이승경이 말을 잇는다.

"한데, 진나라는 예상했던 것보다 훨씬 진척 속도가 빠르구나. 안팎으로 우환이 많다고 들었는데."

"안에서는 반검맹이 치안을 잡아 주고, 밖에서는 유목민들을 다시 장성 밖으로 내쫓았다고 해요."

"다행이구나. 다행이야."

이승경은 자신의 일처럼 아주 좋아하며 크게 고개를 끄덕였다.

"감숙을 크게 돌았다고 하였으니 이제는 섬서와 산서 쪽으로 움직일 겁니다."

"철기보에서 직접 온 소식일 테지?"

"예. 하지만 저들도 이동이 너무 바빠 서찰을 보내기가 쉽지 않다더군요."

백왕과 검마 사건 이후, 이나은과 차예린은 정기적으로 매와 비둘기를 통해 서찰을 주고받았다.

"아무래도 그렇겠지. 심산유곡까지 샅샅이 뒤지려면 꽤 손길이 많이 갈 테니. 우리 역시 마찬가지고."

이승경이 고개를 끄덕이며 묻는다.

"하면 저들의 최종 목적지는 어디라고 하더냐?"

"예상했던 대로예요."

"흠. 역시 저곳인가?"

이승경은 벽에 걸린 중원 전도 쪽으로 고개를 돌렸다.

중원을 중심으로 새외까지 크게 그려진 지도에는 유독 세 개의 국가가 두드러졌다.

동쪽 해안과 운하를 끼고 있는 제(齊).

기름진 장강 이남 평야를 누리는 초(楚).

산야와 사막이 가득한 북서쪽의 진(秦).

세 나라는 서로 긴 국경선을 마주하고 있어 어느 한 곳도 밀리지 않는 팽팽한 양상을 보여 준다.

그리고 국경선이 한데 맞물리는 지점, 3국의 모든 국경이 접하는 점이 있다.

중원을 가로지르는 장강에서도 중심이 되는 곳.

동정호.

"확실히 동정호라면 모든 혼란을 끝냈다고 선포하기에 가장 알맞은 장소지."

동정호는 아주 크다.

작은 나라가 하나 정도 들어갈 정도이며 내륙 내에 바다가 있다는 말까지 나온다. 거기다 전략상으로도 요충지이기 때문에 삼국 어디에서도 쉽사리 점령하지 못했다.

"그뿐만이 아니에요."

"그럼?"

"마지막 조각이 있는 장소라고 해요."

"그렇단 말이지?"

이승경은 최근에 과로 때문에 다듬지 못한 턱수염을 매만지더니 짓궂게 웃었다.

"딸아."

"예?"

"여인은 제 꿈이 강하면서도 임을 위해 내조 또한 잘해야 아름다운 법. 먼 길을 떠난 낭군을 배웅하러 갈 생각은 없느냐?"

이나은은 아버지의 말뜻을 알아차리고 부끄러운 나머지 쉽게 대답하지 못하고 얼굴만 붉혔다.

*　*　*

동정호.

장강을 기대고서 대륙의 중심에 위치해 어마어마한 크기를 자랑하는 호수. 그 속에 위치한 군도만 해도 수백 개가 된다는 곳을 배경으로 군영이 놓였다.

"놓아라! 이걸 놓으란 말이다!"

지호가 웬 사람 뒷덜미를 잡고 질질 끌고 왔다. 녀석은 줄에 꽁꽁 묶인 채 바락바락 소리를 질러 댔다.

"뭔가? 또 있나?"

납탑도인이 인상을 와락 찡그린다.

"이번에는 똥통 속에 있던데요."

순간, 납탑도인을 비롯해 공터에 있던 무사들이 흠칫 놀라 물러선다.

"아! 선술로 씻겼으니까 괜찮아요!"

"확신할 수 있나?"

"……아마도?"

"아마도는 또 뭔가!"

"그럼 어쩝니까! 이 새끼가 들어가서는 나올 생각을 않는데! 나라고 뭐 좋아서 한 줄 알아요? 너도 그만 뻗대고 좀 들어와, 새꺄!"

지호는 짜증을 내면서 뒷덜미를 잡은 녀석을 공터에다 패대기쳤다.

녀석은 공처럼 바닥에 데구루루 구르다 톡 멈췄다. 녀석과 비슷한 놈들이 다섯은 더 있었다. 포승줄에 꽁꽁 묶여서 이걸 놓으라고 소리만 질러 대는 놈들.

"네 이놈! 감해 내가 누군지 알고……!"

"뭐긴. 그냥 지나가는 엑스트라 일이지."

"그나저나 하루 새에 여섯이라니. 하! 정말이지."

납탑도인은 머리가 지끈거리는지 검지로 관자놀이를 꾹꾹 눌러 댔다. 혜가는 괜히 귀찮은 일에 엮이기 싫다는 듯 아무 말 없이 고개를 돌리며 염불만 외워 댔다.

하루에도 몇 번이고 선인 놈들이 달려드는 데 무슨 수가 있어야지.

제갈희희 등을 잡고 조각을 한 개 더 찾을 때까지, 정말 많은 선인들을 홀로 상대해야만 했다.

잘 때 지붕을 부수고 달려드는 놈, 볼일을 볼 때 기습하는 놈, 인질을 잡아 협박하는 놈, 서른 명씩 떼로 덤비는 놈들, 하늘에서 죽어라 원거리 선술만 쏴 대는 귀찮은 놈까지.

조각을 수거하는 것보다 선인들을 상대하는 게 더 어렵게 느껴질 정도였다.

지금 묶어 놓은 것도 전부 그런 놈들이었다.

문제는 남은 조각을 놈들 중 누가 갖고 있을지 모르니 피할 수도 없는 노릇이고, 그렇다고 조각이 나올 때까지 일일이 선인들만 찾아다니며 죽일 수도 없는 노릇이었다.

"그래도 다행히 마지막 조각이 이곳에 있는 건 예견하지 않았나."

그곳이 바로 이곳, 동정호.

"귀찮은 것이 더 심해지니 문제죠. 그보다 신통은 좀 어때요?"

납탑도인은 품에서 막대기를 하나 꺼냈다. '효(爻)' 자라는 글자가 새겨진 막대기를 나후성 쪽에 갖다 대더니 고개를 절레절레 흔든다.

"그대로라네."

"거참, 미칠 노릇이네."

지호는 뒷머리를 벅벅 긁었다.

천계와 지속적으로 연락이라도 되면 유사시에 대응하는

데 도움이 될 텐데. 벌써 아흐레째 이 모양이라 슬슬 불안감이 든다.

“게다가 수상쩍은 건 그것만이 아니야.”

“또 뭐 있어요?”

“선인들의 움직임이 심상치 않아. 동정호 쪽으로 상당수가 모여들고 있다네.”

지호는 콧방귀를 꼈다.

“그거야 전부터 있었던 일이잖아요.”

“단순히 볼 일이 아니라니까.”

지호는 그제야 납탑도인의 미간에 어린 주름을 봤다.

“뭐기에 그래요?”

“아예 대규모로 움직이고 있어.”

“떼거리로 덤빈다, 뭐 그런 겁니까?”

“비슷하네. 이 인근으로 이동한 걸 내가 포착한 숫자만 해도 벌써 십여 명이 넘어. 이자들도 자네의 수준을 알아보기 위해 보낸 전초대인 듯하고.”

지호는 눈을 가느다랗게 좁히며 선인들을 봤다.

“더구나 연옥의 놈들도 본 듯하이.”

“그건 또 뭡니까?”

“아주, 아주…… 머리를 아프게 만드는 작자들이지.”

납탑도인의 얼굴에 근심이 가득하다.

지호가 혜가를 돌아본다.

혜가는 염주를 굴리더니 입을 열었다. 여기서부터는 선인이 아닌 자신이 대신 설명해 주는 게 옳을 듯했다.

"아미타불. 혹 시주께서는 선계에 대해서 얼마나 알고 계시는지요?"

선계는 선인들이 사는 세상이다.

오랜 세월만큼이나 개인적인 성향이 강한 이들이 대부분이지만, 때로는 필요에 따라서 조직을 일구는 경우도 잦다.

절교와 동주칠마왕이 그런 경우다.

"통천교주가 이끄는 절교와 우마왕을 받드는 동주칠마왕은 예로부터 선계를 양분해 온 거대한 세력들이지요. 그 때문인지 오랫동안 반목을 거듭해 왔다오."

두 세력 간 처절한 분쟁의 역사는 천 년을 넘긴다.

"하지만 여기엔 몇 가지를 더해야만 하오."

"단체가 몇 가지 더 있단 겁니까?"

"그렇소."

절교와 동주칠마왕의 곁을 이루는 세력은 여러 번의 이합집산을 반복하지만, 대개 세 가지를 더 말한다.

세상을 저버린 연옥.

신을 받들어 세상을 좋은 곳으로 인도하는 도화원.

부처의 말씀에 따라 대중을 교화하는 정토.

"이중 도화원은 여기에 계신 납탑 시주께서 대표로 계신 곳이고, 정토는 부족하나마 이 노납이 몸을 담은 곳이라오."

쉽게 말해 도화원은 신을 받드는 사제들이 모인 곳, 정토는 부처를 꿈꾸는 이들이 있는 곳이란 뜻이다.

하지만 연옥은 조금 다르다.

"허나, 연옥은 다르오. 아니, 일반 선계 자체와 다르다고 봐야 할 것이라오. 그들에게는 흔히 기원은 있을지언정 욕구라는 것은 찾기 힘드니."

기원과 욕구 모두 소망이 아닌가?

"그들은 속세는 물론 모든 것에 관심이 없소. 오로지 어둠 속에 스스로를 묻고 밖으로 나올 생각조차 하지 않지. 존재하되, 존재하지 않은 것과 다를 바가 없다오."

그래서 선계에서도 연옥의 존재에 대해 잘 모르는 사람들이 많다. 천계에서도 연옥에는 관심을 두지 않는다.

하지만 가끔. 아주 가끔, 연옥이 세상에 나오는 경우가 있다.

"기원을 이룰 기회라고 여길 때요."

그들이 살아가는 목적은 딱 한 가지다.

"그 기원이, 무엇입니까?"

"모르오."

"예?"

혜가의 설명은 이랬다.

이따금 연옥은 밖으로 나왔을 때에 자신들은 기원을 이루기만 바란다고 말할 뿐, 거기에 대해서는 절대 일언반구도 하지 않는다는 것이다.

그래서 연옥의 움직임에 대해서는 어느 누구도 짐작하지 못한다.

그리고 한 가지만은 확실하다.

"천계라면 또 알지 모르겠지만 여기에 대해서 여쭈어 보면 언제나 그분들도 묵묵부답이시오. 해서 더더욱 우리들로 하여금 두려움을 일으키게 하는 것이고."

천계도 꺼려하는 곳이라.

"하물며 연옥은 기원 외에는 모든 것에 초탈했기에 제 목숨을 초개 같이 내버릴 수 있소. 더구나 가진 바 힘도 아주 대단하니…… 특히 연옥의 주인은 한때 제천대성과도 비견이 되었던 자."

지호의 눈이 살짝 커진다.

손오공과 비교가 되었었다고?

"비록 지금은 흐르는 세월에 따라 많이 마모되고 잃은 것이 많아 전성기 때에 미치지는 못할 것이나, 손 시주께서도 부디 조심하시구려."

혜가는 염주를 굴리며 조용히 고개를 숙였다.

"예. 명심하겠습니다."

"물론 놈들이 움직인다면 우리도 가만히 있지는 않을 걸세. 도화원과 정토에서도 즉각 나설 준비를 갖추고 있으니 너무 심려치 말게나."

납탑도인이 뒤에서 설명을 덧붙인다.

도화원과 정토는 선계에서도 가장 보수적인 집단. 하계가 선인들의 손에 휘말리는 것을 가장 경계한다.

그래서 대표로 납탑도인과 혜가를 보낸 것이다.

하지만 그런 그들까지 본격적으로 나선다면?

"많이 어수선해지겠네요."

"큰 다툼이 발발하지 않기를 바라는 수밖에는 없겠지."

납탑도인도 쓰게 웃는다.

생각했던 것 이상으로 일이 크게 돌아간다는 생각에 지호는 조금 머리가 아파 왔다.

'어쩌면 절교가 노린 건 이게 아닐까?'

선인들 간의 전쟁.

그 아귀다툼 속에는 지호가 있다. 어쩌면 이보다 큰 환란은 없을지도 모른다.

또 얼마나 많은 피를 흘려야 하는 것인지.

"형아, 형아, 형아!"

두다다, 그때 바깥에서 요란한 소리가 들리더니 막사의 문이 활짝 열리면서 차경산이 들어왔다.

얼마나 급하게 달렸는지 숨소리가 거칠다. 그런데도 흥분을 좀처럼 숨기지 못했다.

"형아!"

"왜 그래?"

얼마 전에 지호는 차경산의 몸에 박혀 있던 조각을 말끔히 회수하는 데 성공했다.

그때 조각과 함께 오랫동안 차경산을 괴롭히던 병환과 악기도 같이 딸려 나오면서 몸이 급속도로 좋아지더니 지금은 뛰어다녀도 지치지 않을 만큼 건강이 회복되었다.

이후, 차경산은 처음 보였던 적대적인 모습을 버리고 친형처럼 지호를 곧잘 따라다녔다. 이따금 차예린이 질투를 할 정도로.

"왔어!"

"누가?"

"대장군가!"

*　　*　　*

화르륵.

짙은 어둠을 따라 녹색 불꽃이 일렁인다. 망령을 태워 일으키는 도깨비불.

곧 언저리를 따라 주변 장소가 밝아진다.

그곳엔 네 마리의 짐승이 몸을 웅크리고 있었다. 녀석들은 잠을 깨운 자가 마음에 들지 않는지 인상을 잔뜩 찡그리며 놈을 노려보았다.

크르르르.

음장생은 그런 놈들에 관심이 없는 듯, 짐승들이 둘러싸고 있는 옥좌에 앉은 사내를 보았다.

탄탄한 체구에 깊은 눈매를 가진 그의 발치에는 기다랗게 백설처럼 새하얀 화살이 잔뜩 든 전통이 놓여 있었고, 팔걸이에는 제 몸보다도 훨씬 큰 붉은 활이 걸려 있었다.

눈을 가만히 감고 있는 모습은 너무 조용해서 마치 죽은 사람처럼 보였다. 아니, 눈 밑이 퀭해서 어찌 보면 폐인처럼 지쳐 보이기도 한다.

"이예."

순간, 그가 조금씩 눈을 뜬다. 눈동자는 초점이 잡히질 않아 흐리멍덩했다.

하지만 음장생은 안다.

저 눈동자에 초점이 잡히는 순간, 세상에 커다란 재앙이 닥친다는 것을.

그렇기에 교주께서도 이때가 되도록 적들에게서 숨기고 또 숨기셨던 게 아닌가.

하지만 지금은 패를 꺼낼 때였다.

"맹약을 이행할 때다."

흔들리던 이예의 눈에 서서히 초점이 잡힌다.

한참 뒤, 그가 입을 열었다.

"내가 줄 수 있는 건 신위. 그대들은 내게 뭘 줄 수 있는가?"

"기원을 주지."

이미 오래전부터 공유하고 있던 그들 사이의 암어.

"좋아."

이예는 팔걸이에 있던 활을 쥐었다.

그 순간, 눈에 초점이 잡히면서 기세가 달라졌다. 웅크리고 있던 짐승들이 일어나 구슬픈 소리를 냈다.

이제 사냥에 나설 때였다.

* * *

지호는 이나은이 호군위영을 대동하고 근처까지 당도했다는 소식에 재빨리 그곳으로 이동했다.

동정호를 배경으로 저 멀리 일천 명 규모의 병사들이 보인다. 그들 사이로 나부끼는 깃발은 지호에게도 아주 익숙한 것이었다.

호군위영.

지호와는 이래저래 사건 사고도 많이 겪었던 곳이라 친숙했다.

“나은 누아아아아아!”

차경산이 눈을 반짝이면서 쪼르르 달려간다.

이나은은 이쪽으로 고개를 돌렸다가 차경산을 발견하고 환하게 웃으며 그를 안았다.

“이게 누구야. 너 정말 경산이니?”

“응응!”

“근데 너 이렇게 뛰어도…….”

“나 이제 괜찮아. 엄청 튼튼해졌는걸!”

차경산은 소매를 걷어 짐짓 팔뚝을 보였다.

이나은의 얼굴에도 화색이 돌았다. 아주 어렸을 때부터 병환에 시달렸던 아이가 아닌가. 외동이라 친동생처럼 여겼던 아이가 건강해졌단 사실이 기뻤다.

“헤헤헤헤. 전부 지호 형 덕분이야.”

이나은은 고개를 들어 지호와 눈이 마주쳤다.

두 사람의 입가에 미소가 번진다.

이나은은 지호가 어떤 일을 했는지 잘 알기에 자랑스러웠고, 지호는 이나은이 뒤에서 얼마나 많이 도와줬는지 알기에 고마웠다.

그리고 서로가 자신에 대해 어떤 생각을 가지고 있는지 잘 알고 있었다.

굳이 말로 표현하지 않아도 되는 것이다.

두 사람 사이에서 차예린만이 조금 착잡한 얼굴로 친구와 마음에 둔 사람을 번갈아 볼 뿐.

"교룡과 사타왕은? 안 보이는데."

"갑자기 사라지셨어요."

"어디로?"

"모르겠어요. 그냥 간다고 쪽지만 남기셨어요."

지호는 살짝 인상을 찡그렸다.

"하여간 인간들. 하도 죄를 많이 짓고 사니까."

이나은은 자기도 모르게 웃었다.

"풉. 그게 그렇게 되나요?"

"당연하지. 나 봐. 결백하게 사니까 얼마나 당당해? 그 인간들, 밥값은 했어?"

"아뇨. 그런 걸 어떻게 받나요."

"무전취식까지! 이야. 그러니까 줄 돈 없어서 야반도주한 거네. 거 봐. 하여간 준법정신이란 게 없어요."

"호호호."

지호도 살짝 웃는다.

"하여간 그렇다는 건 이제 몸은 괜찮다는 거네?"

"의원도 놀랄 정도였어요."

지호는 다행이라는 듯이 고개를 끄덕였다.

그렇지 않아도 조각을 모으러 다니느라 바쁜 나머지 두 사람에 대해서는 신경 쓰지 못해서 걱정이었는데.

'근데 진짜 어디로 간 거래? 고맙다고 나한테 올 인간들은 아닌데.'

혹시 손오공의 행방에 대한 단서라도 있는 걸까? 아니다. 그런 게 있으면 언질을 줬겠지.

하지만 갑자기 사라지는 건 뭔가 이상하다.

답답한 건 질색인 사타왕은 그렇다 치더라도, 무전취식이 일상인 교룡이 갑자기 몸을 빼는 건.

갑자기 무슨 일이라도 생겼나?

지호는 혹시나 하는 생각이 들었다.

"혹시 두 사람, 떠난 게 아흐레 전이야?"

이나은의 눈이 커진다.

"어떻게 아셨어요?"

'역시.'

지호의 눈이 살짝 가느다래진다.

금고아가 울리고, 천계와의 연결이 끊어지고, 교룡과 사타왕이 사라진 때도 모두 같은 날이다.

손오공이 어떤 일을 터뜨린 날.

'역시 뭔가 있어.'

지호가 살짝 인상을 굳히는데, 이나은이 걱정스러운 눈길로 쳐다본다.

"혹시 무슨 일이라도……?"

"아냐. 아무것도."

지호는 걱정 말라는 듯이 살짝 웃었다.

* * *

백도.

이곳에 일백의 선인들이 모였다.

"광마가 바로 코앞까지 당도했소. 대체 다들 여기서 뭘 하고 있는 것이오? 당장 나서서 놈을 잡아야 하지 않겠소!"

"그리 쉬울 것 같으면 그대가 직접 나서던가."

"뭣이?"

"흥. 말만 번지르르하게 할 뿐, 그럴 용기도 없을 테지. 하긴 당장 나섰다가는 목부터 떨어질 테니 무서울 법도 하지."

"감히 날 뭐로 보고!"

"뭐로 보긴. 나서긴 무섭고, 조각이 욕심은 나고. 그러니 다른 자들을 충동질했다가 뒤에서 어부지리를 취할 셈이 아닌가?"

"그래도 이 작자가!"

얼굴이 험상궂은 선인과 냉소를 띤 선인이 서로 멱살을 잡는다.

하지만 어느 누구도 나서서 말리지 않았다.

이미 선인들은 저들끼리 언쟁을 벌이거나, 서로 감정이 너무 상한 나머지 칼을 겨누고 살기를 드러내기도 했다.

이 광경을 두고 어느 누가 허허롭고 자유로운 선인들을 떠올릴 수 있을까.

태양의 파편을 빼앗아 신은 되고 싶으나, 자기 능력으로는 불가능하다는 걸 아는 작자들. 탐욕에 눈이 멀어 지난 수백 년간 쌓은 수양 따윈 땅바닥에 버린 선인들이 바로 그들이다.

하지만 욕심은 앞서고 능력은 부족하니 한데 모였어도 서로 간에 불신이 너무 깊다.

행여 옆에 있는 사람이 공을 가로채지는 않을까, 다른 꿍꿍이를 벌이지는 않을까 싶어 의심스러운 눈길을 보내기 바쁘다.

그때,

—**시끄럽군.**

하늘이 열리면서 무언가가 툭 떨어진다.

탄탄한 체구. 등에는 하얀 화살이 잔뜩 담긴 전통을 메고 오른손에는 제 키보다도 더 큰 붉은 활을 쥔 사냥꾼. 이예가 나타났다.

더불어 그가 착지하자마자 주변으로 희뿌연 안개가 감돌더니 서로 한데 엉키면서 네 마리의 짐승으로 변했다.

어떤 것은 기다란 송곳니를 자랑하는 늑대가, 어떤 것은 사람보다도 큰 날개를 자랑하는 새가, 어떤 것은 발을 칭칭 감는 뱀이, 어떤 것은 덩치 큰 멧돼지가 된다.

과거 속세에서 커다란 재해를 일으켰다고 알려진 영물, 아니, 마물(魔物)이다.

그뿐만이 아니다.

스르르르.

백도를 따라 곳곳에서 희뿌연 연기가 올라오다 저마다 형태를 갖춘다.

모자를 깊게 눌러 써 얼굴을 가렸지만, 이예가 부리는 짐승과 마찬가지로 살벌하면서도 음울한 기세를 마구잡이로 뿌려 댄다.

이들이 바로 선계에서도 전설로 일컬어진다는 연옥.

이들의 등장에 선인들은 싸우다 말고 경기를 일으켰다.

연옥도 동참할 거란 말은 들었지만, 실상 이렇게 마주하고 보니 두려울 수밖에 없다.

특히 오래전에 연옥과 한 자리에 있어 봤던 선인들은 행여 이예의 눈에 띄기라도 할까 봐 슬금슬금 물러서기까지 했다.

백여 쌍의 떨리는 시선을 한데 받으며, 이예는 고개를 갸웃거렸다.

"왜 그러나? 여태 한 것처럼 떠들어 대지 않고. 나는 그냥 여기 없는 듯 무시하고 계속 이야기를 나눠."

물론 옳다구나 입을 떼는 선인은 아무도 있었다.

만약 그러기라도 한다면, 아니, 조금이라도 움직여서 이예의 이목을 끌면 당장 그의 등에 메인 전통 속 하얀 화살이 미간에 꽂힐 테니.

그만큼 이예는 무서운 작자였다.

세상이 천계와 하계로 분리되기 전인 상고 시대 때부터 살아왔으며, 한때 옥황상제로부터 신임을 받아 수많은 마신과 요괴들을 거꾸러뜨렸다고 알려진 자.

그가 권속으로 거느리는 네 마리의 짐승도 바로 그때 잡은 것들이었다.

사람을 먹는 늑대, 착치. 태풍을 일으키는 새, 대풍. 홍수를 벌이는 물뱀, 구영. 지진을 굴리는 멧돼지, 봉희.

또한, 그를 따르는 선인들은 당시 구명을 받거나 위명을 흠모하여 따르게 된 자들로, 오랜 세월을 살아와 이예에게 무술을 전수받은 만큼 하나하나가 대단한 투선(鬪仙)이라 할 수 있었다.

절교에는 통천교주가, 동주칠마왕에는 우마왕이, 연옥에는 이예가 있다는 말이 괜히 있는 것이 아니었다.

그만큼 선인들 사이에서도 전설로 회자될 만큼 위대한 자이기 때문에 감히 그의 심기를 건드릴 용기가 있는 이는 이곳에 아무도 없었다.

무엇보다 천 년이 넘도록 속세와 연을 끊고 조용히 살아가던 그로 하여금 세상에 다시 나와 달라 몇 번이고 간청을 했던 게 그들이지 않은가.

만약 이예와 연옥이 마음을 바꿔 돌아가기라도 한다면.

아니, 여기서 뿔이 나 시위를 자신들에게 돌리기라도 한다면?

모두 죽은 목숨이라 봐야 했다.

"신예, 부디 노여움을 가라앉히시고……."

신예, 혹은 후예.

한때 세상을 오시하던 이예를 존경하는 뜻에서 부르는 호칭이다.

이예는 놈들 사이에 마련된 옥좌에 허락 없이 앉아 오만하게 다리를 꼬았다. 그걸 두고 말리는 사람은 없었다.

"누구였지? 신인이라고 했나?"

"광마……입니다."

속세에서는 녀석을 신인이라고 한다지만, 선인들에게는 그저 생초짜 주제에 갑자기 나타나 자신들의 자리를 위협하고 목숨을 앗아 가는 마귀에 불과했기에 절교가 부르는 대로 질주광마, 줄여서 광마라고 했다.

하지만 이예는 호칭 따윈 아무래도 좋다는 듯이 콧방귀를 꼈다. 그 역시 지호처럼 수많은 호칭을 거머쥐었지만 나중에는 모두 부질없다는 걸 잘 안다.

"여하튼 지금 그대들만으로는 녀석을 이길 승산이 없다. 인정하는가?"

"……."

"……."

암담한 현실 앞에 아랫입술을 질끈 깨물며 주먹을 꽉 쥔다. 끝까지 대답을 하지 않는 것은 그들의 마지막 남은 자존심이었다.

이예는 그런 모습이 더 하찮게 느껴졌다.

"그렇다면 그대들에게 한 가지를 제안하지."

한쪽 입꼬리가 살짝 말려 올라간다.

마치 비웃듯이.

"내게 무릎을 꿇고 충성을 맹세하라. 연옥에 들어오라. 그렇다면 놈으로부터 목숨을 보호해 주는 것은 물론, 내 너희들을 대신해 원하는 것을 가져다주지."

즉각 반발이 터져 나왔다.

"그럴 수는 없소!"

"어찌 그딴 말을 입에 담을 수 있단 말이오! 당신이 제아무리 신예라 한들, 대체 우리를 어떻게 보고……!"

선인들은 스스로에 대한 자긍심이 무척 깊다.

인간이었을 시절부터 부단한 노력과 뛰어난 자질을 통해 다른 사람들과는 궤를 달리했고, 깊은 깨달음을 통해 윤회의 고리를 벗어났으며, 그러고도 더 높은 자리에 오르기 위해서 수련을 멈추지 않고 노력한다.

그런데 무릎을 꿇고 고개를 숙이라는 말은, 자신들이 지난 수백 년간 쌓은 자기 정체성을 그냥 쓰레기통에다 처박으란 말과 같다.

당연히 이런 모욕은 있을 수 없다.

설사 이예가 시위를 자신들에게로 겨누며 협박한다고 해도 절대 용납할 수 없었다.

"싫다면 어쩔 수 없는 노릇이지."

하지만 이예는 그깟 일에 자신의 소중한 화살을 쓸 마음은 추호도 없었다.

"하지만 아직 여유는 있으니 고려할 시간은 충분히 주도록 하마. 그런 아량도 베풀지 않고서야 어찌 왕이 되겠노라 자처할 수 있을까?"

비웃음이 더욱 짙어진다.

선인들은 머뭇거렸다.

"신예께서는…… 뭘 하고자 하십니까?"

어떤 선인이 아랫입술을 지그시 깨물며 묻는다.

연옥을 불러왔을 때부터 어떤 거래 조건이 있을 거란 생각은 했지만, 자신들이 전부 그 속에 들어가야 하는 것인 줄은 생각도 못 했다.

"이제부터 움직여 보려 한다만."

"……!"

"……!"

그 말은 선인들을 충격에 잠기게 만들기 충분했다.

여태 연옥은 조용히 있기만 했으니까.

하지만 그들이 움직인다면?

절교와 마찬가지로 일대 파란을 일으키리라.

그러나 이예의 제안을 받아들일 수는 없다. 연옥에 들어

간다는 것은 자신들의 모든 자유의사를 내던지는 것이기에.

그렇다고 해서 광마와의 싸움에 이예와 연옥이 빠져서는 아무것도 해낼 수 없었다.

어찌어찌 광마를 쓰러뜨린다고 해도 그 뒤에 있을 동주 칠마왕은 어떻게 감내할 텐가!

"신예. 너무 극단적으로만 생각하지 마시고, 부디 저희들의 처지를 고려해 주십……!"

어떻게든 이예의 마음을 돌려 보려 설득하려던 그때,

콰아아아아아아앙!

갑자기 엄청난 폭음과 함께 백도가 흔들린다. 동정호의 물결도 크게 출렁였다.

"시작했나 보군."

이예는 한 곳을 주시하며 가볍게 웃었다.

선인들의 시선도 똑같이 그쪽으로 향했다.

쐐애애애애애액!

저 멀리 이곳으로 달려오는 것이 보였다.

금색 자위에 푸르고 붉은 눈.

광마.

녀석이 물살을 가르며 이곳으로 쏜살같이 날아오고 있었다.

"신예!"

"신예, 부탁드립니다!"

"제발 저희들의 간청을 들어주십시오!"

선인들이 다급하게 이예를 붙잡고 늘어진다.

하지만 이예는 가만히 웃기만 할 뿐 꿈쩍도 않았다.

결국 선인들은 빠른 판단을 내려야 했다. 녀석은 금세 이곳에 도착할 테니까.

"신예께서 나서지 않으신다면……! 예. 알겠습니다. 저희들끼리 알아서 하지요!"

그때 선인 중 풍대이란 자가 아랫입술을 질끈 깨물더니 거세게 자리를 박차고 나갔다.

부리부리한 눈매를 가진 그는 이예에는 미치지 못하지만, 그래도 자존심이 아주 강했다.

황웅이란 자가 화들짝 놀라 다급하게 그의 어깨를 붙잡는다.

"자네, 대체 어쩌려고?"

"어쩌긴 뭘 어째! 놈에게서 조각을 되찾아야지. 저깟 어린놈에게 신위가 어디 가당키나 하단 말인가!"

화르륵!

풍대이의 분노와 함께 주변으로 붉은 불꽃이 다섯 개 타오른다.

황웅은 펄쩍 뛰어 풍대이에게서 떨어져 녀석의 어깨를 짚었던 오른손을 봤다. 아주 짧은 사이에 손바닥은 새카만 화상을 입었다.

'역시 조각이란 말인가!'

고통 따윈 중요치 않았다.

풍대이를 보호하듯이 감도는 저 불길이 중요할 뿐.

어떤 잔 수를 썼는지는 몰라도 풍대이는 마지막 남은 한 조각을 손에 넣었다. 그런데 그것만으로도 자신을 이리 물리칠 정도로 대단한 힘을 자랑한다.

만약 저게 나한테 있었더라면.

황웅의 눈매가 깊어진다.

다른 선인들 역시 마찬가지. 행여 태양의 불길에 닿을까 싶어 풍대이에게서 멀찍이 떨어졌다. 하지만 풍대이를 바라보는 시선에는 탐욕이 일렁였다.

자신이라고 해서 풍대이보다 못할 것이 뭐란 말인가? 납골당에서 시신을 염하던 한낱 천것 주제에 조각을 하나 얻었다고 해서 저만한 힘을 자랑한다.

만약 저것이 자신에게 주어진다면 보다 크고 화려하게 사용할 자신이 있었다.

"좋아. 나도 동참하도록 하지."

황웅이 한 발을 내디디며 입술을 말아 올린다.

"그럼 나도 가 볼까?"

"내가 필요하지는 않겠나?"

"나도!"

"나 역시."

"좋아. 제깟 놈이 아무리 대단해 봤자 우리를 모두 상대할 수 있을까."

황웅을 따라 야비한 눈매를 가진 장소년이 나선다. 천으로 두 눈을 가린 봉사 진길인도 나서자, 다른 선인들도 너나 할 것 없이 나섰다.

풍대이는 영 못마땅하다는 표정으로 놈들을 보다가 코웃음을 쳤다.

"맘대로 해. 내가 막을 권리는 없으니. 하지만 동맹은 어디까지나 광마가 죽을 때까지다."

"물론이지."

지호가 죽고 해와 달이 밖으로 나온다면, 그 뒤에는 큰 혼란이 닥치리라. 서로 신위를 갖겠노라고 혈안이 되어 있을 테니.

그렇게 탐욕은 지혜롭다는 선인들의 두 눈을 가렸다.

"멍청한 것들."

어리석기 짝이 없는 선인들을 보며, 이예는 뒤에서 가만히 비웃음을 던졌다.

그러다 수하들 쪽으로 시선을 던졌다.

"어떠냐. 오랜만의 나들이인데, 여흥으로 내기라도 한 번 즐겨 보는 것은. 저들이 언제 울면서 이곳으로 돌아올지 말이다."

"……."

하지만 그들은 언제나 그렇듯이 아무런 감정도 드러내지 않고 조용했다.

* * *

콰르르르르르르르릉!

격돌에서 가장 먼저 터진 것은 화염륜이었다.

폭발과 함께 허공에 사십 미터는 될 커다란 불꽃이 잔뜩 퍼져 나가면서 열풍이 세상을 난도질하려는 듯이 사방팔방으로 불어닥친다.

동정호의 수면이 아래로 깊게 눌리면서 물살이 십여 미터는 높게 치솟다가 열기에 단숨에 증발해 일대에 뿌연 안개를 자욱하게 만들었다.

지호는 처음부터 아끼지 않고 공력을 발산, 단숨에 선두에 있던 선인 다섯을 날려 버렸다.

녀석들은 시신조차 남기지 못하고 증발했다.

"쳇. 조금 어긋났나?"

하지만 지호는 아깝다는 듯 혀를 찼다.

초장부터 기선을 제압할 목적으로 서른 명은 날릴 만큼 큰 폭발을 일으켰는데, 대부분 피하거나 막는 등 뛰어난 실력을 보인 탓이다.

확실히 지금 이 자리에 모인 자들은 여태 상대했던 그저 그런 잔챙이가 아니다.

진짜배기다.

탐욕에 눈이 멀고도 당장 나서지 않고 자중하며, 지호를 잡을 기회를 노릴 정도로 뛰어난 지혜와 실력을 겸비한 진짜배기.

간교한 뱀이라 해야 할까.

"어이, 아저씨들. 좀 더 잘해 봐. 이래서 밤에 마누라 등쌀이나 이기겠어?"

물론 지호는 일절 내색 한 번 없이 도발한다.

"놈!"

"감히!"

그때 좌우에서 선인 세 명이 나타나 허리를 갈라 온다.

하나는 칼. 하나는 창. 이 둘은 별반 신경 쓸 게 없었지만, 우측에 홀로 있는 녀석은 조금 달랐다.

말로만 듣던 요괴인 건지 2미터가 넘는 덩치를 자랑하는 늑대인간이다.

장소년. 어렸을 때 늑대를 부모로 알고 자란 야생소년이라. 덕분에 녀석은 야성이 아주 강했다. TV 영화에나 나올 법한 녀석이 정말 있을 줄이야.

지호는 왼손을 뻗어 칼날을 잡고 옆으로 흘려 창을 쳐 내고, 동시에 몸을 팽이처럼 돌리며 단숨에 두 녀석의 품으로 파고들어 팔꿈치로 명치를 찍어 갔다.

먼저 두 놈을 제거하고 마저 장소년을 상대할 생각이었지만,

“어딜!”

지호가 빠져나간 허공에다 발톱을 허망하게 그었던 장소년이 갑자기 몸을 틀더니 허리춤에 차고 있던 혁대에서 비수를 꺼내 이쪽으로 던졌다.

등이 노출되고 있어 지호는 공격을 과감히 포기하고 뒤쪽으로 오른손을 뿌렸다.

파지지지지지직!

뇌벽세가 작렬하면서 샛노란 그물망을 잔뜩 뿌린다. 비수는 지호에게 다가오지 못하고 도중에 가로막혀 힘없이 튕겨 났다.

‘예측이 빗나갔어.’

지호는 왼쪽 눈으로 잠깐 보았던 미래와 다른 결과가 도

출되자 잠깐 당황했지만, 대수롭지 않게 여기고 오른 손날을 바짝 세워 허공에다 내그었다.

'피한다면 모조리 격추시키면 그만.'

쉬시시시시시식!

유수행. 대기 중에 산재하던 수증기가 갑자기 일어난 한기에 바짝 얼어붙는다. 뒤이어 빙결된 수천 개의 얼음조각들이 폭죽처럼 터져 사방으로 흩어졌다.

갑작스럽게 벌어진 일이라, 가장 가까이 있던 선인 중 장소년을 제외한 둘은 단번에 몸이 잘려 나갔다.

다른 자들도 마찬가지.

워낙에 빠르게 이뤄진 공격이라 미처 피할 틈이 없었다.

설사 읽었다고 해도 그들이 달아날 방향을 모두 예지안으로 읽은 덕분에 바로 나가떨어져야 했지만,

'또 피해?'

녀석들은 마치 약속이라도 한 것처럼 일제히 지호가 읽은 것과는 전혀 반대되는 방향으로 몸을 내빼 공격을 무위로 돌렸다.

그나마 잡은 자는 반응이 느렸던 네 명이 전부.

'뭐지?'

지호는 뭔가 위화감이 들었다.

"하! 네놈의 뜻대로 될 것 같으냐?"

"지금이라도 해와 달을 내놓는다면 목숨만은 부지케 해 주마!"

선인들은 지호의 공격이 제대로 통하지 않는다는 걸 확인하고는 기세등등해져 보다 날카롭게 달려들었다.

지호는 피하지 않고 맞부딪쳤다.

콰콰콰콰콰콰콰!

주먹을 뻗을 때마다 불꽃과 뇌전이 작렬하면서 녀석들을 거세게 밀어붙였다.

선인들 역시 예상했던 것보다 훨씬 강한 위력에 방어하기에 급급했지만, 착실하게 공격을 흘리거나 막아 내면서 어떻게든 지호를 상대하고 있었다.

예지안이 아주 조금씩 틀어지고 있었다.

'공격이 조금씩 어긋나고 있어!'

여태 예지안이 크게 틀렸던 적이 없었기에 지호는 놀란 눈이 되었다.

대체 녀석들이 무슨 대응책을 마련한 걸까?

"준비 많이 했다, 이거지?"

지호는 자기도 모르게 웃음이 나왔다.

아무래도 녀석들은 먼저 불나방이 되어 죽은 선인들을 보면서 방책을 강구했던 모양이다. 그러다 지호가 예지안을 깨우쳤다는 걸 알아차렸겠지.

참 우습다.

그깟 신의 자리 한 번 앉아 보겠답시고 선인이나 되는 작자들이 백 명이나 한 자리에 모여 머리를 맞대고 젊은이를 잡으려 하는 꼴이라니.

상상만 해도 웃기지 않은가 말이다.

자존심을 던져 버리고 실리를 선택했기 때문인지, 녀석들은 잘도 하늘에서 흩어졌다가 모였다가를 반복하며 방어에 치중하면서 때때로 반격을 시도한다.

지호의 체력과 공력도 무한하지 않을 테니, 계속 이런 식으로 버티다 보면 충분히 잡을 수 있을 것으로 생각했으리라.

확실히 시간이 갈수록 지호의 손발은 조금씩 어지러워져 간다.

반면에 녀석들의 합공은 계속 날카로워져 피해는 점차 줄었다. 사상자라고 해 봤자 고작 스물이 전부. 이제는 피해자도 나타나지 않는다.

녀석들은 기세등등해졌다.

'그래. 이렇게만 하면 된다!'

'광마, 광마, 하더니 실상은 별것 없었구나!'

'하하하하하! 신위! 신위가 눈앞에 있어!'

'다른 놈들을 어떻게 따돌리지? 어떻게 해야 해와 달을

거머쥘 수 있을까? 하나도 놓치고 싶지 않은데.'

보인다.

녀석들의 추악한 본심이.

벌써부터 지호를 죽이고 나타날 신위를 어떻게 하면 차지할 수 있을까 고민부터 한다.

고작 예지안 하나를 잡았다고 이런 꼴이라니.

그럼 그 원인을 제거하면 그만이지 않은가?

~~우우우우우우우웅~~.

그 순간, 지호의 왼눈이 푸르른 광채를 발한다. 예지안이 기존보다 몇 배로 확장되면서 놈들을 빠른 속도로 훑어간다.

먼저 가장 위.

지호의 시야가 닿지 않는 까마득한 상공에서 두건으로 눈을 가린 선인이 가부좌를 틀고서 이쪽을 내려다보고 있다.

—진길인. 두 눈을 잃었으나 세상 모든 곳을 훑을 수 있는 천리안을 지녔다.

'천리안이란 말이지?'

조금 귀찮은 능력이다.

제 3의 시선으로 모든 영역을 한꺼번에 관조할 수 있다면 지호가 예측한 것과는 전혀 다른 방향으로 움직일 수 있을 터.

'하지만 녀석이 본 것이 다른 선인들에게 즉각 알려지고 반응할 수 있도록 도와주는 걸 찾아야 해.'

지호는 일부러 곧바로 진길인을 잡지 않고 위에서부터 아래로 천천히 예지의 영역을 훑어 내려갔다.

그러자 멀찍이 떨어진 곳에 있는 두 명이 잡혔다.

—황웅. 유화수은을 다뤄 염(念)에 능하다.

—풍대이. 인형술사. 보패 괴뢰사로 지목한 것을 뜻대로 다룰 수 있다.

'뭐야? 그냥 네트워크네.'

황웅이 보이지 않을 만큼 아주 얇은 유화수은으로 진길인과 각 선인들을 연결하고, 풍대이가 거기에 맞춰 즉각 선인들의 도피를 돕는다.

특히 풍대이라는 자는 조각을 품고 있어 제 능력 이상으로 선인들을 다룰 수 있었다. 마치 망석중이로 인형극을 하는 것처럼.

이건 하나의 메인 서버를 중심으로 서로 다른 작업을 수행하는 여러 컴퓨터와 똑같았다. 선인들은 하나의 사고(私考)를 공유한 군집체인 것이다.

누가 고안한 건지는 몰라도 제법 머리를 잘 썼다 싶었다.

한편으로는 자잘한 기예들이 뭉치면 이런 식으로 대응할 수도 있다는 사실에 선술의 끝없는 깊이를 확인할 수 있어 좋았다.

하지만 그뿐이다.

제아무리 좋은 칼을 손에 쥐어 주어도 가진 자가 능력이 없으면 금방 빼앗긴다.

"타올라라."

신의 목소리와 함께,

쩌어어어어어엉.

예지안을 풀어내는 왼쪽 눈과 다르게 이번엔 오른쪽 눈이 빛을 밝힌다.

마지막 남은 조각을 되찾고자 하는 태양이 뜨겁게 타오르면서 천지 사방에 불꽃을 밝혔다.

"크으으으으윽!"

가장 먼저 비명을 지른 자는 풍대이였다.

녀석은 왼쪽 가슴에 박아 뒀던 조각이 갑자기 태양과 반응해 불길을 내뿜자 가슴을 움켜쥐었다.

이대로는 심장이 타 버린다.

풍대이는 이를 악물고 공력을 몽땅 쏟아 부어 조각과 태양 간에 연결된 보이지 않는 감응선(感應線)을 강제로 끊었다.

"헉…… 헉…… 헉……!"

거칠게 몰아쉬는 단내 속에는 새카만 연기가 자욱하게 묻어난다.

문제는 타격을 입은 그가 컴퓨터로 치자면 메인 서버와 여러 장치를 연결하는 통신망에 해당한다는 것.

풍대이는 재빨리 메인 서버인 진길인과의 연결을 재수행하려 했지만, 그사이 여러 지시 작업을 수행하던 여러 IP격의 선인들은 아주 잠깐 버퍼링을 겪어야 했다.

"제, 젠장!"

"뭐야! 왜 안 보이는 거야!"

진길인을 통해 훤하게 잘 보이던 천리안이 갑자기 정지되니 당황할 수밖에 없다.

잠시간 생긴 천리안의 공백.

지호는 바로 이 틈을 놓치지 않았다.

쐐애애애애애애액!

좌륵. 좌르르륵. 용의 비늘을 잔뜩 꺼내 용인이 된 그는 단숨에 쏜살이 되어 선인들 사이를 갈랐다.

좌아아아악. 열풍과 뇌전이 잔뜩 뿌려진다.

"크아아아아악!"

"사, 살려…… 으아아악!"

좌악! 좌좌좌좌좌악!

여태껏 지호의 공격에 잘만 대응하던 선인들은 이전과 다르게 속수무책으로 당했다.

가장 전면에 있던 자들은 화염륜이 뿌린 열풍에 휩쓸려 타 버리고, 뒤쪽에 있던 자들은 도주를 시도하다가 마른하늘에서 떨어지는 벼락에 노출되어 녹아내렸다.

지호는 여태껏 제대로 상대하지 못한 것을 되돌려 주겠다는 듯, 손을 씀에 있어 일말의 정도 두지 않았다.

"이 괴물 새끼가!"

"죽어!"

이러나저러나 죽는 건 매한가지다. 그러니 직접 싸우자.

악에 받친 선인들이 저항을 시도한다.

갑주처럼 탄탄한 근육을 자랑하는 선인이 지호가 흩뿌리는 불꽃과 벼락을 주먹으로 모조리 쳐 내면서 공격을 막아내는 사이, 커다란 장도리를 든 선인이 뒤쪽에서 나타나 망치 부근으로 지호의 정수리를 찍어 간다.

지호는 오른손으로 망치를 가볍게 잡아챘다.

"흡!"

장도리의 주인이 흠칫 놀라 손을 떼고 재빨리 물러선다.

하지만 지호는 손에 힘을 주어 장도리를 가볍게 으깨고는, 의지로 열풍을 조작해 우수수 떨어지려는 파편들을 주인에게로 되돌려 줬다.

퍼퍼퍼퍼퍼퍽!

"컥!"

졸지에 자신의 무기를 고스란히 얻어맞은 녀석은 살과 뼈가 짓눌리다, 마지막 남은 주먹만 한 파편에 안면이 그대로 으스러져 절명했다.

그사이 불꽃과 벼락을 튕겨 내던 선인이 지호에게로 성큼 다가와 주먹을 내뻗었다.

'놈! 이것도 막을 수 있는지 보자!'

선인 한양호는 지호가 불꽃과 벼락을 뿌리는 것에만 능하다고 판단했기에, 지난 사백 년 동안 뼈를 깎는 노력으로 단련한 자신의 박투까지 당해 내지는 못하리라 생각했다.

고작해야 예지안으로 투로를 판단해 피하려는 게 고작일 테지. 최대한 근접전으로 몰고 가면 된다.

공간을 휘게 할 만큼 거세고 묵직한 주먹이 지호의 가슴에 작렬한다. 지호는 상체를 바깥쪽으로 틀면서 왼쪽 팔꿈치를 뾰족하게 세워 주먹에 맞대응했다.

한양호는 지호의 팔꿈치는 물론 왼팔 전체가 으스러지리라 생각했다.

하지만 그가 모르는 게 있었다.

지호는 되레 손오공으로부터의 무지막지한 수련 때문에 근접전에 더 능하다는 것을.

금강포.

금강석(다이아몬드)보다도 단단해진 팔꿈치는 성문을 파괴하려는 공성추처럼 한양호의 주먹을 부숴 버린다.

쿠우우우우우우웅!

대기가 무겁게 눌리며 파문이 사방으로 뻗힌다.

지호를 둘러싸던 선인들이 순간적인 진동에 균형을 잃고 휘청거릴 정도로 강한 충격파.

한양호는 오른팔의 살갗이 뭉개지고 부러진 뼈가 근육을 뚫고 나오는 처참한 광경을 보고도 상황을 제대로 인지하지 못했다.

고통이 엄습해 뒤늦게 인지를 했을 때는, 이미 지호가 더 크게 몸을 돌려 왼 손바닥으로 한양호의 시야를 가리고 있었다.

퍽!

한양호의 의식도 그대로 끊어졌다.

지호는 추락하는 한양호의 시신을 디딤대로 삼아 수직으로 솟구쳤다.

쐐애애애애애애액!

그 위에는 지호가 빈틈을 드러내기를 기다리고 있던 여자 선인, 화화령이 있었다.

그녀는 지호가 자신을 노린다는 사실을 알아차리고 재빨리 품에서 꽃을 꺼내 던졌다.

꽃망울이 터지면서 꽃잎들이 확 하고 퍼져 나가면서 수천 개로 늘어난다. 바람을 따라 와류를 그리는 꽃잎들은 빳빳하게 잎을 세워 지호를 난도질하고자 했다.

따다다다다다다당!

지호는 달리던 그대로 손날을 세워 앞을 가로막던 꽃잎들을 모조리 튕겨 내고, 단숨에 화화령에게로 쇄도했다.

서걱!

화화령은 어쩌지도 못한 채 머리가 분리되어 허공으로 둥실 떠올랐다.

지호는 거기서 그치지 않고 상공 어느 한곳을 주시했다. 양 눈을 다른 어느 때보다도 크게 키워 예지안을 활짝 연다.

"거기군."

메인 서버인 진길인을 확인하자, 이번엔 반대로 예지안

의 영역을 녀석에게로 최소화시킨다.

"……!"

진길인은 자신을 옥죄어 오는 무형의 사슬에 몸을 움찔 떨었지만,

"이미 늦었느니라."

신의 목소리가 어느새 녀석의 머릿속에 울려 퍼졌다.

몸은 수백 미터나 떨어졌다지만, 지호는 바로 눈앞에서 보는 것처럼 진길인을, 아니, 진길인이 두른 안대 너머의 두 눈을 보고 있었다.

천리안이 있었다.

"네가 보고 있는 것들을 내놓아라."

"저, 저, 저……!"

"화, 화화령까지 당하다니!"

선인들은 큰 충격에 잠기고 말았다.

화화령이 누구던가.

꽃의 정기에서 태어난 요정을 삼켜 신위가 이미 내정되어 격만 상승되면 바로 신이 되려던 선인이었다.

그런데도 별다른 저항 한 번 하지 못하고 허망하게 죽어버리다니.

순간, 선인들을 가득 메우던 악다구니가 거짓말처럼 사

라지고 대신에 새로운 감정이 그들 사이를 잠식했다.

공포.

저건 괴물이다.

절대 자신들의 깜냥으로 상대할 수 있는 게…… 아니었다.

위이이이잉.

그 순간, 진길인과 재연결되면서 선인들의 시야로 천리안이 잡힌다. 전장이 한눈에 내려다보였다.

똑똑히 보였다.

용의 비늘을 잔뜩 뒤집어쓴 채 위풍당당하게 푸르고 붉은 눈을 번뜩이고 있는 지호와 안색이 파랗게 질린 모든 선인들의 모습이.

자신들의 면면을 확인한 순간, 선인들은 더더욱 굳어 버리고 말았다.

'제길!'

그제야 풍대이는 아차 싶었다. 피해가 너무 커 서둘러 연결망을 복구했건만.

실수였다.

겁에 질린 모습을 생중계해 버리다니.

풍대이는 재빨리 천리안의 연결을 닫으려 했다. 당분간은 선인들이 이지를 되찾을 때까지 자신이 직접 그들을 지시를 내리는 게 낫겠다 싶었다.

하지만,

"무, 뭐야? 왜 안 움직여?"

갑자기 몸이 망석중이처럼 뻣뻣하게 굳어 움직이지 않는다. 풍대이는 어떻게든 팔이라도 움직여 보려 했지만, 굴러가는 거라고는 눈동자가 전부였다.

그건 옆에서 프로토콜 역할을 하던 황웅도 마찬가지였다. 녀석은 하얗게 질린 채 비명을 질렀다.

"아아아아악! 왜 이래! 안 움직여! 몸이! 몸이 안 움직인다고! 어떻게 된 거야! 제기랄아아아알!"

"길인! 도대체 뭘 하고 있는 거냐!"

풍대이는 상공에 있을 진길인을 향해 소리를 고래고래 질렀다.

네가 중심이 되고 있으니 어떻게든 해 보라는 뜻이었다.

하지만 되돌아오는 것은,

"그렇군."

진길인의 것이 아닌 다른 자의 목소리였다.

"천리안의 프로세스는 이렇게 이뤄지는 거였나? 비록 버러지들이나 부리는 잔 술수라고는 하나, 잘만 부릴 수 있다면 요긴하게 쓰이겠구나."

익숙한 신의 목소리.

풍대이는 그제야 연결망에서 진길인의 의식이 끊어졌다는 것을 알아차렸다.

이미 지호는 진길인의 천리안을 완전히 장악해 가만히 잠복하고 있다가, 풍대이가 연결망을 복구하자 재빨리 아래 선인들까지 잠식해 버린 것이다.

"과, 과, 광마……!"

풍대이는 몸을 덜덜 떨었다.

지호가 보고 있는 건 천리안만이 아니다.

자신들이 가진 모든 것이다.

연결망을 통해 그들의 의식에 침투해 기억, 경험, 감정, 생각들을 모두 읽어 들이고 재생시킨다.

잊었던 기억과 떠올리고 싶지 않은 악몽들이 되살아나, 수백 년의 생을 다시 겪는 끔찍한 고통에 허덕여야만 했다.

인격이 낱낱이 분해되는 느낌이란 이루 말로 표현할 수 있는 게 아니었다.

지호는 그들이 여태 쌓아 올린 모든 것들을 가져가려 하고 있었다.

"너희들의 것, 모두 가져가지."

"아, 아, 안 돼!"

"그만둬어어어어엇!"

선인들이 허공에다 손을 뻗어 절규하지만,

"사라져라."

지호는 용의 잔혹한 발톱을 드러낸 뒤였다.

"컥!"

"크아아아악!"

선인들은 관자놀이를 쥐어뜯다가 절명했다.

겨우겨우 숨이 붙어 있는 자들은 달아나려 했지만, 몸과 마음이 너무 망가진 나머지 얼마 움직이지도 못했다.

지호는 손가락을 구부리며 허공을 거세게 할퀸다.

콰르르르르르르르르르!

엄청난 마찰열과 함께 불꽃에 휘감긴 칼바람이 폭우가 되어 선인들의 머리 위로 떨어졌다.

*　　*　　*

"시, 시, 시, 신예!"

"제, 제, 제발 저희를 살려 주십시오!"

"우, 원하는 것은 모두 들어 드릴 테니, 제발……!"

다행히 지호와는 거리가 떨어져 있어 도주할 수 있었던 선인들이 있었다.

그들은 다급히 이예가 있는 곳으로 달려와 제발 살려 달라며 엉엉 울어 댔다. 당장에라도 영혼을 빼 줄 듯한 모습이었다.

이예는 무심한 표정으로 팔다리가 날아가고 얼굴이 화상으로 짓눌리는 등 처참한 몰골을 한 그들을 보다가 천천히 자리에서 일어나 전통을 왼쪽 어깨에 짊어졌다.

"필요한 것은?"

"예, 예?"

선인들은 말뜻을 이해하지 못해 멍한 얼굴로 되물었다.

"왕으로서 신하들에게 영광을 내리는 것은, 아주 지당한 일. 필요한 것을 말하라."

이예의 두 눈은 깊었다.

* * *

~~쿠쿠쿠쿠쿠쿠쿠~~—

붉은 불꽃과 까만 재가 흩날리는 하늘.

그 아래, 풍대이는 자신의 눈을 믿을 수가 없었다.

자신들이 지난 수백 년간 쌓은 수양을 홀라당 빼앗긴 것으로도 모자라, 일방적으로 죽어 나가고 있었다.

황웅은 장기인 연금술을 제대로 발휘하지도 못하고 목이 떨어졌고, 늑대인간인 장소년은 도주를 시도하다가 그대로 팔다리가 꺾였다.

이곳에 남은 거라고는 이제 자신밖엔 없다.

곤충 채집된 나비처럼 꼿꼿하게 서 있어야 하는 고통은 어떻게 설명할 수 있는 게 아니었다.

"마지막으로 하고 싶은 말은?"

"제…… 기랄!"

그 말이 풍대이의 유언이 되고 말았다.

서걱!

머리통이 허공으로 떠오르면서 분수처럼 쏟아지는 핏방울과 함께 시뻘건 연기가 스스스, 밖으로 흘러나왔다. 연기는 한데 응어리졌다.

웅. 웅. 웅.

그토록 바라던 태양의 마지막 조각.

지호는 지체하지 않고 조각을 잡았다.

찰칵.

조각이 체내로 스며들어 오른쪽 눈에 흘러든다. 본래 하나였다가 일흔두 개로 쪼개졌던 조각들이 다시 하나로 합쳐지면서 충만한 기운을 발산한다.

쩌어어어어어어엉!

해가 완성된다.

오른쪽 눈은 다른 어느 때보다도 환한 빛을 발하면서 지호의 사고를 둘러싸고 있던 탄탄한 벽들을 물리치고 새로운 세상으로 인도했다.

화아아아악!

지호가 다시 눈을 떴을 때, 세상은 온통 새하얀 빛무리에 잠겨 있었다.

바로 앞에 있는 것은 자그마한 문.

오랜만에 보는 전지의 문이다.

지호는 과감하게 문고리를 활짝 돌렸다.

지호가 본 것은 총 세 가지였다.

*　　*　　*

첫째.

무저갱처럼 끝을 모르고 이어지는 깊은 어둠 속에서 어딘지 익숙하지만, 조금 낯선 것 같은 목소리들이 울려 퍼진다.

'우리들을 신께 바치겠사오니.'

'부디 이 세상을 당신들의 빛으로 채워 주소서.'

'우리의 오랜 염원을 이뤄 주십시오!'

그리고 한참 후에야 대답이 들린다.

신의 목소리가.

—기원(祈願)은 이뤄졌노라.

*　　*　　*

둘째.

어둠과 어둠이 만난다.

한쪽은 악몽.

본래는 꿈이었으나, 이제는 헛꿈이 되어 버린 것.

"신으로 태어났으나 자리를 잃은 자와 신이 되었으나 떨어진 자라…… 그대와 나는 참으로 비슷하면서도 다른 길을 걷고 있구나."

"어리석게도 지난 자리에 연연하는 그대와 나를 함께 논하지 말라."

반면에 다른 어둠은 타락이다.

무저갱처럼 끝없이 깊고, 연옥처럼 뜨거우며, 칠흑처럼 어둡다.

“하긴 그러니 내가 그대를 찾아온 것이지.”

“용건이나 말해라.”

“연옥을…… 나올 생각이 없나?”

“뭐?”

“기원을 이뤄 주지. 대신에 자리를 내게 넘겨라.”

잠시간의 침묵.

타락은 한참 뒤에야 입을 열었다.

“……응하도록 하지.”

*　　*　　*

지호는 어둠이 너무 짙어 아무것도 보지 못했다.

전지의 문을 열었으니 웬만한 어둠쯤은 걷을 수 있지만, 그곳은 정말 빛이 하나도 없는, 마치 우주의 암흑지대 같은 무(無)의 장소였다.

목소리 또한 처음 듣는 자들의 것이다.

알 수 있는 정보라고는 두 가지.

악몽과 타락.

이게 대체 뭘 의미하는 것일까?

아무것도 알 수 없지만 한 가지만은 확실했다.

이 두 존재가 만나고 약속한 것에 의해서 지금의 판이 만들어졌다는 것이다.

아마 하늘로 오르고자 하는 악몽이 절교일 테고, 타락이 지금 선인들을 움직이는 또 다른 그림자일 테지.

'연옥의 주인.'

하지만 당장 지호에게 중요한 건 손오공의 행방이다.

다른 곳으로 시선을 돌렸다.

* * *

셋째.

드넓은 평야.

무릎까지 올라오는 수많은 초목들 사이로 족히 수백 년은 먹은 단풍나무들이 빽빽하게 모여 숲을 이룬다.

울긋불긋한 단풍잎에서 가을철의 상쾌함을 느껴야 하지만, 이 숲의 붉은색은 어딘지 모르게 보는 이로 하여금 소름이 끼치게 만들었다.

마치 누군가의 피가 튄 것 같은 모습이다.

거기다 어딘선가 불이 났는지 숲 위로 피어오르는 새카만 매연이 하늘을 가득 메우고, 어디선가 불어오는 바람에

진한 철 냄새가 잔뜩 섞인다.

서 있는 것만으로도 다리가 저절로 후들거리는 삼엄한 분위기 속.

그곳에 손오공이 홀로 서 있었다.

—이제 제천대성, 그대의 기원은 흩어졌노라.

나지막한 신의 목소리가 허공에 가득 울린다.

*　　*　　*

'아냐. 이건 지금 오공이 아니라 미래의 오공이야.'

처음 나타 태자의 부름과 함께 이 세상으로 돌아왔을 때 보았던 광경. 손오공이 누군가에 의해 살해당하던 그 모습이다.

손오공만 보였던 게 지금은 주변 광경까지 같이 보였지만, 지호에게 중요한 단서는 아니었다.

이래서는 안 된다.

필요한 걸 보기 위해서는 더 크게 나아가야겠다는 생각이 들었다.

그렇다면 남은 방법은 하나.

'신이 된다.'

신.

전지하며 전능한 존재.

다행히 전지는 한 걸음만 내디디면 되고, 전능은 해와 달을 두 눈에 담고 있지 않은가.

더군다나 바로 '지금'은 해와 달을 올리는 방법을 알고 있었다.

자격은 충분하다.

"그렇다면……."

지호는 날개를 펼치듯이 양손을 활짝 편다. 고개를 들어 원래는 해와 달이 있었어야 할 자리에 나후성이 반짝이는 상공을 바라본다.

전지의 문, 그 바깥으로 마지막 걸음을 내디뎠다.

그 순간,

화아아악!

전지가 지호를 가득 맞이한다.

이어서 전능을 양손에 담아 팔을 뻗었다.

콰콰콰콰콰콰콰콰!

하늘 가득히 퍼져 나갔던 까만 재며 붉은 불꽃, 노란 뇌기, 백도에 있던 잔해들, 동정호를 따라 흐르던 물줄기가 모두 지호를 따라, 하늘로 오르는 바람을 따라, 중력의 법

칙을 거스르고 서서히 오르기 시작한다.

마치 그것을 환영이라도 하듯이 발아래 넓게 펼쳐진 동정호의 물살도 넘실넘실 춤을 춘다.

낙석은 다시 잘게 쪼개지고, 쪼개진 돌은 또다시 쪼개지면서, 곧 곱게 달린 먼지들이 허공에 가득 퍼지다 불꽃과 물줄기에 한데 뒤섞인다.

쩌저저저저정!

새카만 먼지 사이로 금빛 물결이 퍼져 나간다. 한데 뒤섞인 것들은 마치 곱게 간 사금처럼 보이며 이내 하늘에 떠올라 총총 박힌다.

수없이 많은 별이 하늘을 가득 수놓는다. 그 중앙을 따라 은하수가 길게 늘어서면서 세상에다 아름다운 별빛을 뿌린다.

쏴아아아!

별들의 금빛, 왼쪽 눈에서 뿌려지는 푸른빛, 오른 눈에서 쏟아지는 붉은빛. 색깔이 서로 다른 세 개의 빛이 한데 어울리면서 배광(背光)을 만들어 낸다.

탁하지만 별이 가득한 하늘.

지호는 그곳을 왼쪽 눈으로 바라본다. 눈에 담긴 달이 시린 푸른빛을 발한다.

"달."

소망을 담은 빛은 신의 목소리가 되고, 신의 목소리는 언령(言靈)이 되어 삼라만상에 변화를 가한다. 견고하기 짝이 없는 곳에다 태엽을 새로 달아 돌린다.

왼쪽 눈이 더더욱 시린 빛을 뿌리면서,

쿠쿠쿠쿠쿠!

하늘 가득히 변화가 찾아왔다.

세상이, 변한다.

*　　*　　*

"저, 저길 봐!"

"저게 뭐야……!"

밝아지지도 어두워지는 법도 없이 언제나 잿빛투성이던 하늘. 그런 하늘에 갑자기 붉은색 융단이라도 깐 것처럼 노을이 깔리기 시작한다.

노을은 하늘을 메우던 잿빛을 한가득 먹어 치우면서 세상에다 따스한 빛을 뿌렸다.

사람들은 모두 넋이 나가 그곳을 올려다봤다.

백성들을 피신시키던 반검맹도. 지호의 전투를 지켜보던

대장군가도. 신인이 나타났다며 환호하던 백성들도. 차예린도. 차경산도. 천 무장도. 이나은도.

멍하게 서쪽을 바라봤다.

그리고 노을을 따라,

"다, 달이 뜬다!"

달이 서서히 뜨기 시작했다.

나후성이 달빛에 가려져 사라졌다.

*　*　*

'됐어.'

지호는 하늘을 올려다본 채 흐뭇하게 웃었다.

잘될까 싶었지만 막상 해 보니 순조롭게 풀린다. 전지의 문, 그 밖으로 한 발자국만 내디뎠지만, 전혀 다른 세상을 맞은 것처럼 기분이 묘하다.

지호는 이번엔 오른쪽 눈으로 하늘을 응시했다.

"해."

그 속에 담긴 태양이 붉은빛을 뿌렸다.

*　　*　　*

"태, 태, 태양이다!"

"해가 오른다!"

달을 보며 넋을 잃었던 사람들은 이제 동쪽에서 오르는 해를 보며 기겁을 했다. 누군가는 제자리에 주저앉아 펑펑 울어 대기도 한다.

햇빛은 노을과 잿빛으로 범벅이 되었던 하늘을 밀어내기 시작한다. 푸른 파도가 일렁이듯이 가득히 퍼져 나간다.

하늘이 원래의 푸른색으로 되돌아온다.

동승신주 곳곳에서 온갖 환란으로 심신이 피폐해졌던 모든 사람들이 그 광경을 목격했다. 그 속에는 나이도, 성별도, 신분도 없었다.

푸른 하늘이 세상을 가득 덮는다.

그곳을 따라,

동쪽에서는 해가,

서쪽에서는 달이.

수줍게 고개를 내민다. 모습을 드러낸다.

이제는 영원히 찾을 수 없을 것 같던 것들이 하늘로 오를 준비를 한다. 잿빛이 붉은빛에 녹아 사라지고, 원래 있어야만 했던 푸른 하늘을 따라 해와 달이 올랐다.

"신인이시다! 신인이 조화를 부리신 게야!"

"역시……!"

"비나이다. 비나이다."

"드디어 해가 떴다고! 해가 떴단 말이야!"

"어디 해뿐인가? 달도 뜨지 않았는가!"

지호가 발을 디뎠던 곳들. 해남도, 복건, 호남, 귀주, 사천, 감숙, 호북. 진, 초, 제, 삼국 어느 곳 하나 가릴 것 없이 사람들은 세상 밖으로 나와 덩실덩실 춤을 추거나 제자리에 앉아 눈물을 펑펑 쏟았다.

몇몇은 신인을 기리는 사당으로 가서 기도와 치성을 드리기 시작했다.

그렇게, 해와 달이, 하늘 중앙에 걸렸다.

푸른 하늘이 드러났다.

* * *

"손 공자, 당신은 대체……?"

해와 달이 돌아오고, 하늘이 푸른색을 되찾아 가는 중이건만.

정작 이나은의 눈에는 전혀 들어오지 않는다.

그저 멍한 시선으로 그를 바라본다.

전지의 문을 여는 동안 지호를 따라 돌아다니던 배광은 지금도 사라지지 않았다. 달의 푸른빛과 해의 붉은빛이 반딧불처럼 떠돌아다닌다.

마치 맑은 보석을 곱게 갈아 흩뿌린 것처럼 너무나 아름답다.

지호가 해내는 일은 절대 인간이 해낼 수 없는 조화라는 걸 잘 알고 있다. 이 광경을 직접 볼 수 있다는 게 인간으로서는 절대 상상도 못할 영광스러운 상황이라는 것 또한 아주 잘 안다.

하지만,

"당신은…… 대체 어디로 가려는 건가요?"

양손을 가슴 앞에 끌어 모아 작게 중얼거린다.

그토록 원하던 일이었건만.

환란이 하루 빨리 끝나고, 해와 달이 돌아오기를 그렇게나 바랐건만.

어째서 이토록 무서운 것일까?

그 모든 걸 지호가 해결하고 있는 걸 보고 있노라니 두렵게만 느껴진다.

이제는 지호를 만나지 못할지도 모른다는 불안감이. 그가 자신의 손길이 닿지 않는 곳으로 올라가 버릴 것 같다는 초조함이 가슴을 아프게 만든다. 저미게 만든다.

힘은 그만한 책임을 가져온다. 자리는 그만한 위험을 내포한다.

결국 지호는 앞으로도 위험한 길을 걸을 거란 뜻이다.

이나은은 양손을 깍지 끼며 이마를 살짝 붙였다. 그러면서 기도를 올린다.

이 자리에서 신이 되려는 지호에게 바치는 기도.

하지만 기쁨에 젖은 사람들과 다르게 그녀의 기도는 조금 달랐다.

"손 공자가 무탈하기를."

* * *

그 순간, 지호는 전혀 다른 세상을 보고 있었다.

세상 너머의 세상.

하늘 너머의 하늘.

전지와 전능이 가능한, 삼라만상의 세계.

그곳에서 마지막 준비를 갖춘다.

해와 달을 원래의 장소로 되돌렸으니, 이제는 달을 해의 뒤쪽으로 숨겨 낮을 되찾아야 한다. 그러다 시간이 차례대로 흐르면 다시 밤이 돌아올 터였다.

지호는 자신이 삼라만상에다 끼워 놓았던 태엽을 천천히 돌렸다.

이것이야말로 전능(全能).

세상을 뜻대로 바꾸는, 신에게만 허락된 힘이다.

드드드득.

오로지 지호에게만 들리게 삼라만상이 돌아갔다.

해와 달은 서서히 중천으로 몰려들다가, 만나기 시작한다. 달이 해의 뒤쪽으로 숨으면서 해가 서서히 커졌다.

해가 닿지 않던 세상의 끝에도 햇빛이 내린다.

세상의 변화에 따라 지호에게로 전지가 와 닿는다. 예지 역시 범위를 서서히 확장시켜 나간다.

그리고 만났다. 세 번째 예지를.

단풍나무 숲. 철 냄새. 새카만 매연. 모든 것들이 한데 어우러지며 그 속에 선 손오공을 비춘다.

손오공의 귓가에 속삭인 신의 목소리를 쫓는다.

'찾았다!'

지호는 손오공의 주변을 따라 맴돌다가, 서쪽 대지의 끝, 반도의 주인인 서왕모가 산다는 곤륜산의 정상에 서서 하늘을 향해 화살을 겨누는 어떤 사내를 발견했다.

사냥꾼이라도 되는지, 등에 매단 전통에는 정체를 알 수 없는 기다란 화살이 한가득 담겨 있다. 손에 든 활은 루비를 통째로 깎아 만든 듯 매우 아름다웠다.

녀석의 얼굴을 확인하려 다가간다.

이것이 바로 전지(全知).

모든 것을 알 수 있는, 신에게만 허락된 권능이다.

'누구냐, 넌?'

그 순간, 갑자기 녀석이 몸을 이쪽으로 돌렸다.

—드디어 만났구나.

'설마……!'

어둠 속에 묻혀 눈가는 가려져 입가만 살짝 보인다. 하지만 그 너머로 녀석은 지호의 예지안을 똑바로 직시하고 있었다. 입꼬리가 말려 올라간다.

마치 비웃듯이.

—이제 기원은 이뤄질 것이노라.

머릿속에 울리는 신의 목소리. 그것은 첫 번째 예지에서 들었던 것과, 두 번째 예지에서 자신이 움직이겠다고 선언

한 누군가의 것과 너무나 똑같았다.

그때, 녀석이 손에서 시위를 놓았다.

쐐애애애애액!

30장

흔들리는 세상

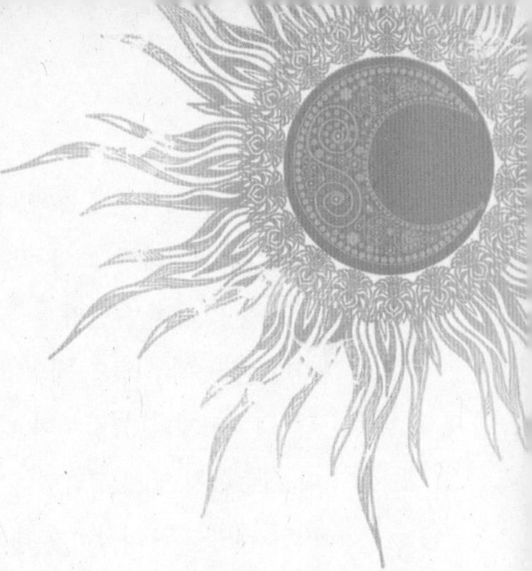

아주 오랜 옛날.

아직 신들이 이 땅 위에 살아가던 상고 시대.

태양은 본디 하나가 아닌 모두 열 개였다.

그들은 언제나 순번을 매기며 하늘을 올랐다. 하나가 떠오르면 이튿날엔 다른 하나가, 그 이튿날에는 또 다른 하나가 오르는 식으로.

그러다 이 순번에 원인 모를 이유로 차질이 생겼다.

두 개의 태양이 같이 떠오르는 날이 있는가 하면, 하나도 떠오르지 않는 날도 있었고, 하나만 올라오더라도 금방 서쪽으로 사라지는 날도 있었다.

낮과 밤이 순차적으로 진행되지 않고 뒤죽박죽 섞였다. 그래도 시간이 지나면 다시 원래대로 돌아가 사람들은 여차여차 순응을 하며 살았다.

그러다 어느 때부터 열 개의 태양이 모두 올랐다.

사람들은 언제나 그렇듯이 다시 주기를 되찾을 것이라 여기며 대수롭지 않게 생각했다.

하지만 태양들은 이상하게 내려오질 않았다.

하루가 이틀이 되고, 한 달이 되었을 때, 사람들은 그제야 사태가 심각하다는 것을 깨달았다.

낮이 사라지질 않았다. 열 개의 태양도 서쪽으로 넘어가질 않는다.

결국 열 개의 태양이 내뿜는 열기에 강과 바닥은 바싹 메말라 버리고, 농작물이며 나무들은 바싹 익어 버렸다. 가뭄이 찾아와 흉년이 들며 세상은 불바다가 되고 말았다.

이에 고통을 호소하는 사람들이 속출했다.

그때 동쪽에 위치한 어느 자그마한 나라를 다스리던 왕이 산자락에 올랐다.

"내 백성들을 도탄에 빠뜨리는 것은 무엇이든 용서치 않으리라!"

한때 천하를 떠돌아다니면서 백성들을 곤경에 빠뜨리던 마귀와 요괴를 잡은 공로로 신이 되었던 왕은, 자신이 아끼는 활, 동궁의 시위에다 화살, 소증을 걸었다.

동궁과 소증, 두 가지 모두 왕이 천계에 올랐을 때 옥황상제가 하사했던 보패.

당연히 그 위력은 하늘을 떨칠 정도였다.

거기다 활 솜씨는 과히 백발백중이라 할 수 있는 바.

열 개의 태양 중 아홉 개가 부서져 땅에 떨어지고 말았다.

덕분에 열기가 걷히고 가뭄은 금세 사라졌다. 세상은 다시 평화를 되찾았다.

왕은 흐뭇한 마음으로 다시 자신의 나라로 되돌아가기 위해 산자락을 내려가려 했다. 하늘 역시 환란을 대신 종식시켜 준 자신에게 고마워하리라 생각했다.

하지만 그의 생각과 달리 천계에서 이를 지켜보던 옥황상제는 불같이 화를 터뜨렸다.

"어찌 한낱 사냥꾼 따위가 나의 아들을 아홉이나 죽일 수 있단 말이냐! 놈에게 내린 신위를 삭탈하고, 신격을 낮추도록 하라!"

본디 태양은 옥황상제가 비(妃)인 희화와 함께 낳은 아들들.

당연히 하루아침에 아들을 아홉이나 잃은 그로서는 천지가 뒤집힐 일이었다.

왕은 비통함과 억울함을 풀 데가 없었지만, 그래도 사랑하는 아내와 나라, 그리고 백성만 있으면 된다는 생각에 쓸쓸한 마음으로 산을 내려왔다.

하지만 그를 맞은 것은,

신하들의 반란과 무너진 나라, 뿔뿔이 흩어진 백성들, 그리고 아내의 실종 소식이었다.

* * *

지호는 보았다.

하얀 화살이, 궤적이 되어 창공을 가로지르는 것을.

대기가 크게 찢어지면서 일어난 하얀 마찰열들이 꽈배기처럼 이리저리 꼬이다가 이내 하나로 합쳐지면서 커다랗게 길쭉한 빛줄기가 되었다.

때마침 태양은 달을 거의 먹고 크기가 막바지에 다다르고 있는 상태였다.

하늘이 푸른색으로 거의 꽉 찼다 싶은 그때,

콰아아아아앙—!

화살이 태양을 과녁 삼아 꽂혔다.

태양은 어떻게 손을 쓸 겨를도 없이 중앙이 관통되자마자 그대로 부서지고 말았다.

애초 일흔두 개의 조각을 겨우 기워 놓았던 것이니, 떨어질 때에도 다시 일흔두 개로 나뉘어 지상으로 우수수 쏟아진다.

그리고 이면에 숨었던 달 역시 힘을 잃고 툭 하고 떨어진다.

달은 마치 바닥에 떨어진 얼음처럼 산산조각이 나서 사방으로 튀었다가 곧 허공으로 흩어져 사라졌다.

해와 달의 추락.

순간적인 고통 속에, 지호를 둘러싸고 있던 세상이 유리처럼 깨졌다.

"……!"

다시 눈을 뜬 세상.

해와 달이 언제 떨어졌냐는 듯이 고요하다. 하지만 하늘 역시 언제 푸른색을 되찾았었냐는 듯이 그대로다.

'예…… 지.'

지호는 어쩌면 현실이 되었을지도 모를 미래에서 깨어나

주변을 둘러보았다.

갑작스러운 예지안의 붕괴에 활짝 열렸던 전지의 문이 스르르 강제로 닫힌다.

롤러코스터를 탄 것처럼 세상이 빙글빙글 돈다.

속이 메스껍다.

해와 달이 부서진, 아니, 부서질지도 모른다는 충격은 막대한 타격으로 돌아왔다.

—그걸 예지로 돌리다니. 제법이로군.

어느 누군가의 감탄과 함께,

—그렇다면 어디, 이것도 한 번 막아 보아라.

쐐애애애애애애애액!

뭔가가 귓속을 자꾸만 왱왱 울려대지만, 지호는 여전히 정신을 차리지 못했다. 현기증이 너무 심했다.

"손 공자! 위험해요!"

"……!"

그 순간 울리는 외마디 비명 소리. 이나은의 목소리.

지호는 그제야 퍼뜩 정신을 깼다.

분명 너무 멀리 있어 제대로 들리지도 않는데 어떻게 유독 그녀의 목소리만 똑똑히 들린 걸까?

흔들리는 시야를 겨우 잡고 나니 바로 눈앞에서 한 줄기 궤적이 이쪽으로 날아들었다.

예지에서 해와 달을 떨어뜨렸던 바로 그 빛줄기!

내공이 흔들려 피하기는 힘들다.

그렇다면?

콰아아아악!

지호는 대기를 발로 거세게 긁었다. 순간적인 마찰열과 함께 하얀 연기가 올라오면서 둥그스름한 막을 형성한다.

콰콰콰콰콰콰콰쾅!

하늘이 그대로 깨져 나가는 게 아닐까 싶을 정도로 어마어마한 소리와 함께 거친 폭발이 지호가 있는 자리를 뒤흔들었다.

불꽃에 가려져 모습이 사라진다.

하지만 그걸로도 부족하다 여겼는지, 빛줄기는 수십 개씩 잇달아 날아들며 지호를 두들겼다.

퍼퍼퍼퍼퍼퍼퍼퍼펑!

* * *

"저, 저, 저!"

"신인이 위험해!"

반검맹과 대장군가는 크게 놀라 지호를 쳐다봤다.

해와 달이 올라가면서 하늘까지 다시 제 색을 되찾아 기뻐하던 와중이었는데 갑자기 왜 저런단 말인가!

아까 전까지 봤던 기적이 모두 거짓말이었던 것처럼 해와 달은 온데간데없이 사라져 버렸다. 푸른 하늘도 다시 잿빛으로 돌아갔다.

나후성도 다시 빛을 발하며 떡하니 하늘에 박힌다.

게다가 그 아래로,

쉬시시시시시시시식!

육안으로는 도저히 따라잡을 수 없는 수십 개의 궤적이 잿빛 하늘을 멋대로 긁어 놓으면서 지호에게로 치닫는다.

한참 떨어진 곳의 땅이 울릴 정도로 엄청난 폭음이 천둥소리처럼 잇달아 들려온다.

터지는 불똥은 하늘을 뻘겋게 물들인다.

그 광경은, 선인들을 상대로 압도적으로 찍어 누르던 지호에게서도 찾기 힘들 정도로 어마어마한 광경이어서, 저절로 넋을 잃을 정도였다.

과연 저런 충격에서 무사할 수 있을까?

무사들은 지호의 이름을 애타게 불렀다.

특히 지호에게 부려지다시피 하면서도 강호를 종횡하며 여러 가지로 깨달은 바가 있던 반검맹으로서는 제발 무사해 달라며 애타게 호소했다.

이나은은 해와 달이 올랐을 때처럼, 여전히 그 자리 그대로 지호를 보고 있었다.

연기와 폭발에 가려져도 마치 그 자리 그대로 있는 걸 알고 있다는 듯이.

그러다 시선이 다른 곳으로 향했다.

궤적이 날아오는 방향으로.

*　　*　　*

이예는 쉴 새 없이 화살을 시위에다 걸며 놓기를 반복했다.

사람 키만 한 엄청난 크기의 대궁(大弓)이 금방이라도 부러질 듯이 팽팽하게 뒤로 구부러졌다가 화살을 쏟아 낼 때마다, 하늘은 더 큰 상처를 입었다.

사냥감을 잡을 때에는 절대 빈틈을 내주지 않는다.

그건 이예가 소싯적 세상을 종횡하며 온갖 마물을 때려잡은 끝에 터득한 비법이었다.

하물며 상대는 해와 달을 올리려는 자.

그만한 힘을 지녔다는 것은 능히 신의 반열에 오르고도 남는다는 뜻이다.

게다가 놈은 제천대성의 환생이라 하지 않던가.

"놈을 절대 얕보아서는 아니 될 것이야."

음장생이 했던 말이 언뜻 떠오른다.

"흥!"

하지만 이예는 가볍게 코웃음을 치며 새카만 먹구름에 잠기는 목표를 보았다.

콰르르르르르르르르르—!

화살을 꺼내 시위에 걸었다.

이것으로 끝내자.

이예가 차가운 눈을 하며 마지막 시위를 놓으려는 순간,

쉭!

갑자기 등 뒤에서 서늘한 느낌이 들었다.

이예는 본능적으로 화살을 내리고 활을 고개 위로 높이 들었다.

그러자 아슬아슬하게 떨어지는 정체 모를 손날.

콰아아아아아아아앙!

활이 부러질 듯이 흔들린다.

지호가 머리 위에서 손날로 이예의 정수리를 찍으려 하고 있었다.

"어떻게 알았지?"

이예는 당황하는 대신에 흥미 가득한 눈길로 지호를 올려다봤다.

분명 예지안으로도 쫓을 수 없는 먼 곳에서 화살을 쐈건만.

여기에 있는 줄 어떻게 알았을까?

화안금정이 요요하게 빛난다. 지호의 양 두 눈에는 방금 전에 하늘을 장식하려다 만 해와 달이 고스란히 담겨 있었다.

"앞선 놈들이 좋은 걸 주고 갔거든."

"천리안이로군."

이예는 지호가 선인들에게서 선술을 읽어 들이던 것을 떠올리고는 가볍게 웃었다.

지호는 잇달아 자신을 두들기는 빛줄기를 막느라 정신이 없었다. 해와 달을 올리는 건 실패했고, 내공은 뜻대로 따라 주지 않았다.

아홉 겹이나 두른 근두운도 금방 여섯 개나 박살이 나 나머지도 금방 깨질 듯 위태로웠다.

하지만 지호에게는 또 다른 무기가 있었다.

죽은 진길인을 통해 터득한 천리안.

왼쪽 눈으로는 예지안을 열어 이예에게서 날아오는 빛줄기를 모두 막아 내고, 오른쪽 눈으로는 천리안을 담아 그의 위치를 쫓은 것이다.

예지안과 천리안. 해와 달을 완성하면서 확장된 두 눈은 신안(神眼)이 부럽지 않았다.

그 덕분일까?

지호의 양쪽 눈을 따라 이예와 관련된 모든 정보들이 들어왔다.

신이었으나 죄를 지어 인간으로 떨어지고, 다시 부단히 노력해 선인의 자리를 거머쥐며 신이 되고자 하였으나, 신위와 신격을 되찾을 길이 없어 계속 선인으로만 머물러야 했던 존재.

신위와 신격을 잃었다고는 하나, 신성과 신령은 유지하고 있어 반신(半神)이라 할 수 있는 존재.

지호는 깨달았다.

'이거였어.'

두 번째 예지에서 보았던 '신이 되었으나 떨어진 자' 라던 '타락' 이 누군지.

또한, 자신이 해를 모아도 절교가 가만히 있었던 이유가 무엇인지를.

절교는 이미 패를 마련해 두고 있었다.

이예는 해를 아홉이나 떨어뜨린 신화를 지닌 자.

지호에게는 천적(天敵)이라 할 수밖에 없는 그가 있는 한, 해와 달을 올릴 수 있는 방법은 어디에도 없었다.

하지만 지호는 내색하지 않는다.

여기서 빈틈을 드러내면 사냥꾼에게 바로 잡히고 말 테니까.

"제법 하는 듯하군. 역시나 보통 것들과는 격이 달라."

쿠르르르르—

이예는 지호의 손날을 막은 그대로 입꼬리를 말아 올린다.

흥미로운 사냥감을 찾았을 때의 희열이 드러난다.

"하지만 과연 그 몸으로 얼마나 버틸 수 있을까?"

지호의 인상은 무미건조함 그대로다.

이예의 날카로운 시선은 그의 속을 낱낱이 꿰뚫고 있었다.

해와 달을 떨어뜨리면서 받은 타격. 내공이 역류하면서 주화입마 직전까지 치달은 것을 알아차리고 있었다.

하지만 지호는 내색하지 않았다. 도리어 웃는다.

"해 봐."

그 말과 함께 주먹을 내려친다.

이예는 왼손에 화살을 들며 올려친다.

콰아아아아아아아아앙!

다시 한 번 폭발이 일어나며 하늘 가득히 검은 먹구름이 파문을 그리면서 퍼져 나갔다.

콰릉! 콰릉! 콰르르르르르르—!

잇따른 충격파가 하늘을 연신 때리다가,

스륵!

지호가 반검맹과 호군위영이 있는 곳에 나타난다.

"손 공자!"

"물러나!"

지호는 이곳으로 다가오려는 자들에게 왼손을 뻗어 말리고, 오른손을 앞으로 세차게 휘둘렀다.

때마침 빛줄기가 날아들었다.

콰아아아아아아아아앙!

지반이 그대로 내려앉는다. 충격과 함께 지호는 한참이나 떠밀리다가 겨우 멈춰 섰다.

지호가 지난 깊고 긴 고랑 위로 먼지가 흩날린다.

하지만 그 뒤로도 이어지는 화살 비.

쿠쿠쿠쿠쿠쿠쿠!

지호는 축지를 밟아 피하지 않고 화살 비에 정면으로 맞섰다. 여기서 몸을 내뺐다가는 다칠 사람이 많았다.

콰콰콰콰콰콰콰쾅!

주먹을 내뻗을 때마다 빛줄기가 부서지고 터지기를 반복한다.

그런 어마어마한 광경에 무사들은 하얗게 질렸다.

어떻게 도와주고 싶어도 나설 엄두가 나지 않는다.

천외천이라!

하늘 밖의 하늘이 있다는 말을 줄곧 듣긴 했지만, 이건 숫제 논외였다.

그럴수록 이나은의 속은 더욱 바짝 타들어 갔다.

지호의 눈에서…… 피가 흐르고 있었다.

빨갛게 충혈 되어 실핏줄이 터졌다. 멀리 있어 잘 보이지 않지만 겨우 눈 안으로 수습한 해와 달도 흔들리고 있었다.

그러다 갑자기 빛줄기의 공세가 그쳤다.

지호는 약간 지친 기색을 하고도 여전히 예지안과 천리안을 거둬들이지 않고 이예의 행방을 쫓는다.

곧 공간이 열리면서 이예가 지상에 나타났다.

탁.

"제법이야. 여기까지 버틸 줄이야. 정말이지 몸만 정상이었다면 제대로 한 번 붙어 보고 싶을 정도이니."

격전을 치른 지호와 다르게 화살만 쏴 댔던 이예는, 가볍게 착지하는 모습이 우아하기까지 하다.

반검맹과 호군위영은 지호를 처음으로 막아선 자의 등장에 침을 삼켰다. 그들과 자신들 사이에는 절대 넘을 수 없는 벽이 있었다.

"하지만 그것도 거기까지."

이예는 다시 전통으로 손을 가져가 하얀 화살, 소증을 붉은 활, 동궁의 시위에다 걸어 지호에게로 겨누었다.

과거 옥황상제로부터 하사받았던 활과 화살.

하지만 이것이 훗날 자신의 아들들을 아홉이나 죽이게 될 줄, 당시 옥황상제는 절대 알지 못했다.

그런 저주 받은 보패가 이대로 부러지는 게 아닐까 싶을 정도로 뒤로 바짝 구부러진다. 핏줄이 터질 듯 팽팽하게 일어선 구릿빛 팔뚝에서는 단단함이 느껴졌다.

해와 달을 떨어뜨렸을 때와 같은 힘이다.

지호는 녀석의 이번 일발(一發)이 마지막이라는 것을 깨닫고 이를 악물었다.

'이대로는 위험해.'

선인들을 상대하고 마지막엔 해와 달을 올리면서 너무 많은 능력을 소비했다.

단전은 마르고, 정신은 피폐하다.

특히 예지가 깨지면서 엄습한 충격이 영혼에 너무 강한 타격을 가한 게 컸다.

사실 지금도 억지로 버티고 있는 중이다.

조금이라도 정신이 흐트러지면 바로 졸도할 수 있다.

하물며 이예는 속성상 지호에게 천적이라고밖에 할 수 없는 자.

몸이 온전해도 승부를 장담키 어려운데 지금 상태로 싸운다고?

'그래도……!'

지호는 이를 악물었다. 여기서 쓰러질 수는 없다.

이 자리에는 선계와 아무런 관련이 없는 평범한 사람들이 많다. 이나은이 있다. 이들 모두를 지켜야만 했다.

하지만,

주르륵—

눈가를 따라 흐르는 핏물이 더 굵어진다.

'제길! 하필이면 이럴 때……!'

공력이 부글부글 끓는다.

해와 달이 흔들리며 양쪽 눈에서 풀린 수없이 많은 공력들이 대거 쏟아지면서 기맥이 다시 끊어질 것처럼 딱딱하게 굳는다.

이나은은 고통에 몸부림을 치는 지호를 한참이나 바라보다 이대로는 안 되겠다고 여겼다. 아랫입술을 질끈 깨물더니 고개를 번쩍 들었다.

'이번엔 내가 지켜야 해.'

그동안 지호는 수없이 그녀를 위기에서 구해 줬다.

이제는 자신이 지호를 구해 줄 차례였다.

벌떡 일어나 녀석을 노려본다.

"그대가 누군지 모르겠지만 이곳에서 물러나세요. 그렇지 않는다면 용서치 않을 겁니다."

이나은이 다친 지호를 대신해 앞으로 나서며 화살의 궤적을 가로막는다.

상대가 어떤 존재인지 알고 있을 텐데도 불구하고 눈동자는 지호를 지키겠다는 일념으로 단호하다.

"비키는 게 좋을 거다, 계집."

"아뇨. 그럴 수는 없어요."

"혹 이깟 불나방들을 믿는 건 아니겠지?"

이예가 어이없다는 듯이 비웃었다.

어느새 그의 주변에는 반검맹과 호군위영이 에워싸고 있었다.

이미 선인이란 존재가 얼마나 논외적인 존재인지를 몇 번이고 봐 왔기에 이예를 겨눈 손은 거칠게 떨리기만 했다. 몇몇은 침을 삼키면서 식은땀을 흘리기도 했다.

하지만 겁에 질려도 물러서지 않는다.

눈동자는 단단해 어떻게든 지호를 지키고자 하는 의지를

내보인다.

"우리들의 시신을 모두 밟기 전까지는 신인의 터럭 하나 건드리지 못한다!"

천 무장은 자신에게 쏟아지는 압박감을 겨우 떨쳐 내면서 이예에게 맞서 사자후를 질렀다.

무사들 모두 동감이라는 듯 고개를 끄덕인다.

그동안 무사들은 지호와 함께하면서 그가 어떤 존재인지를 똑똑히 지켜봤다.

다른 어떤 누구도 구제해 주지 못했던 환란을 종식시키지 않았는가.

추위를 앓는 사람들에게 따뜻함을 주고, 집을 잃은 사람들에게 터전을 내줬으며, 눈물을 흘리는 사람이 있으면 그 눈물을 닦아 줬다.

어느 국가, 어느 마을, 어느 누구 하나 가릴 것 없이 지호에게 도움을 받지 않은 사람이 없고, 그로 인해 웃지 않은 사람이 없다.

자신들은 그저 난세라며 탐욕만 부리던 것을, 지호의 뒤를 따라다니면서 많은 것을 깨닫고 뉘우쳤다.

싹이 트는 논밭. 가물었다가 서서히 물이 차는 저수지. 병이 낫는 사람들. 끼니때면 하얀 연기가 솟는 마을. 웃는 할아버지, 뛰어다니는 아이들. 가족을 위해 일하는 남자와 옷을 깁는 여인들.

이제야 겨우 찾은 평화를 절대 다시 놓칠 수 없었다.

"씨발, 죽이려면 날 죽일 것이지 왜 이제 나타나서 뒷치기하고 지랄이야, 지랄이!"

"천벌 받고 싶지 않으면 꺼져!"

"이참에 우리도 선인 하나 잡아서 무명 신세나 탈피 좀 해 볼까?"

"캬! 그거 좋네. 좋아. 같이하자고!"

"으하하하하하하!"

무사들이 요란스럽게 떠들고,

"아미타불. 어쩌면 관세음보살께서 제게 이곳으로 가라 하신 것은 씨앗을 지키란 뜻이었는지도 모르겠소이다."

혜가가 허공에다 염주를 던지더니 순간 빛무리와 함께 금강저를 길게 늘어뜨린 나라연금강이 되어 이예 앞에 우뚝 섰다.

불가의 문을 수호할 때처럼, 지호 역시 그렇게 지키겠노라고 외치는 두 눈에서는 강렬한 의지가 불꽃이 되어 부리부리하게 타오르고 있었다.

"나 역시 빼놓지 말게나."

쏴아아아!

하늘에서 바람이 한 줄기 불어닥치더니 확 하고 내려앉

는다.

납탑도인은 검을 길게 늘어뜨린 채 푸르른 기운을 사방으로 발산한다. 두 눈에는 신안이 깃들어 에메랄드처럼 아름답게 반짝인다.

쉽게 감당할 수 없는 강인함이 물씬 풍긴다.

그가 모시는 신, 무(武)의 화신 진무대제의 힘이다.

강신술.

비록 천계와의 연결이 끊어졌다고는 하나, 신과 사제 사이의 믿음까지 끊을 수는 없는 바.

납탑도인은 혜가에 못지않은 힘을 자랑하며 이예를 막아서고자 했다.

이예를 막아서고자 하는 그들의 의지는 그만큼 단단했다.

특히 이나은의 눈빛은 단호하기만 하다.

"크."

이예의 입술 사이로 웃음기가 번져 나온다.

"들은 적이 있지. 도화경의 사자와 정토의 주지가 신인의 곁에 머물면서 천계의 뜻을 전하고, 무림의 것들이 광신도처럼 졸졸 따라다니면서 하나의 교(教)를 이뤄 가고 있어, 그 모습이 마치 혹세무민을 일삼던 옛 마교를 떠올리게 한다고."

납탑도인은 어느새 대검으로 변한 검을 앞으로 내밀었다.

"잘 안다면 이만 물러서라, 신예. 이 이상은 우리 도화경과 정토는 물론, 신과 부처가 내린 결정을 거스르는 일이다. 또 한 번 죄를 지을 셈인가?"

"이미 천계는 나를 한 번 버렸거늘. 또 죄를 진다고 해서 무엇이 달라질까? 안 그런가?"

그 순간,

스르르르!

갑자기 공간이 출렁인다 싶더니 곳곳에서 희뿌연 안개가 올라온다.

"무, 뭐야, 이건!"

"으으으윽! 움직일 수가 없어!"

언제라도 나설 준비를 하던 무사들은 갑자기 몸을 옴짝달싹할 수가 없자 당황하는 기색이 역력했다.

희뿌연 연기는 곧 사람의 형상을 갖췄다.

모자를 깊게 눌러쓰고 있어 얼굴을 알아볼 수 없는 자들. 바로 연옥이었다.

그뿐만이 아니었다.

반검맹과 호군위영을 따라 공간을 열며 다른 선인들도 일제히 모습을 드러냈다.

그 숫자만 물경 일백.

대부분 백도에서 이예에게 충성을 바친 선인들이다.

그들은 선술로 반검맹과 호군위영을 속박해 인질로 삼았다.

갑작스레 허를 찔리게 된 납탑도인과 혜가는 그쪽으로 몸을 돌리려 했지만, 쉽사리 움직이지 못했다.

어느새 그들 앞에도 무언가가 나타나 공간을 막았다.

크르르르.

이예의 권속들이 잔혹한 이빨을 들이대면서 언제라도 두 사람의 목덜미를 뜯어 버릴 기회만을 노렸다.

"방금 전에 했던 말을 고스란히 돌려주지, 납탑."

한순간에 승기를 거머쥔 이예가 차갑게 웃는다.

"연옥을 적으로 돌리겠다면. 이 이예를 적으로 돌릴 자신이 있다면 어디 한 번 해보아라."

"이……!"

납탑도인이 이를 악물며 놈을 노려본다.

하지만 이예는 그에게 흥미를 보이지 않고 이나은의 뒤편에 서 있는 지호를 보았다.

"그것이 싫다면 방법이 딱 하나 있긴 하지."

지호가 다시 앞으로 나선다. 이나은이 그의 옷깃을 붙잡으며 잡으려 하지만, 지호는 괜찮다는 뜻으로 고개를 끄덕여 보이고는 앞에 섰다.

"뭐냐?"

"해와 달."

"뭐?"

"해와 달을 조용히 내놓겠다면 물러나 주지. 어떤가? 이들의 목숨과, 해와 달. 밑지는 장사는 아닐 텐데?"

안색이 창백해진 이들이 소리 지른다.

"안 돼!"

"그것만은 안 되네!"

"손 공자!"

지호는 그런 그들을 쳐다보다가 다시 이예를 노려본다.

해와 달은 손오공의 목숨이다.

과연 이걸 이 사람들과 비교할 수 있을까?

지호가 뭐라 입을 열려던 바로 그때,

"젠장! 이거 뭐 어떻게 돌아가는 거야?"

"으하하하하! 엄청 재미있어 보이는구먼!"

갑자기 허공에서 시정잡배처럼 욕설 가득한 목소리가 쩌렁쩌렁하게 울린다.

그것은 신의 목소리는 아니지만 이 자리에 있는 모든 이들의 머릿속에 똑똑히 박혔고, 언령은 아니었지만 삼라만상을 뒤흔들 정도로 충분히 강했다.

콰아아아아앙! 콰콰쾅!

마치 포탄으로 갈긴 것처럼 어마어마한 두 개의 충격파가 유성처럼 하늘에서 뚝 떨어졌다.

그것은 사람이었다.

한 명은 동네 양아치처럼 세상에 불만 가득한 얼굴을 가졌고, 다른 한 명은 사자 갈기처럼 머리를 아무렇게나 흩뜨려 놓은 채 송곳니가 훤히 드러나도록 웃고 있었다.

두 사람을 확인한 이나은의 얼굴에 화색이 돌았다.

"교룡! 사타왕!"

"아가씨, 바쁘니까 이따가 이야기하자고."

"흐흐흐흐흐! 벌써부터 재미있구먼!"

표정도 모습도 개성도 전혀 다른 두 사람이지만, 등장하자마자 취한 동작은 거울을 갖다 댄 것처럼 똑같았다.

그 순간, 이예가 시위에서 손을 놨다.

쐐애애애애애애액!

"이 빌어 처먹을 새끼가, 형님들이 이야기하고 계시는데 어디다 대고!"

교룡이 인상을 잔뜩 찡그리면서 빛줄기를 향해 주먹을 크게 휘두른다.

콰아아아아아아아앙!

빛줄기가 터지면서 사방으로 흩어진다.

곳곳에서 대치하고 있던 이들이 일제히 움직였다.

납탑도인은 신력을 가득 담은 검을 종횡무진 휘둘러 댔다. 검이 부드럽게 칼바람을 일으킬 때마다 날카로운 검기가 잔혹한 이빨을 드러내면서 늑대와 새를 휘몰아친다.

늑대 착치는 아가리를 젖히며 납탑도인의 팔을 물어 가고, 새 대풍은 하늘 높이 날아올라 거친 태풍을 일으켰다.

쿠쿠쿠쿠쿠!

혜가는 불길을 칭칭 감은 금강저를 바닥에다 꽂았다. 딱딱한 지면이 두부처럼 으깨지면서 사방으로 균열이 가고, 그 위로 붉은 불꽃이 타올랐다.

뱀과 멧돼지를 속전에 잡을 속셈이었다.

하지만 뱀 구영은 도리어 균열 속으로 파고들어 물을 뿜어내 불꽃을 꺼뜨리려 하고, 멧돼지는 발로 땅을 거칠게 두들기면서 혜가에게로 대가리를 들이 내밀었다.

콰앙!

혜가는 억지로 놈을 받아들이면서 힘과 힘의 대결로 들어섰다.

이와 비슷한 양상은 다른 곳에서도 벌어졌다.

연옥의 선인들도 마찬가지. 그들은 저마다 보패를 움켜쥐며 반검맹과 호군위영을 소탕하려 했으나,

"내려라."

지호의 염원이 실린 신의 목소리와 함께 벼락 수십 개가 이예의 머리맡으로 빗발쳤다.

콰아아아아아앙! 콰콰콰콰콰콰쾅!

세상이 흔들린다.

천지가 이대로 무너지는 게 아닐까 싶을 정도로 수없이 내리꽂히는 벼락의 세례 속.

선인들은 재빨리 보패를 위로 들어 막으려 했다.

하지만 화염륜과 뇌벽세를 막기는 역부족이었다. 그들 중 상당수는 피를 토하며 쓰러지거나, 경기를 일으키면서 죽고 말았다.

"신인이 우리와 함께하신다!"

"악적들을 처단하자!"

와아아아!

지호의 활약에 무사들은 다시 기운을 차리고 선인들에게로 달려들었다.

벼락을 막느라 급급한 그들로서는, 그냥 발가벗겨진 일반인과 다를 바가 없었다. 한 손으로는 벼락을, 다른 한 손으로는 일만이 넘는 정병을 상대한다.

쿠쿠쿠쿠쿠쿠쿠—!

단숨에 상황이 급반전된다.

곳곳에서 벌어지는 격전은 한 치 앞도 예견하기 힘들 정도로 복잡한 양상으로 치달았다.

이래서는 안 된다.

이예는 지호를 잡고자 화살 세 개를 시위에 걸어 그쪽으로 돌리려 했다.

하지만,

"어이! 우리가 있다는 걸 깜빡하면 안 되지! 안 그래? 으라차차차차차!"

사타왕은 뒤도 돌아보지 않고 앞으로 튀어 나가면서 바로 앞에 있던 화살을 손등으로 튕겨 낸다.

화살에 실린 위력이 대단해서 몸이 살짝 밀린다 싶었지만, 동주칠마왕이라는 자리를 허투루 따지는 않았는지 금세 속도를 회복해 이예를 따라잡았다.

쾅! 쾅! 쾅! 쾅!

사타왕의 묵직한 주먹이 허공을 가를 때마다 화포가 터진 것처럼 대기가 떨려 나간다.

이예는 그가 시위를 걸 틈을 주지 않자 어쩔 수 없이 왼손으로 화살을 꺼내 검처럼 휘둘렀다.

타고난 사냥꾼답게 궁술뿐만 아니라 박투에도 일가견이 있는지, 때로 손오공이 부담스러워 할 정도로 대단한 사타왕에 맞서는 데도 일절 밀리지 않았다.

그사이 교룡은 귀찮다는 듯이 혀를 차면서 다리를 높게 들어 진각을 밟았다.

“제기랄! 야! 먼지 날려! 좀 얌전하게 싸워!”

투덜거리는 말투와 다르게 땅거죽이 크게 뒤집히면서 지호를 비롯한 무사들 앞으로 커다란 토벽이 세워진다.

토벽은 두 개의 화살에 부딪쳐 와르르 무너졌지만, 그사이 사타왕은 토벽보다도 높게 한껏 도약해 단숨에 이예에게 쇄도했다.

위에서 아래로 당수를 내려찍는다.

이예는 화살로 사타왕의 공격을 바깥쪽으로 흘리는 것과 동시에 오른손에 들고 있던 활대를 높이 들어 방패로 삼았다.

쿠우우우우우우웅!

두 마왕의 전력이 얼마나 대단한지 지반이 그대로 내려앉으면서 주변으로 먼지구름이 파문처럼 퍼져 나간다.

그 중심에서, 이예는 엄청난 압박을 받고 있는데도 불구하고 눈썹 하나 흐트러지지 않았다. 옷깃 역시 처음 나타났을 때 그대로 깨끗하다.

부르르르르.

교룡은 활대를 내려치는 자세 그대로 입꼬리를 말아 올

렸다. 제법 힘든지 이마를 따라 식은땀이 흐르지만 기세는 사그라지지 않는다.

"젠장. 이거 되게 힘드네. 이봐, 이예. 거 같이 나이 먹어가는 처지에 후배 배려 차원에서 사정 좀 봐주시면 안 되나?"

"형님, 무슨 말을 하는 거요! 이렇게 신나게 싸우기 좋은 기회가 어디 있다고!"

"넌 좀 닥쳐!"

사타왕이 눈을 이글거리며 따지자, 교룡은 버럭 소리를 질러 입을 다물게 하고는 다시 이예를 보며 헤헤헤, 하고 웃었다.

하지만 이예는 차가운 표정 그대로였다.

"저자가 제천대성의 후예라 하더니. 그래서 왔나?"

"따지고 보면 그렇긴 한데…… 뭐, 하여간. 아직 이야기 안 끝났잖아! 하던 대답이나 해!"

"못 하겠다면?"

"그럼……!"

교룡이 이를 악물며 주먹에 바짝 힘을 준다.

"뒈지시든가!"

쾅!

심상치 않은 힘을 느낀 이예가 활대를 미끄러뜨리면서

뒤로 물러선다. 교룡의 주먹은 그대로 바닥을 때리며 다시 한 번 지반을 크게 함몰시켰다.

이예는 다시 한 번 전통에서 화살 다섯 개를 꺼내 시위에 건다.

방금 전에는 거리가 잡혀 화살을 소진했으니, 이번에는 아예 어떻게 대응할 수도 없도록 바로 앞에서 터뜨려 버릴 셈이었다.

관성 때문에 몸이 크게 비틀린 교룡과 사타왕의 얼굴이 낭패에 찬 기색을 띤다.

이대로는 화살에 맞을 수 있는 상황.

—처음에 했던 말 그대로 돌려주지. 어디 한 번 막아 보아라.

이예가 차갑게 웃으면서 시위를 놓으려 했으나,

여태 선인들을 괴롭히던 벼락이 한 곳으로 집중된다.

바로 이예의 머리 위로.

콰르르르르르르르르릉—!

벼락이 쉴 새 없이 쏟아진다.

오로지 천둥소리만 가득해 아무것도 들리지 않고, 노란 빛 때문에 눈이 멀 것 같은 시간이 지속된다.

교룡과 사타왕은 축지를 밟아 재빨리 공간을 벗어나고, 납탑도인과 혜가는 있는 힘껏 짐승들을 뒤로 물린 뒤 반검맹 등에게 피해가 안 가도록 법력으로 커다란 보호구를 만들었다.

그 중심에 이를 악물고 일어선 지호가 있었다.

부리부리하게 뜬 두 눈은 화안금정으로 요요하게 빛났다.

그렇게 얼마나 지났을까.

쿠쿠쿠쿠쿠쿠쿠쿠쿠!

영원히 계속될 것 같던 벼락이 그치고, 폐허가 된 지반 위로 모래와 먼지만이 잔뜩 날린다.

교룡을 비롯한 사람들은 설사 신이라고 해도 절대 살아남을 수 없을 것 같은 참혹한 현장이라 생각했다.

하지만,

“용을 쓰는군.”

휘이이이.

불어오는 바람과 함께 먼지가 씻겨 난 곳에서, 이예가 차갑게 이를 번뜩이며 모습을 드러냈다.

처음 나타났던, 깨끗한 모습 그대로.

사람들의 눈동자가 크게 흔들린다.

경악만이 흐른다.

도대체 저기서 어떻게 멀쩡할 수 있는 거지?

다친 곳도 없단 말이야?

이예는 흐트러진 기색 하나 없었다. 옷에는 먼지 한 톨 묻지 않았고, 숨소리도 여전히 평온하다.

오만하기 짝이 없는 모습이 묻는 듯하다.

이게 전부냐, 고.

여기에 지호가 송곳니를 드러내며 웃는다.

"왜? 정말 그런 것 같아?"

화살이 지호의 미간을 겨눈다.

시위에서 손을 놓으면 바로 빛줄기가 미간을 관통할 것이다.

하지만 지호는 콧방귀를 뀐다.

"암만 힘들어도 너 하나는 잡을 수 있을 것 같은데."

"만용이 지나치군."

"사내새끼가 말만 많아서는!"

화아아아아악!

지호를 따라 새하얀 서기가 구름처럼 뭉게뭉게 피어나더니 소용돌이를 그리면서 사방으로 확 퍼져 나간다.

빛줄기와 구름 사이에 팽팽한 기류가 흐르면서 당장 부딪칠 것 같은 일촉즉발의 상황.

사람들은 심장을 꽉 누르는 어마어마한 압력을 겨우겨우

버텨야만 했다.

그런데,

"흥이 식었다."

갑자기 이예가 콧방귀를 뀌더니 활을 아래로 내렸다. 화살을 전통으로 다시 던지고 활을 오른팔에 걸며 몸을 반대로 돌린다.

난데없는 갑작스러운 상황에 지호는 인상을 잔뜩 일그러뜨렸다.

"뭐야? 쫄리냐?"

이예는 몇 걸음을 옮기다 말고 잠시 멈춰 서서 뒤로 살짝 돌아 노려본다.

"웃기지 마라. 여기서 있어 봤자 별 득이 될 게 없다 여겼을 뿐이다. 하지만 이 일에 대해서는 따로 따져 물을 것이니, 해와 달을 잘 간수하고 있어야 할 것이다."

눈빛이 차갑게 반짝인다.

"그러니 잊지 마라. 그때도 지금과 같다면."

그렇게 마지막 한 마디를 내뱉는다.

"동주칠마왕은 나의 적이다."

의미를 알 수 없는 말.

하지만 지호는 그것이 자신에게 향하는 것이 아니라는 걸 눈치챘다.

'다른 사람이 있어!'

휘리리리릭.

발치에서 일어난 자그마한 돌풍이 그를 감싸더니 조용히 사라졌다.

네 마리의 마물 역시 납탑도인과 혜가를 잔뜩 노려보다가 연기가 되어 흩어지고, 선인들은 저마다 죽은 동료의 시신을 들고 축지를 밟았다.

언제 격전이 벌어졌냐는 듯이 조용해진 전장.

"끝난…… 거야?"

무사들은 그제야 한시름을 놓은 듯 저마다 제자리에 털썩 주저앉았다.

싸울 때는 그렇게 정신없이 싸우다가 이제야 겨우 숨을 돌리며 주변을 돌아보니 자신들이 마나 미친 짓을 했는지를 깨달았다.

동정호 인근은 이미 쑥대밭이 되어 있었다.

대지는 잔뜩 균열이 가 금방이라도 꺼질 듯 위태롭고, 사이사이로 호수의 물길이 들어와 질퍽한 진흙을 만들었다. 곳곳에 남은 그을음과 부서진 나무의 잔해들은 몸을 떨리게 할 정도였다.

더불어 자신들이 몸담은 세상이, 무림이, 천하의 모든 것이라 생각했던 것들이 사실은 얼마나 작은 일부분에 지나지 않는지를 절실히 깨달았다.

덕분에 피로가 잔뜩 쏟아진다.

하지만 무사들은 쓰러지지 않았다.

반검맹은 도리어 부상병들을 찾아 움직이고, 호군위영은 혹시 이곳의 격전이 인근 마을에 피해를 입히지 않았는지 바삐 움직였다.

그동안 지호를 비롯한 혜가와 납탑도인은 이예가 사라진 곳과 다른 방향으로 고개를 돌렸다. 교룡과 사타왕은 공손히 예를 갖춘다.

공간이 열리며 다른 누군가가 나타난다.

우우우우웅.

검버섯이 자글자글하게 핀 얼굴과 주름이 잔뜩 진 눈매. 살짝 왜소한 체구에 구부러진 허리. 중심을 받치기 위해 짚은 지팡이와 뒷짐을 진 왼손.

어느 마을에서나 흔히 볼 수 있을 것 같은 노인이다.

하지만 그에게서는 어쩐지 쉽게 다가갈 수 없는 묵직한 힘이 느껴졌다.

평온하지만 묵직하고, 왜소하지만 거대하다.

마치 처음부터 그 자리에 있었던 것 같은 거대한 벽처럼 다가온다.

태산.

언젠가 가족들과 중국으로 여행을 갔다가 우연히 봤던 태산을 떠올리게 했다.

수천 년 동안 그 자리에 그대로 눌러앉아 있으면서 수많은 사람들의 감탄과 찬사를 부르던 산.

처음 손오공을 봤을 때 자유로운 하늘을 떠올렸던 걸 떠올려 본다면 비슷하면서도 너무나 다른 사람이었다.

이 사람이 바로 이예와 연옥을 물러나게 한 사람이다.

"반갑구나."

노인이 살짝 엷은 미소를 띤다.

지호는 처음 보는 사람인데도 불구하고 그가 누군지 알 것 같았다.

"우…… 마왕."

* * *

서유기에서 우마왕은 아주 크게 다뤄진다.

삼매진화로 손오공 일행으로 하여금 큰 곤혹을 치르게 했던 홍해아의 아버지이자, 한 번 부채질을 하는 것만으로도 태풍을 일으키는 파초선의 주인인 나찰녀의 남편.

손오공 일행을 비롯해 이랑진군와 나타 태자, 탁탑천왕 등 천계의 내로라하는 모든 장수들을 홀로 대적하고도 승리를 점쳤던 자.

그 외에도 우마왕을 가리키는 수식어는 아주 많다.

절교와 함께 선계를 양분하는 동주칠마왕의 우두머리.

삼라만상의 모든 지식과 이치를 담고 있으나 신이 되지 않는 자.

능히 홀로 세상을 덮을 수 있는 자.

하지만 그런 모든 호칭을 뒤집을 수 있는 유일한 한 마디가 있으니.

지호가 우마왕에 대해 손오공에게 물었을 때,

"그가 어떤 사람이냐고?"

손오공은 잠깐 머뭇거리면서 이렇게 정의했다.

"모든 마(魔)의 종주."

* * *

실로 말로만 듣던 전설과의 만남이다.

지호가 긴장한 표정으로 침을 꼴깍 삼키는 그때,

샤샤샥!

갑자기 하늘 곳곳에서 공간이 비틀리더니 일백에 달하는 무사들이 뚝 떨어진다.

전부 새카만 무복과 복면을 쓰고 있어 개개인의 생김새는 알 수 없지만, 하나하나가 웬만한 투선에 못지않은 힘을 자랑하는 것만큼은 알 수 있었다.

우마왕의 근위대, 복마전.

그들은 우마왕을 중심으로 서서 크게 부복하며 소리쳤다.

“마왕의 행차이시다! 감히 어느 누가 있어 함부로 주공과 눈을 맞추려 든단 말이냐!”

반검맹과 호군위영, 어느 곳 하나 할 것 없이 사람들은 하나같이 위세에 눌려 황급히 고개를 숙였다.

특히 납탑도인과 혜가가 가장 공손히 예를 표한다.

이예의 등장에도 침착하게 대응하던 그들이.

“진무대제의 종, 군보가 종주께 예를 갖춥니다.”

“관세음보살을 대신해 종주께 인사를 드리오.”

우마왕은 지호를 보다가 힐끗 그쪽으로 시선을 돌렸다. 입가에 미소가 번진다. 자애로운 미소가.

“진무와 관세음께서는 잘들 계시는가?”

납탑도인과 혜가는 순간 대답을 하지 못하고 부르르 몸을 떨었다.

대제니, 보살이니, 하는 말을 생략한다.

그런데도 너무나 자연스럽다. 마치 옛 친구를 부르는 것처럼.

문제는 우마왕에게는 충분히 그럴 만한 자격이 있다는 점이었다.

두 사람이 뭐라고 대답을 하려는 찰나,

"아, 미안하구나. 얼마 전부터 신통이 흐트러졌을 터인데. 이 나이가 되다 보니 자꾸 깜빡깜빡하는구먼. 예민할 문제인데, 늙은이가 배려심이 모자랐어. 용서해 주게."

두 사람의 눈동자가 흔들린다.

'역시 다 알고 있구나!'

'과연……! 나무아미타불.'

우마왕은 속세의 일에 전혀 관여를 하지 않지만, 제자리에 앉아 천 리 밖을 내다보고, 천 일 후의 일을 알아맞힌다고 한다.

그만큼 깊디깊은 혜안을 지닌 사람이니 두 사람이 어떤 갈등을 겪고 있을지 모를 리가 없었다.

아니나 다를까.

"흘흘흘흘."

우마왕은 두 사람이 무슨 생각을 하는지 안다는 듯이 살짝 웃음소리를 냈다.

납탑도인과 혜가는 속까지 모두 발가벗겨진 느낌이라 아무 말도 할 수 없었다.

"두 사람이 가진 문제는 이따 논하세. 그보다."

우마왕은 다시 지호에게로 고개를 돌렸다. 입가에 지은 미소가 짙어진다.

"잘 버텼다."

지호는 살짝 엷은 미소를 지었다.

그리고,

스르르.

그 자리에 그대로 쓰러졌다.

"손 공자!"

이나은이 놀라서 다급히 달려온다.

우마왕이 손을 뻗어 그녀를 막았다. 그는 아주 부드럽게 지호를 받았다.

"염려치 말거라. 그저 탈진한 것뿐이니."

하지만 우마왕의 말과는 다르게 지호의 상태는 그리 좋은 편이 아니었다.

예지가 강제로 깨졌다. 해와 달이 오르려다가 도중에 그쳤다. 덕분에 활짝 열렸던 전지의 문은 강제로 닫혔고, 영혼을 충만히 채우던 전능은 바람 앞 촛불처럼 순식간에 사라졌다.

더 높은 곳에서 떨어질수록 몸도 크게 다치듯이, 신격을 코앞에 두고 떨어진 지호의 영혼에는 막대한 타격이 가해졌다.

자연스레 신위도 덩달아 흔들린다.

오른쪽 눈에 있던 해는 다시 일흔두 조각으로 쪼개지려 하고, 왼쪽 눈에 담긴 달은 서서히 빛을 잃어 간다.

겨우 묶어 놨던 해와 달의 기운이 기맥으로 쏟아져 나오면서 기맥이 부풀어 오르고, 단전이 금방이라도 터질 것처럼 들끓는다.

주화입마다.

"참으로 기특한 아이야. 힘들었을 텐데 이렇게 잘 참아 내고. 막내와 닮았으이."

"그러니 우리가 허구한 날 고생하는 거 아니오."

입술을 삐죽 내밀며 툴툴거리면서도 지호를 보는 교룡의 눈길엔 애잔함이 담겼다.

사실 지호는 영혼이 다친 후유증을 다스리는 것만 해도 힘들었을 정도였다.

하지만 이예가 있는 한 교룡과 사타왕은 물론이고 납탑 도인을 비롯한 사람들, 특히 지호를 보호하기 위해 나섰던 이나은까지 다칠 수 있었기에 어쩔 수 없었다.

결국 억지로 힘을 발휘하다 후유증이 크게 와 증상이 더

악화되고 말았다.

신격은 물론이고 자칫 신위를 비롯해 목숨까지 잃을 수 있는 상황이었지만, 우마왕은 전혀 그런 점에 대해 언급하지 않았다.

"너무 오래 나왔다. 이만 돌아가자꾸나."

마치 산보를 나왔다는 듯이 우마왕이 몸을 돌린다.

복마전이 길을 트며 나서려는 그때, 갑자기 그들 앞으로 이나은이 뛰쳐나왔다.

"저도 데려가 주십시오!"

복마전주의 눈썹이 꿈틀거린다. 당장에라도 주공의 앞길을 막은 발칙한 여자를 베고 싶어 손을 꼼지락거리지만, 우마왕의 언질이 있어 꿈쩍 않았다.

이나은은 침을 꼴깍 삼켰다.

복마전주뿐만 아니라 일백 복마전의 위세, 그리고 우마왕의 깊은 눈매가 그녀의 다리를 떨리게 한다.

금방이라도 자지러질 것 같은 위압감이 느껴졌지만, 그녀는 이를 악물었다.

지금은 절대 지호를 이대로 보내서는 안 된다는 생각이 강하게 들었다.

우마왕의 두 눈이 곡선을 그린다.

"이 아이의 짝이더냐?"

"그…… 렇습니다."

"그렇다면 이 늙은이에게 막을 권한 같은 건 없겠지. 따려오려무나. 대신에 떠들면 아니 된다. 이 아이들이 조금 무섭거든."

이나은은 여전히 표정이 굳은 복마전을 힐끗 보다가 천 무장 쪽을 응시했다.

천 무장이 뒷일은 걱정 말라는 듯이 고개를 끄덕였다.

그리고,

쏴아아아아.

불어오는 바람과 함께 그들의 모습이 사라졌다.

마치 그 자리에 있었던 게 모두 거짓말이었던 것처럼.

"후우…… 미치겠구먼."

납탑도인은 어깨를 짓누르던 위세가 사라진 뒤에야 겨우 한숨을 내쉬었다.

철컥.

조용히 납검을 하자 그를 따라 충만히 흐르던 푸른색 기운이 거짓말처럼 사그라진다.

명불허전이라더니.

우마왕의 모습은 진무대제로부터 누누이 듣던 것보다 훨씬 대단했다.

문제는 신통이 끊어져 진무대제와 이야기를 나눌 수 없는 이때, 진무대제의 신신당부와 다르게 지호를 놓쳤다는 것인데.

그는 혜가를 돌아봤다. 혜가 역시 염주를 조용히 거둬들이면서 인간으로 돌아왔다.

"자네는 어쩔 텐가?"

"노납은 관세음보살님으로부터 씨앗을 지켜보라는 계시를 받았습니다."

"지켜보라?"

납탑도인이 의외라는 표정을 짓는다.

지키라거나, 도와주라거나, 하는 지시가 아니라 그냥 보라니.

천계와의 신통이 끊어지기 직전까지 신탁을 쉴 새 없이 내리던 진무대제와는 전혀 다른 모습이다.

어쩌면 이것이 신과 부처의 차이일는지도.

"그럼 따라가야겠구먼."

혜가는 대답 없이 조용히 고개를 끄덕였다.

"그런데 들어가기가 좀 빡세지 않겠나?"

교마왕과 사타왕이 지호를 데리고 간 것은 일반인을 비롯한 선인들까지도 출입이 금지된 금역의 땅.

특히나 복마전의 위세는 그들로서도 식은땀이 난다.

"그래도 해야지요."

"그렇겠지? 흐흐흐흐."

납탑도인은 씩 웃었다. 처음 지호를 만났을 때 장난치는 걸 좋아하던 것처럼.

그들이 어디론가를 향해 발길을 돌리려는데, 차예린이 다급하게 나와 부른다.

"아저씨."

"미안하구나. 아무래도 우리는 여기서 먼저 자리를 떠야 할 것 같다. 하지만 중요한 일들은 모두 끝났으니 환란은 더 이상 없을 게야."

환란이 없을 거란 말에 사람들은 모두 환호를 질렀다.

제자리에 앉아 꺼이꺼이 우는 사람도 있었고, 지호의 이름을 부르면서 연신 기도를 외는 자도 있었다.

그들에게는 이미 지호가 살아 있는 신이요, 구세주였다.

"그럼 잘 부탁하마."

"어디로…… 가시는데요?"

떠나기 전, 납탑도인은 입꼬리를 씩 말아 올렸다.

"마경(魔境)."

"……?"

마경?

마경이라면 악마가 산다는 세상일 텐데?

차예린이 그게 무슨 뜻이냐며 묻기도 전에 이미 두 사람은 자취를 감춘 뒤였다.

*　　*　　*

이나은 등이 도착한 장소는 산자락 어느 곳에서나 흔히 볼 수 있을 것 같은 자그마한 산골 마을이었다.

다른 점이 있다면 환란으로 텅텅 비어 버린 속세의 마을과 다르게 이곳은 부뚜막 위로 새하얀 밥 짓는 연기가 오르고, 아이들이 해맑게 뛰어다니는 소리가 가득한 곳이란 점이었다.

여긴 대체 어디일까?

이나은의 눈동자가 살짝 커진다.

우마왕은 흘흘흘, 가볍게 웃으면서 저 멀리 언덕 위에 있는 자그마한 초가집을 지팡이로 가리켰다.

"저곳으로 이 아이를 데려가려무나."

*　　*　　*

"꽉 잡아!"

동주칠마왕의 셋째, 붕마왕은 의술을 배운 지 삼백여 년 만에 처음으로 가장 큰 고생을 겪어야 했다.

"젠장! 이 새끼, 왜 이렇게 세?"

"으라차차차차차!"

자꾸만 발작을 일으키는 지호. 교룡과 사타왕은 붕마왕의 지시에 따라 팔다리를 단단히 붙들었다.

그럴 때면 이나은이 흐트러진 침상을 정리하거나, 지호가 교룡과 사타왕에게서 빠져나가지 못하도록 위에서 꽉 누르기도 하는 등 갖은 고생을 했다.

"이 아이, 막내의 환생인가 뭔가 하던 애 맞지?"

"맞아!"

"그런데 도대체 왜 이래?"

붕마왕은 새로 편 이부자리에 지호를 눕히고 진맥을 하는 내내 식은땀을 뻘뻘 흘렸다.

우마왕의 지시가 있다고 해서 바로 치료에 들어가려는데 여간 어려운 게 아니다.

무엇보다 진맥이 쉽지 않다.

기를 살짝 넣어 안쪽을 살펴야 하는데, 그럴 때마다 번번이 튕겨 난다.

아니, 정확하게는 그대로 녹아 버릴 것 같아 거둔다.

용광로.

기맥을 따라 너무 많은 기운이 돌아다닌다.

어떤 건 너무 뜨겁고, 어떤 건 너무 차갑다.

마치 중간은 절대 허락지 않겠다는 듯, 서로 상반된 기운이 봇물처럼 터져 나온다.

마치 고삐 풀린 망아지처럼 마구 날뛴다.

서로 아옹다옹 다투기를 반복한다.

이렇게 극단적인 기운들이 충돌하는 데도 용케 그릇은 깨지지 않는 게 놀라울 정도다.

이건 마치 뭐라고 해야 될까.

'해와 달?'

서쪽으로 지는 해와 동쪽에서 뜨는 달이 드는 저녁. 혹은 서쪽으로 지는 달과 동쪽에서 해가 뜨는 새벽처럼 해와 달이 어렴풋하게 만나는 때를 보는 것 같다.

시간이 갈수록 기운의 반발은 커지고, 세기도 더 거세진다. 기운의 양도 계속 늘어나면 늘어났지, 줄어들 기미가 보이지 않는다.

주화입마다.

"이예가 나타나서 해와 달을 떨어뜨릴 '뻔' 했다."

붕마왕은 그제야 아까 전에 왜 해와 달이 오르다 말고 갑자기 사라졌는지를 알 것 같았다.

"그럼……?"

"맞아. 실패했다."

교룡이 무겁게 고개를 끄덕였다.

붕마왕은 아랫입술을 질끈 깨물었다.

그녀라고 어째서 해와 달이 올라야 하는지 모를까.

이 어지럽기만 한 세상을 바로잡고, 행적이 묘연한 손오공을 찾는 데 가장 필요한 단서인데. 하지만 정작 밖에서 발 벗고 뛰어다니는 지호와 다르게 자신들은 이곳에 묶여 멍하니 있기만 해야 했다.

그렇기에 지호에 대한 미안함이 컸다.

하물며 교룡과 사타왕은 어떨까?

둘은 짊어지고 있는 빚이 너무 컸다.

지호에게서 목숨을 구함 받은 빚.

그리고 손오공에 대한 빚.

"젠장! 애송아! 나중에 두들겨 패건 말건 간에 화란 화는 다 받아 줄 테니까 좀 가만히 있어 봐!"

교룡이 이렇게 감정을 격하게 드러내는 경우는 매우 적었다.

붕마왕은 지호를 보면서 살짝 인상을 찡그렸다.

지호는 마치 간질 환자처럼 발작을 일으켰다. 튕기듯이 일어나기도 하고, 팔다리가 움직이면서 자세가 비뚤어지기도 한다.

대체 어디서부터 손을 대야 할지 막막하다.

하지만 가만히 손을 놓고 있을 수만도 없는 일.

그녀는 침통에서 가장 긴 길이를 자랑하는 장침을 꺼냈다.

웬만해서는 잘 쓰지 않는 봉황금침이다.

"꽉 잡아. 한 치라도 위치가 어긋나면 위험해."

교룡은 양팔을, 사타왕은 양다리를 눌렀다.

붕마왕은 공력을 잔뜩 불어넣은 침을 가장 먼저 지호의 정수리에 꽂았다.

잘못 침을 놓으면 사람이 병신이 되어 버릴 수도 있는 위험한 자리.

하지만 손길에는 절대 주저함이 없다.

다행히 이번에는 제대로 들어갔다.

푹! 푹! 푹!

붕마왕은 쉬지 않고 잇달아 침을 꽂았다. 마치 사람을 대하는 것이 아니라, 인형을 다루는 것처럼.

정수리에서부터 발끝까지, 백여 개에 가까운 침이 빽빽하게 지호를 가득 덮는다.

"후우!"

붕마왕은 마지막으로 발바닥에 있는 용천혈에다 침을 꽂고 난 후에야 겨우 숨을 고를 수 있었다. 얼마나 잔뜩 긴장

했는지 상의가 땀으로 푹 젖을 정도였다.

침을 놓는 내내 움찔거리던 지호는 겨우 잠잠해졌다.

교룡은 지호의 맥을 다시 짚고 무겁게 고개를 끄덕였다.

"다행이네. 효과가 있어."

"아아……!"

이나은은 그제야 한숨을 돌릴 수 있었다. 벽에 등을 기댄 채 살짝 눈물을 흘린다. 그러면서도 지호를 바라보는 눈길은 떨어지질 않는다.

그러다 뒤늦게 붕마왕이 자신을 쳐다보고 있다는 사실을 깨닫고 다급히 고개를 숙였다.

"경황이 없어서 인사를 못 드렸습니다. 이나은이라고 합니다."

"어? 어."

붕마왕은 얼결에 고개를 끄덕이다가, 교룡을 돌아보면서 새끼손가락을 슬쩍 들었다. 교룡이 귀찮다는 표정으로 고개를 끄덕인다.

붕마왕은 아주 잠깐 오, 하고 감탄을 터뜨렸다.

"우리 꼬맹이가 생각보다 재주가 좋네?"

이나은은 말뜻을 알아차리고 얼굴을 붉히면서 고개를 푹 숙인다.

붕마왕이 배시시 웃는다.

"아, 내가 말을 놓는다고 해서 기분 나빠하지 마. 알았지? 친구처럼 보일지 몰라도 제법 나이를 먹었거든. 내가 좀 동안이라."

"생긴 건 모르겠고, 아마 너네 가문의 시조보다도 나이가 많은 건 확실하…… 쿠에에에엑!"

빠악!

교룡이 어이없다는 듯이 딴죽을 걸다가 날아온 침통에 얼굴을 얻어맞고 바닥을 데굴데굴 굴렀다. 사타왕은 슬금슬금 옆으로 피했다.

붕마왕은 그쪽으로 시선도 주지 않고 화사하게 웃었다. 이나은은 어딘지 모르게 그녀가 무서워졌다.

"하여간 동생이라고 불러도 되지?"

"편하신 대로 하세요."

이나은의 말에 붕마왕의 미소가 짙어진다.

"어디 사는 집안의 딸인지 몰라도 참 참하네. 그러니까 너무 걱정하지 않아도 돼, 동생."

"예. 감사합니다. 그래도 제가 따로 도와 드릴 일이 없을까요?"

"그럼……."

이나은은 붕마왕이 시키는 대로 마당에 나가서 빨랫줄에 걸려 있던 수건을 가져와 물에 적시고 꼭 짜서 다시 안으로 들어왔다.

지호의 머리맡에 앉아서 그가 괴로워할 때마다 수건으로 이마와 팔다리에 맺힌 식은땀을 정성스레 닦아 준다.

붕마왕은 병간호에 열중인 이나은을 바라보다, 아직도 바닥에서 아이고, 나 죽네! 아이고, 나 죽네! 이상한 소리를 떠들어 대는 교룡과 사타왕에게 눈짓을 주었다.

할 말이 있으니 밖으로 나오란 뜻이다.

결국 세 사람은 이나은 몰래 차례대로 의실을 나섰다.

하루. 이틀. 닷새. 엿새.

이나은은 지호의 옆을 가만히 지키며 절대 떨어지지 않았다.

그가 눈을 뜰 때까지.

* * *

'여긴?'

지호는 잠시 멍하게 있다가 자신을 둘러싼 푸르른 세상과 발치에 놓인 연못을 보고 이곳이 어딘지 깨달았다.

'심연이구나.'

끼이이이.

그에 답하듯이 청룡이 길게 울음을 터뜨린다.

청룡의 목소리는 연못이 아니라 위에서 들려왔다.

고개를 드니 청룡이 길게 몸을 흔들며 하늘을 부드럽게 날고 있었다.

기다란 몸뚱이 사이사이로 해와 달이 언뜻 비친다.

청룡은 그 아래 빛을 한 몸에 받으며 다른 어느 때보다 화려하고 위엄 있게 반짝였다.

한참을 돌던 녀석은 천천히 아래로 내려와 커다란 몸뚱이로 지호를 감싸 안는다.

녀석은 커다란 머리를 기분 좋게 지호에게 비벼 댔다. 덩치는 커졌어도 두 눈은 여전히 아이처럼 맑다.

—몸은 괜찮아?

"우리 성이 덕분에 하나도 안 아파."

—정말?

"그럼."

—헤헤헤헤. 나 때문이야. 나 때문에 지호가 안 아프대.

지호는 따스하게 웃으면서 청룡의 머리를 손으로 쓰다듬었다. 그러다 천천히 위쪽을 올려다본다.

우측에는 붉은 해.

좌측에는 푸른 달.

하지만 다른 어느 때보다도 화려하게 빛나야 할 해와 달은 자세히 살펴보면 어딘지 모르게 위태로웠다.

해에는 드문드문 균열이 있어 금방이라도 떨어질 듯이 흔들렸고, 달은 빛을 뿌릴 때마다 서서히 달빛이 죽어 가고 있었다.

둘을 보고 있노라니 머릿속이 복잡해진다.

도저히 종잡을 수가 없는 손오공의 행적.

해와 달을 떨어뜨리던 이예.

놓쳐 버린 전지와 전능.

이대로는 안 된다.

'뭔가 타개책을 세워야 해.'

지호는 해와 달만 완성시켜 올릴 수 있으면 모든 게 끝난다고 생각했다. 전지와 전능만 손에 넣을 수 있다면 손오공의 위치도 바로 알아낼 수 있을 테니까.

하지만 절교가 파 놓은 덫은 생각했던 것 이상으로 치밀했고, 당장 해와 달을 올릴 가능성은 어디에도 없었다.

이예를 물리친다는 가정이 있기는 하다.

하지만 녀석은 자신과 천적 관계라고 할 만큼 상성이 좋질 않은 데다가, 주변에는 언제나 네 마물과 연옥이 지키고 있어 여간 까다로운 게 아니다. 동주칠마왕이 도와준다고 해도 마찬가지다.

그렇다면 어떡해야 할까?

지호의 두 눈이 깊게 내려앉았다. 그는 천천히 연못으로 다가갔다. 청룡은 눈치껏 길을 터 줬다.

자세를 숙여 연못을 바라본다.

잔잔한 수면이 조금씩 파문을 일으킨다.

심연은 내면의 가장 깊숙한 장소이며, 무의식의 총체이고, 잠재력이 깃드는 곳이다. 당연히 전지와 전능이 어렴풋하게나마 남아 있는 장소이기도 하다.

이예가 한 가지 실수한 점이 있다면, 지호의 예지안을 깨뜨려 신격을 놓치게는 만들었으나, 해와 달은 망가뜨리지 못해 신위만은 남겨 놨다는 점이다.

그런 점에서 본다면 지호 역시 이예와 같은 반신(半神)의 반열에 올랐다고 할 수 있는 바.

완전하지는 못하더라도, 이전보다는 훨씬 더 많은 걸 전지의 문 너머로 보는 게 가능하다.

'이곳이라면.'

그런 뜻에서 심연은 가장 이상적인 장소다.

전지의 문을 열 수 없다면 엿보기라도 해야겠지.

잔잔하게 일렁이는 파문을 따라 뭔가가 비친다.

배고프니 밥 달라고 꽥꽥 진상을 피워 대는 교룡. 소독약이 아파 죽겠는데 붕대 떼면 안 되냐며 칭얼대는 사타왕. 아이도 아닌 두 사람을 대하느라 몰려오는 두통에 이마를 꾹꾹 눌러 대는 붕마왕.

그리고 자신의 옆에 달라붙어 물수건으로 땀을 닦아 주고 정성스레 병간호를 하는 이나은까지.

가슴이 찡하다.

하지만,

'이게 아냐.'

지호가 보고 싶었던 것은 이게 아니었다.

타개책.

해결책이 필요했다.

그러나,

"……어째서?"

수면은 여전히 잔잔했다.

심연은, 전지의 문은, 이번에는 아무런 대답도 내주지 않았다.

대신에 다른 것이 비쳐진다.

바쁘게 돌아가는 바깥세상.

* * *

나후성의 별빛이 내려앉는 제단.

이예는 그곳에 앉아 가만히 명상을 취하고 있었다. 남들의 출입을 금하고 혼자 있기를 며칠째.

망부석처럼 꿈쩍도 않아서 종달새들이 머리맡에 앉아 놀고, 팔뚝을 따라 다람쥐가 뛰어다닌다. 너구리나 사슴, 고양이 등이 주변을 맴돌면서 평화로운 분위기를 만든다.

그때 갑자기 이예가 눈을 떴다.

확, 하고 기운이 퍼지자 종달새가 놀라 날아오르고 다람쥐가 달아난다. 다른 동물도 후다닥 몸을 숨겼다.

대신에 그의 주변에는 어느새 네 마리의 마물이 자리 잡았다.

이예는 뱀 구영의 눈을 직시했다.

물결처럼 잔잔한 녀석의 두 눈동자 너머로 명을 대기하고 있던 연옥의 선인들이 보였다.

가장 앞에는 이예의 오른팔, 알유가 대기 중이었다.

"하명하시지요."

"시작하라."

연옥이 각지로 흩어져 숨은 선인들을 찾는다.

"자훈. 조각을 즐기는 선인. 맞나?"

"예?"

콰직!

"백선. 음의 선인이군. 먹어."

"으, 으아아아악!"

크와아앙!

좌르륵.

집채만 한 구렁이가 똬리를 틀며 삼킨 먹이를 천천히 소화시킨다.

"이제 하나 남았나?"

알유는 하늘을 보며 중얼거렸다.

쿠르르.

구렁이는 땅속을 한참이나 유영하다가 어느 지점에서 몸을 일으켰다.

지표면을 뚫고 나온 자리에는 백 명에 가까운 사람들이 두려움에 잔뜩 젖은 얼굴로 이곳을 바라보았다. 노인, 아이, 청년, 기녀, 학자, 장사꾼, 공통점이라고는 하나도 찾아볼 수가 없는 사람들이다.

그 숫자만 모두 오백이 훌쩍 넘는다.

선인들이다.

환란에도 선계에도 아랑곳하지 않고 제 할 일만 묵묵히 하던 이들.

선인이라고 해서 모든 이가 강한 것은 아니다.

오로지 예(藝)와 술(術)에만 집중해 싸움을 모르는 자들도 수두룩하다.

그런 이들이 이예의 명령에 따라 각지에서 붙잡혔다.

네 마물은 선인들 주변을 에워쌌다. 도망치는 자는 바로 잡아먹겠다는 듯이 흉측한 이빨을 드러낸다. 선인들은 몸을 바들바들 떨기만 했다.

"대, 대체 우리들을 불러 뭘 하려는 거요?"

인질 중 한 사람이 두려움에 찬 얼굴로 묻는다.

구렁이 선인, 알유는 어깨를 으쓱거렸다.

"글쎄. 난들 주인의 말만 들으니 알 턱이 있나."

붙잡힌 선인들은 그들만이 아니다.

여전히 곳곳에서 많은 자들이 붙잡혀 오는 중이거나, 혹은 연옥에 가담한 선인들의 권유에 따라 참여의 뜻을 보이는 중이었다.

강제성을 띠기는 하지만, 빠른 속도로 선계를 잠식하고 있는 것이다.

"오. 마침 저기 오시는군."

알유가 한 발자국 뒤로 물러선다.

곧 산자락을 따라 난 계단으로 누군가가 천천히 걸어 내려왔다.

그의 얼굴을 확인한 선인들은 몸을 부르르 떨었다.

이예!

한때 신이었던 이가 오만한 눈길로 그들을 내려다본다.

"너, 뭘 할 것인지 물었나?"

이예는 인질을 보며 차갑게 웃었다.

해광은 이를 악물다 용기를 갖고 외쳤다.

"그…… 렇소. 연옥이 이번 해와 달의 일에 깊게 관여해 도화경, 정토, 그리고 동주칠마왕과 대립각을 세웠단 소식은 내 익히 들었소."

선인들이 어수선해진다.

구백 년 만에 선계가 처음으로 시끄럽게 돌아가기 시작했으니 바짝 긴장할 수밖에.

크르르르.

늑대 착치가 조용하라는 듯이 으르렁거린다.

다시 조용해지자, 인질이 침을 삼키며 말을 이었다.

"하지만 우리들은 기껏해야 술이나 다룰 줄 아는 어중이떠중이들. 전투에 화살받이로 내몬다 한들 방해밖에 되지 않을 것인데, 왜 이리 잡아들이는 것이오?"

"흔히 착각하는 게 바로 그것이지. 어째서 싸움이 단순히 치고받는 것만 있다고 생각하지?"

이예는 냉소를 던지더니 좌중을 훑었다.

"두말하지 않지. 내 기원을 위해 그대들이 한 가지 일을 해 줘야겠다."

*　　*　　*

장면이 넘어간다.

납탑도인과 혜가는 곧바로 마경으로 오지 않았다.

연옥이 바쁘게 움직이고 있는 이때. 앞으로 세상이 달라질 것은 불에 보듯 뻔한 일.

그들은 먼저 각자가 몸담은 곳으로 움직였다.

사람들의 발길을 허락지 않는 무이산맥의 원시림.

그곳에는 갖가지 아름다운 나무와 꽃들이 여러 크고 작은 사당들과 한데 어울린다.

봉양하는 신, 일구는 사제가 다르지만 모두가 거대한 천계의 의지 아래 하나의 뜻을 이루고 있었다.

도화원.

속세에서는 무릉도원 혹은 도원경이라 불리는 곳.

"이예가 이빨을 드러냈다."

납탑도인이 내뱉은 말에 한 자리에 모여 있던 선인들이 모두 눈을 크게 뜬다.

"무엇보다 상당수의 선인들을 빠른 속도로 복속시키고 있다네. 아마 앞으로 연옥은 비정상적으로 덩치를 불릴 것이야. 이예는 자신의 기원을 위해서 세상을 부술 생각까지 하고 있다."

평소 유한 성격이던 납탑도인의 모습은 어디에서도 볼 수 없었다.

도화원을 이끄는 수장의 면모가 드러난다.

그만큼 말에는 강한 힘이 실렸다.

"이예가…… 원하는 게 무엇입니까?"

"해와 달이다."

"그런……!"

이예는 죄인이다. 천계의 뜻을 절대적으로 떠받드는 도화원으로서는 이예를 꺼려할 수밖에 없다. 하물며 그 뜻이 신들의 의지와 빗겨나는 것이라면 더더욱.

"그러니 우리는 여기서 당장 결정을 내려야만 한다."

납탑도인은 선인들을 일일이 돌아보며 말했다.

"신들께서 점지하신 인물은 현재 마경에 있다. 우리는 신들의 뜻을 따라, 마경과 손을 잡을 것인가? 아니면 이를 방관할 것인가?"

아무도 말을 하지 않는다. 침묵만 흐를 뿐.

하지만 이미 대답은 정해져 있었다.

"모두의 뜻이 정해졌다면, 따르도록 한다."

납탑도인을 비롯한 도화원 선인들이 모두 일어섰다.

* * *

똑. 똑. 또르르르.

불상을 앞에 두고, 스님들이 조용히 독송을 시작한다.

혜가가 목탁을 두들길 때마다 음은 사원을 가득 울렸다.

"무상심심미묘법 백천만난겁조우 아금문견득수지……."

금강경.

공 사상을 드러내는 옛 불교의 경전.

이건 어디선가 자신들을 보고 있을 부처에 대한 치성이었다.

앞으로 열게 될 살계(殺戒)를 허락해 달라는 치성.

* * *

도화원과 정토가 산을 내려온다.

더 크게 닥칠 환란을 막고자, 신과 부처의 의지에 따라 움직인다.

과거 그들이 속세에 등장한 것은 구백 년 전.

나후가 이 땅에 나타나 절교와 함께 크나큰 전란을 일으켰을 때였다.

당시 손오공의 활약으로 나후를 겨우 봉인시키기는 했으나, 그때 입은 충격은 너무 대단해서 세를 복구시키는 데 상당한 세월이 지나야만 했다.

그런데 다시 비슷한 일이 벌어진 것이다.

다만, 다른 점이 있다면 지금은 그때보다 규모도 범위도 훨씬 컸다.

무엇보다 이번에는 손오공의 환생인 지호를 중심으로 움직인다는 것이 다르다면 다른 점이면서 운명이라면 운명이었다.

반면에 이예는 빠르게 세력을 확장시킨다.

그렇게, 선계가 움직이고 있었다.

아주 빠르게.

31장

마경(魔境)

"흡!"

지호는 벌떡 자리에서 일어났다. 이마에 송골송골 맺혔던 땀이 뺨을 타고 흐른다.

'어째서?'

심연 속에서 지호는 몇 번이고 전지와 전능의 감각을 되찾아 보려 노력했다.

그래서 심연을 몇 번이고 흔들어 보기도 했다.

하지만 그때마다 결과는 번번이 실패.

혹시 뭔가 잘못되었나 싶어 다른 곳을 확인해 봤지만, 그쪽으로는 잘 돌아갔다.

오로지 이곳에 관한 것만 꽉 막아 놨다.

마치 길이란 절대 없다고 말하듯이.

바깥은 저렇게 바쁘게 돌아가고 있건만.

지호는 수많은 것들을 보았다.

큰 싸움을 준비하는 연옥. 속세 곳곳에 흩어진 동료들을 빠르게 모으는 도화원. 부처의 뜻을 위해 살계를 열고자 하는 정토.

그 외에도 동주칠마왕과 마경은 이곳으로 올 놈들을 기다리고, 절교는 어디선가 다른 꿍꿍이를 준비 중이다.

보이지 않는 곳곳에서 커다란 것들이 꿈틀거린다.

새로운 환란이 시작되려 하고 있었다.

여태껏 봤던 것과는 비교도 할 수 없는 대환란.

아마 연옥과 절교가 모두 궤멸하거나, 아니면 지호의 해와 달을 빼앗겨야만 끝날 테지.

평범한 인간들로서는 상상도 할 수 없는 양상들이 복잡하게 얽히니, 당연히 미래가 안 보일 수밖에 없다. 이 앞은 어두컴컴하기만 하다.

한 치 앞도 보이지 않는 미래.

지호는 가슴이 타들어 갔다. 몸을 덮고 있던 이불보를 쥔 손길에 힘이 바짝 들어간다.

무슨 수라도 써야 한다는 생각을 하지만 갑자기 심장 부근이 꽉 조인다. 붕마왕이 치료를 했다지만 주화입마가 완전히 가신 게 아니었다.

"손 공자? 괜찮아요?"

그때 이나은이 조심스럽게 지호의 상념을 깼다.

지호는 그제야 정신이 들었다. 자신이 있는 곳이 어딘지 눈에 들어온다.

소박한 실내. 푹신한 솜이불. 걱정 가득한 눈길로 쳐다보는 이나은.

분명 우마왕이 구해 줬을 텐데.

여긴 우마왕의 거처라도 되는 걸까?

지호는 눈가에 눈물이 그렁그렁 맺힌 이나은을 보면서 괜찮다고 말하려 했다.

하지만,

"……!"

빙그르르, 세상이 돈다.

"손 공자? 손 공자!"

시야가 닫히기 직전.

이나은이 다급한 발걸음으로 달려오는 게 보였다.

* * *

어지럽다.

속이 메스껍다.

"손 공자는요? 손 공자는 어떤가요?"

이나은이 다급한 어조로 누군가를 붙잡고 묻는다.

"다행히 입마는 진정되었어. 다만, 심력 낭비가 여전히 심한 것 같아. 악몽이라도 꾸는 걸까?"

"하지만……!"

"조금만 더 있어 보자. 이번 탕약은 원기 회복에 좋은 약재들로 준비해 둘게."

익숙한 목소리다.

어디서 들었더라?

지호는 그 생각을 마지막으로 다시 눈을 감았다.

*　　*　　*

희미한 정신 너머.

익숙한 두 여인들이 머리맡에서 대화를 나눈다.

"열이 계속 끓어요."

"몸살이야. 몇 달 넘게 누적된 피로가 한꺼번에 몰린 것 같은데…… 거기다 지금은 면역력까지 떨어졌으니. 의식은 어떤 것 같아?"

"가끔 눈을 뜨셔서는……."

"헛소리를 해 대지?"

잠시 침묵이 흐른다. 침묵의 긍정이다.

"그럼 괜찮은 거야. 말할 정도로 기력을 차려 간단 뜻이니까."

"언제쯤 되어야 눈을 뜨실까요?"

"그건……."

들려오던 목소리가 도중에 끊긴다.

아아, 잠이 쏟아진다.

* * *

이래서는 안 돼. 눈을 떠야 해.

지호가 정신이 돌아왔을 때 어렴풋이 든 생각이다.

여전히 망망대해에 표류하는 것처럼 어지럽다.

하지만 이대로 계속 있어서는 안 된다는 의지로 간신히 버틴다.

'얼마 남지 않았어.'

지금 이때에도 시간은 계속 흐른다.

절교가 손오공을 제물로 삼아 천계의 문을 열려고 하는 이때.

정확한 시기가 언제인지 모르는 이때.

하지만 그 시기가 얼마 남지 않았다는 것만큼은 확실한 이때.

손오공의 목숨은 재깍재깍 떨어진다.

이렇게 계속 누워 있을 수만은 없었다.

해결책. 타개책.

하루라도 바삐 다른 방법을 찾아야만 한다.

그러나,

'…….'

그게 쉽지가 않다.

정신을 또 잃는다.

*　　*　　*

몇 번이고 조금씩 의식이 돌아왔을 때,

"손 공자. 오늘 탕약에는 삼을 넣어 봤어요. 양기가 조금 강할지 모르지만, 언니가 차라리 강한 양기를 불어 넣으면 충격을 받아서라도 일어나지 않을까 하고 말씀하시더라고요. 그래서……."

이나은이 머리맡에서 담담하게 말한다.

의식이 어느 정도 돌아올 때면 그녀는 늘 조잘조잘 옆에서 여러 이야기를 했다.

오늘 있었던 일. 오늘 할 일. 내일 할 일.

봤던 것. 즐겼던 것. 만났던 것.

덕분에 지호는 단편적으로나마 자신이 있는 곳이 우마왕을 비롯한 동주칠마왕이 머무는 곳이며, 수많은 사람들이 살아가는 마을이란 걸 알았다.

한 번도 보지 못했던 사람들이지만, 자신이 거기서 직접 살았던 것 같은 느낌까지 받을 정도였다.

하지만 가장 많이 마음에 걸리는 점은 따로 있다.

이 울먹거리는 목소리.

최대한 눈물을 억누르려 하지만 슬픔을 가누지 못하는 목소리가 마음에 걸린다.

지호는 생각을 바꿨다.

손오공에 대한 조급함도 좋다. 방책을 찾아야 하는 것도 중요하다.

하지만 그보다 먼저 이나은의 눈물부터 그치게 하고 싶다.

그러나,

"손 공자!"

의식은 여전히 무겁다.

*　　*　　*

"조금이라도 쉬어, 동생. 자꾸 이러면 동생부터 쓰러지겠어."

"하지만……."

"말 들어. 이러다 애송이가 일어나서 쓰러진 동생을 보면 어쩌려고 그래?"

다그치는 목소리.

이나은의 목소리는 눈물과 피로로 가득하다.

지호는 다시 이를 악물었다.

일어나야만 한다.

*　　*　　*

"정신이 좀 드나?"

지호는 자신을 부르는 소리에 퍼뜩 정신을 차렸다.

여태 고생했던 게 전부 거짓말이었던 것처럼 몸이 어느 정도 일으켜진다.

그래도 여전히 몸은 무겁다.

바로 쓰러질 정도는 아니었지만.

눈앞에는 노인이 있었다. 왜소한 덩치에 얼굴에 검버섯

이 울긋불긋 가득 폈다. 하지만 어딘지 모르게 옆집 할아버지처럼 편한 인상을 준다.

우마왕이다.

그는 처음 만났을 때처럼 편한 인상을 했다.

"나은은……?"

지호가 겨우 입을 뗀다.

우마왕은 의외라는 듯이 눈을 살짝 크게 뜨더니 이내 호선을 떴다.

"옆방에서 쉬고 있다네. 보름이 넘도록 자네를 간호하느라 끼니도 제대로 먹지 못했어. 잠도 마찬가지고. 그래서 강제로 쉬라고 말하였다네."

"감사…… 합니다."

"그보다."

"……?"

"언제까지 늙은이에게 이걸 들게 하고 있을 셈인가? 나이를 먹고 움직이려니 영 몸이 안 따라 주는구먼."

"아."

지호는 그제야 우마왕의 손에 작은 환자용 식탁이 들려 있는 걸 발견했다.

서둘러 받으려는 걸 우마왕이 제지했다.

"흘흘흘흘. 그냥 해 본 소리일세. 환자는 누워 있게나.

수저를 들 힘은 있는가?"

"이제 괜찮습니다."

"역시 젊은 게 좋구먼. 낫는 게 빨라. 나는 한 번 누우면 최소 한 달인데 말이지. 흘흘흘. 그래도 혹시 모르니 일단은 미음으로 만족하게. 먹고 싶은 게 많아도 위부터 달래야 하지 않겠나?"

우마왕은 식탁을 지호 앞에 내려 주고 숟가락을 쥐여 주었다. 음식을 흘릴 것을 대비해 손수건을 목에 감겨 주는 것도 잊지 않았다.

"그리고 다 먹고 나면 한숨 푹 자 두고. 자고로 잘 먹고 잘 자고 잘 싸는 게 최고여. 알겠지?"

우마왕은 뒷짐을 지고 껄껄 웃으면서 방을 나섰다.

지호는 어안이 벙벙했다.

만나게 되면 묻고 싶은 게 많았는데.

손오공은 어떡해야 하는지. 앞으로 어떡하면 좋을지.

지금이라도 일어서서 붙잡고 물어야 하는 게 아닌가 싶었지만,

꼬르르륵—!

"……."

보름 넘게 주린 공복 앞에선 모든 게 뒷전이다.

걱정은 잠시 접어 두고, 일단은 이 미음부터 먹어야 할

것 같았다.

지호는 미음을 다 먹고 나서야 몸 상태를 확인했다.

'주화입마가 진정됐어. 어떻게……?'

눈가를 매만져 보니 해와 달은 이전보다 훨씬 단단해져 있었다.

마치 새로 만들어진 것처럼.

쉽게 해낼 수 없을 거라 생각했는데.

대체 자신에게 뭘 먹인 걸까?

"성아, 혹시 네가 한 거니?"

끼이이이.

—아냐. 내가 한 거 아냐.

"그럼?"

—소가 했어.

"소?"

이건 또 무슨 뚱딴지같은 소리지? 혹시 우마왕을 말하는 걸까?

—응응! 소가 했어! 소가 막 밭도 일궈 주고 못도 넓혀 줬어! 아주 고마운 소야!

지호는 고개를 갸웃거렸다. 도대체 무슨 소린지 이해를 할 수 없다.

“역시 물어봐야겠어.”

그를 찾아 나서려 했지만, 자기도 모르게 하품이 나오면서 입을 쩍 하고 벌린다.

배도 부르겠다, 침상도 푹신하겠다, 몸도 피곤하겠다, 딱 수마가 몰려오기에 안성맞춤이다.

“어……?”

지호는 눈을 끔뻑거리다가 꼴까닥 옆으로 넘어갔다.

간만에 겪는 편한 잠이다.

*　　*　　*

“오늘은 죽일세. 지붕에 실한 호박이 하나 맺혀서 방금 땄으니 아주 맛이 좋을 게야.”

눈을 뜨니, 우마왕은 이번에도 귀신같이 식탁을 내왔다.

이번에는 맛이 좋아 보이는 호박죽이었다.

“저기, 어르신.”

“궁금한 것일랑 잠시 접어 두고 일단 잡수시게. 병자는 바깥일에 신경 쓰지 않는 게 최고니까. 자세한 건 내 나중에 말해 주겠네.”

“하지만……!”

이번에야말로 묻고 싶은 게 산더미처럼 많았다.

우마왕은 세상 섭리를 모두 통달했다고 하는 자.

그에게 조언을 구한다면 뭔가 새로운 해결책을 받을 수 있을지 몰랐다.

하지만 우마왕은 애초에 지호가 아무 말도 꺼내지 못하게 원천봉쇄를 해 버렸다.

"바깥일은 신경 쓰지 말게. 이곳과 바깥은 시간이 다르니까."

그게 무슨 말이냐고 묻고 싶었지만,

"그런 게 있네. 하면 이번에도 다 먹고 나면 한숨 푹 자고, 소처럼 지내게. 소처럼."

우마왕은 지호의 말을 탁 잘라 버리고는, 껄껄 웃으면서 방을 나섰다.

꼬르륵.

결국 지호는 이번에도 숟가락을 들었다.

"어?"

죽은 꽤 맛있었다.

* * *

먹고, 자고, 먹고, 자고, 먹기를 수차례.

다른 건 일절 아무것도 하지 않는다. 그냥 아무것도 하지 않고 먹고 자기만 반복한다. 손오공과 이나은에 대한 것도, 이예에 대한 생각도 잊었다.

그러다 보니 정신을 차렸을 때는 몸이 많이 나아서 어느 정도 운신도 가능했다.

문제는 덕분에 만사가 귀찮아졌다는 거지만.

"……진짜 소가 된 것 같잖아?"

어린 시절에 밥을 먹고 바로 누우면 할아버지는 그러다 소가 된다며 놀리곤 했었다. 순진했을 때는 정말 그런 줄 알고 다시 몸을 벌떡 일으켰지만.

그런데 지금 딱 자신이 그 꼴이었다.

그러고 보니 청룡도 소가 도와줬다느니 하는 소리를 하지 않았나?

"에라, 모르겠다."

지호는 다시 그냥 이불을 덮고 자 버렸다.

물론 모든 걸 잊는다는 게 말처럼 쉽지 않다.

절교. 이예. 그리고 손오공.

셋의 이야기는 골머리를 쥐어 싸매게 만들기에 충분하다.

어디 그뿐이랴.

앞으로 해와 달은 어떻게 해야 할지도 골치 아프다.

하지만 지친 피로를 이번에 확 풀었기 때문일까.

이전의 걱정과 지금의 걱정은 조금 느낌이 달랐다.

몸이 건강해지니 정신이 맑아지고, 정신이 드니 조바심도 사라진다. 덕분에 상황을 냉철하게 판단할 수 있는 이성이 천천히 눈을 떴다.

이렇게 되고 보니 알겠다.

우마왕이 왜 자신으로 하여금 움직이지 않게 했는지.

"너무 성급했어."

아무리 바깥세상이 바쁘게 돌아간다고 한들, 몸이 엉망이어서는 아무것도 되지 않는다.

오히려 급한 마음이 일을 더 크게 망가뜨렸겠지.

지호는 천천히 자리에서 일어났다.

"몸이 좀 낫거든, 찾아오시게나."

이젠 우마왕을 찾을 차례였다.

* * *

"에구구구. 허리야. 나도 이제 슬슬 나이가 드나."

우마왕은 뙤약볕 아래에 텃밭을 일구다 말고 일어서서

등허리를 두들겼다. 관자놀이를 따라 땀이 주르륵 흘러내린다.

"누가 보면 오늘내일하는 줄 알겠네요."

그때 뒤에서 핀잔이 쏟아진다.

우마왕은 살짝 미소를 지었다.

"늙은이가 고생하는 게 어디 하루 이틀이던가. 이리 와서 등이나 좀 두들겨 봐."

"그거보다 더 효과가 직방인 게 있는데."

붕마왕은 씩 웃으면서 품속에서 침통을 꺼냈다.

우마왕은 눈을 크게 뜨며 손사래를 쳤다.

"에고고고. 당장 치우거라. 이 늙은이가 뾰족한 걸 싫어하는 걸 알면서 또 그런 걸 보이고 있어!"

타박 아닌 타박.

모든 마의 종주라 불린다는 사람이 침을 진저리치며 싫어한다는 걸 세상 사람들은 알까.

붕마왕은 귀엽기 짝이 없는 큰오빠를 보면서 살짝 미소를 짓다가 짐짓 뿌루퉁한 표정으로 턱짓을 했다.

"거기 앉아 봐요. 두들겨 드릴 테니까."

"흘흘흘흘. 우리 셋째가 침은 무서워도 또 해 주는 안마는 세상 제일이지."

"아부해도 나오는 거 없어요."

"흘흘흘."

붕마왕은 근처 평상에 우마왕을 앉혀 놓고서는 혈액 순환이 잘 되도록 팔다리를 주물러 주면서 안마를 시작했다.

"아이고. 시원하다."

우마왕은 눈을 질끈 감으면서 연신 너털웃음을 터뜨렸다.

붕마왕은 그런 우마왕을 힐끗 보면서 물었다.

"이제 어떡하실 거예요?"

"무엇을 말이냐? 에고고고. 거기 말고 위. 어. 그래. 거기가 좋구나."

"막내의 일이요."

"옳지. 거기가 좋다. 더 세게."

"여태 가만히 계시다가 애송이를 데려오신 것은 드디어 결정하셨기 때문이 아닌가요?"

"거기 말고. 조금만 더 옆. 아니. 우측으로. 오오오. 그래. 거기. 거기로 하자꾸나. 꾹꾹 눌러 보려무나."

우마왕은 손길을 느끼기만 할 뿐 제대로 대답하지 않았다.

붕마왕은 그게 답답했다.

절교와 전면전을 벌이고 패한 뒤, 곧바로 마경으로 온 이유가 무엇이던가.

손오공이 홀로 남아 자신들을 보낸 이유가 무엇이던가.

우마왕 때문이다.

우마왕이 있었으면 모든 일이 그리 틀어지지 않았을 것을.

그만 있었더라면, 초기에 절교가 죽은 사도들을 부활시키고 전력을 강화시켰다는 사실을 예측해서 대안책을 마련했을 것이다.

그래서 붕마왕, 미후왕, 우융왕이 다급히 마경으로 찾아와 간곡히 부탁했다.

제발 도와 달라고.

하지만 우마왕은 살짝 미소를 지으면서 이렇게 말했다.

"바람이 많이 차구나. 마침 고구마를 구우려고 피운 불이 있으니 좀 쬐. 고구마도 토실토실하니 참 잘 익었단다."

마치 자신과는 전혀 무관하다는 듯이.

동주칠마왕은 못내 그것이 답답했다.

우마왕의 버릇.

뭐든지 느릿하고, 천연덕스러우며, 긍정적인 모습이.

그리고 일절 그는 자신의 입으로 '도와주겠노라' 고 말을 한 적이 없었다.

그것은 뒤늦게 교룡과 사타왕이 돌아왔을 때도 마찬가지였다.

"이 새끼들은! 이 개새끼들은 막내를 제물로 삼아 삼신산을 열려는 거라고!"

"젠장! 스물 남짓 먹은 애새끼도 저렇게 뛰어다니는데 명색이 동주칠마왕이라 불리는 우리는 언제까지 이런 방구석에 처박혀 있을 거유? 계속 이런 식이라면 다시는 큰형을 보지 않을 거요!"

교룡과 사타왕은 많이 다급해 보였다.

그럴 수밖에 없었다.

손오공이 희생해 만들어 준 기회도 실패해 적에게 포로로 잡혀 있다가, 겨우 구명을 받고 나왔던 그들로서는 어떻게든 발 벗고 나설 수밖에 없었다.

그 중심에는 지호가 있었다.

막내의 환생이라는 아이.

하지만 상황이 그런데도 우마왕은 씨알이 잘 여물었다며 찐 감자를 내미는 태평함만 보일 뿐이었다.

남은 동주칠마왕들은 속이 타들어 갈 것만 같았다.

이대로 있다가는 모든 게 끝나 버리고 만다.

손오공이 언제 제물로 바쳐질지 모르는 상황.

어떻게든 손을 써야 했지만, 도통 어디서부터 손을 대야 할지 막막하기만 했다.

우마왕이 나선다면 자연스럽게 해결될 것인데. 그런 바람이 이뤄지질 않고 있으니.

따로 움직이려 해도 절교로부터 동주칠마왕이 입은 부상도 심각해서 멋대로 움직일 수가 없었다.

이곳이 우마왕의 의지가 깃든 마경이라 정상인처럼 있을 수 있는 것이지, 만약 바깥세상으로 나선다면 처음 받았던 부상이 그대로 도질 터였다.

결국 동주칠마왕은 이러지도 저러지도 못한 채, 창살 없는 감옥에 갇혀 발만 동동 굴렀다.

그러던 차에 우마왕이 갑자기 나섰다.

이예에게 당하고 있던 지호를 구출했다.

당연히 남은 동주칠마왕들은 드디어 기회를 엿보던 우마왕이 숙였던 허리를 펴는 것인가, 기대심을 가질 수밖에 없었다.

"에고고. 좋구나. 역시 우리 셋째의 솜씨가 최고여. 흘흘흘흘."

"……."

붕마왕의 표정이 착잡하게 변한다.

여전히 우마왕의 속내를 읽을 수가 없었다.

* * *

지호는 온전한 발걸음으로 방을 나섰다. 아직 균형이 잘 잡히지 않는 것 같지만 어딘지 모르게 가볍다.

"손 공자!"

그때 이나은이 와락 지호에게 안겼다. 지호는 주춤 물러서다가 얼결에 그녀를 안았다. 가슴팍이 금세 축축해진다. 피식 웃으면서 그녀의 머리를 가만히 쓰다듬는다.

"걱정 많이 했지? 미안해."

"이젠 괜찮은 거죠?"

"그럼."

지호는 허세를 부리면서 팔을 구부려 단단한 이두박근을 자랑했다.

"그래도……."

"괜찮다니까 그러네."

지호는 비 맞은 강아지 같은 눈이 된 이나은의 머리를 살짝 헝클어 주었다.

이제 모든 기력을 회복한 지호는 우마왕에게 고맙다는 말을 전하려 방을 벗어났다.

웅, 웅, 웅!

용의 감각을 따라 근육을 움직인다.

내공이 저절로 따라 움직이면서 몸 곳곳에다 활력을 불어넣는다. 지호는 이제야 제 컨디션을 되찾았다는 느낌이 들었다.

아니, 이건 그 이상이다.

비록 해와 달이 흔들렸지만, 대신에 안정을 얻었다.

우마왕은 장기적인 지호의 성장을 위해서 약을 치는 대신에 토양을 비옥하게 만들어 주었다. 더 크고 탄탄한 나무가 자랄 수 있도록.

지호는 망설임 없이 문을 열고 밖으로 나섰다.

"아."

마당 밖으로 발을 들이는 순간, 지호는 마을을 보자마자 자기도 모르게 감탄을 터뜨렸다.

사실 마을은 이렇다 하게 특별한 것은 없었다.

오순도순 사람들끼리 모여 즐겁게 밭을 갈고 씨를 뿌린다.

약초꾼은 망태기에서 약초를 꺼내 필요한 사람들에게 나눠 주고, 사냥꾼은 가죽을 벗긴 고기를 참으로 갖고 와 술과 함께 나눠 먹기도 한다.

너무나 평화로운 마을.

하지만 그렇기에 더욱 신기하다.

지호가 태양의 파편을 모으느라 고생했던 한 달 동안 수많은 마을을 만나고 사람들을 봤지만, 이런 곳은 단 한 곳도 없었다.

특히 젊은 사람들은 지호에게도 낯이 익었다.

우마왕을 보호하던 복마전 사람들이다.

지호는 뭔가 묘한 기분이 들었다.

겉으로는 그저 평범한 촌부처럼 보일지라도, 분명 저들은 모두 엄청난 기운을 갈무리하고 있는 선인들이었다.

여태 지호가 만났던 선인들은 하나같이 뽐내기를 좋아하고 극단적인 이기주의 선민사상으로 똘똘 뭉친 작자들이었던 걸 감안한다면 신기할 수밖에 없었다.

무엇보다 놀라운 건 따로 있었다.

'하늘이…… 파랗다?'

분명 해와 달은 걸리지 않았건만.

이곳에서 보는 하늘은 푸르고 높았다. 하얀 구름이 둥둥 떠다니는 맑은 하늘이었다.

"손 공자도 놀라셨죠? 저도 처음에 여기에 왔을 때 이런 곳이 있는 걸 알고 놀랐었어요."

"여기가 대체 어디야?"

조각을 모으느라 전국을 빽빽하게 돌아다녔지만, 단연코 이렇게 평화로운 마을은 보지 못했다.

하물며 우마왕은 이곳을 일컬어 '밖과 다르다' 고 했다.

"마경이래요."

"마경?"

마경. 악마들이 사는 세상, 혹은 지옥이란 뜻이다. 대체 세상 어디에 이렇게 평화로운 마경이 있다는 거지?

"예. 마경. 마(魔)가 되어 버린 이들이 살아가는 땅이란 뜻이래요."

지호는 문득 손오공이 우마왕에 대해 했던 말을 다시 떠올렸다.

모든 마의 종주.

"세상에서 버림받은 사람들. 같은 선인들로부터도 괄시를 받는 사람들. 뜻을 이루지 못한 사람들. 한을 품은 사람들. 악에 받친 사람들. 가족을 잃은 사람들. 사랑과 우정을 놓친 사람들…… 그런 사람들이 살 수 있는 유일한 땅이라더군요."

사람 인(人)자는 두 명의 사람이 서로 등을 기대고 있는 형태다. 절대 사람 혼자서 살지 못한다는 걸 뜻한다.

여기서 파생된 인간(人間)이란 글자도 마찬가지.

'사람 사이' 라는 뜻은 그만큼 사람 간의 유대감이 중요하며, 그것이 없으면 절대 사람이 살아가지 못한다는 것을 의미한다.

하지만 이나은이 말한 사람들은 어떤가?

버림을 받고, 괄시를 받고, 한을 품고, 악에 받친다. 모든 것을 잃었다.

그런 사람들은 유대감이 존재하지 않는다.

오로지 자신만을 위해 살아가며 가슴속에 응어리진 것을 풀기 전까지는 뒤도 돌아보지 않는다.

하지만 그래서는 영혼이 마모되고 유혹에 쉽사리 넘어가다 끝내 타락하고 만다.

그것이 바로 마(魔).

선(善)에도 악(惡)에도 끼이지 못한 채, 닳을 대로 닳아버려 홀로 쓸쓸히 죽어 간다.

우마왕은 바로 그런 '마' 를 직접 거둬들였다.

이미 모든 것이 닳아버린 사람들이기에 다시 복구시킬 생각은 않는다.

그저 누울 수 있는 집과 쉴 수 있는 장소를 마련해 줬을 뿐이다. 때로는 쟁기를 쥐여 주어 먹을 걸 일구게도 하고.

처음 다른 선인들이 그 말을 들었을 때는 전부 기가 막혀 했다.

우마왕이 대체 누구던가?

동주칠마왕의 맏형이며 홀로 천계의 장수들을 능히 대적했던 자.

그만큼 오만하기도 해서 자신과 비슷한 급이 되지 않는다 싶으면 사람 취급도 하지도 않았다. 때문에 선인들은 물론이고 여러 하급 신들도 그의 앞에서는 몇 수를 접어 줘야 했다.

그런 그가 세상에서 뒤처지고 버림받은 덜떨어진 놈들을 거둔다고 하니 믿기지 않을 수밖에.

남들이 뭐라 하건 그는 자신의 권역이라 선포한 땅에다 사람들을 모았다. 그 땅으로 모인 이들도 어차피 오갈 곳이 없었기에 될 대로 되라는 식이었다.

그의 땅은 온갖 종자들로 들끓었다.

아무 생각이 없는 자. 그냥 잘 곳이 필요한 자. 살고 싶은 마음이 없는 자. 악인이라며 손가락질을 받아 도망치듯이 온 자. 우마왕이 강제로 끌고 온 자.

절대 섞이지도 않는 자들. 사람들은 우마왕의 유희가 금방 끝날 것이라 여겼다.

어쩌면 다른 저의가 있을지도 모른다고 생각했다.

세상을 뒤집으려는 걸까? 혹시 세를 규합해서 천계에 대항이라도 하려는 게 아닐까?

충분히 가능한 일이었다.

손오공, 그 혼자서도 천계를 쑥대밭으로 만들었는데, 홀로 천계의 장수들을 모두 거꾸러뜨린 적이 있는 우마왕이 나선다 한들 이상할 일이 하나도 없었다.

어쩌면…… 그보다 높은 자리를 노릴지도 모른다.

옥황상제의 자리.

지고한 이들의 최고위라는 자리를 탐내는 것일지도 모른다.

다들 그렇게 생각했다.

하지만 우마왕은 보라는 듯이 세간의 우려를 불식시켰다.

밥을 주고, 어울렸고, 술을 마셨다. 같이 일을 했다.

하루, 이틀. 일 년, 이 년. 십 년, 백 년. 그리고 수백 년.

우마왕의 땅은 이제 하나의 세상이 되었다.

바깥과는 전혀 다른 세상이.

"여기 계신 분들과 대화를 나눠 봤는데요. 조용한 분이 계신가 하면, 시끄럽거나 화를 잘 내는 분도 계셨어요. 험한 분들도 있고요."

이나은은 밭일에 열중인 사람들을 보며 웃었다.

"하지만 절대 다들 나쁜 분들은 아니세요. 본래 의욕도 꿈도 없던 분들이셨지만 이곳에 오고 나서부터 달라졌다고 하시더라고요."

지호는 문득 그런 생각이 들었다.

"……그래서 날 데려온 건가?"

"예?"

무슨 의미냐는 이나은의 반문에 지호는 피식 웃었다.

"사실, 이예인가 하는 녀석이 나타나 훼방을 놓으면서 모든 게 깜깜해졌거든. 오공을 구하기 위해서 뭔가를 하기는 해야 되는데, 아무 생각도 나지 않았어. 버림을 받는 기분이었지. 세상 끝에 몰린 기분이었어."

이나은은 무슨 뜻인지 알겠다는 듯 고개를 끄덕였다.

희망도 방향도 안 보이던 때. 우마왕은 그런 이들에게 손길을 내민다.

지호에게도 역시나.

어쩌면 이 마경이란 땅에 있는 모든 사람들이 자신보다 더한 사연을 갖고 있는 게 아닐까 하는 생각도 들었다.

"허허허. 다들 여기에 있었구먼. 이제 다 나왔나 보지?"

이런저런 생각을 하던 때, 우마왕이 한쪽 옆구리에 감자가 가득 담긴 소쿠리를 들고 터덜터덜 걸어왔다. 인자한 시골 영감의 냄새가 풀풀 풍긴다.

지호는 곧바로 허리를 숙였다. 존경과 감사의 뜻을 가득 담아서.

"감사합니다."

"감사하긴 뭘. 어려운 사람들끼리 다 돕고 사는 것인데. 그리고 세상엔 공짜란 게 없다네."

"예?"

이게 무슨 말인가 싶어 올려다본다.

우마왕이 씩 웃으며 다른 손에 든 쟁기를 내밀었다.

"밥값은 해야지?"

*　　*　　*

"먹었으면 그만큼 일을 해야지. 안 그래도 요즘 들어 한창 일손이 많이 딸렸는데 잘되었어. 흘흘흘 흘."

"얼마든지 도와 드리겠습니다."

지호는 호기롭게 대답하고 쟁기로 밭을 갈았다.

그런데 생각보다 여간 어려운 게 아니었다.

"쉽지 않지?"

우마왕은 같이 밭을 갈고 있던 사람들에게 감자를 나눠 주고 돌아왔다. 소쿠리엔 이제 새알처럼 작고 못생긴 것들만 남아 있었다.

"예. 그러네요."

지호는 쓰게 웃었다.

복마전의 사람들을 힐끔 보니 그들은 밭을 일구는 솜씨가 제법 능숙했다.

"무공을 익혔으니 이것도 쉬울 거라 여겼겠지. 같이 몸을 쓰는 일이니까."

지호는 할 말이 없어 얼굴을 붉혔다. 사실 맞는 말이었다.

"하지만 세상사에는 절대 쉬운 일이란 없다네. 모두 어려운 것투성이라네. 무공을 익히는 것도. 선술을 배우는 것도. 밭일을 하는 것도. 낯선 사람에게는 모두 낯설 뿐이야. 인생사도 그러하다네. 마치 밭일처럼."

우마왕은 지호가 들고 있는 쟁기를 가리켰다.

"그거. 다리를 조금 더 구부리고, 당길 때 힘을 주지 말고 부드럽게 당기게."

"이렇…… 게요?"

"그래. 그렇게."

지호는 설명하다 말고 뭔가를 시키는 통에 엉겁결에 쟁기를 새로 끌었다. 처음에는 잘 안 되었지만, 몇 번 반복해 보니 아까 전보다 훨씬 편했다.

눈이 휘둥그레진다.

"흘흘흘. 하지만 그때마다 생각을 정리해 시도한다면 어려운 게 없는 것 또한 인생사지. 마치 밭일처럼."

"아."

지호는 그제야 우마왕의 말뜻을 알아차렸다.

이건 충고였다.

복잡하게 생각지 마라. 어렵게 고민하지 마라.

쉽게 생각해라.

단, 자신의 길을 확실히 알아라.

"저치들도 처음엔 이 늙은이 따라 고생 많이 했어. 하지만 이제는 줄곧 잘 해내지."

지호는 살짝 미소를 지었다. 그러다 밭을 갈면서 천천히 내공의 운기를 시도했다.

몸살을 심하게 앓았으니 최대한 빨리 컨디션을 되찾아야 한다. 그러기엔 몸을 혹사시키는 수련보다는 잔근육을 여럿 쓰는 이런 농사일이 제격일지도 몰랐다.

"한 가지 여쭈어도 되겠습니까?"

지금이 아니면 물어볼 기회가 없을 것 같다.

지호는 궁금했다.

우마왕은 아주 강하다.

어쩌면 휘하에 있는 복마전만 대동해도 절교의 웬만한 전력쯤은 능히 상대할 수 있을 텐데.

어째서 그는 여태 밖으로 걸음을 옮기지 않았던 걸까?

"에잉. 이런 진지한 이야기는 딱 질색인데 말이야."

우마왕은 투덜거리면서 살짝 웃었다.

"모든 걸 알고 있었냐고?"

역시.

이 사람은 모든 걸 알고 있다.

제자리에 앉아 천 리 밖을 내다보고 천 일 후의 일을 알아맞힌다더니.

밖에서 무슨 일이 있었는지도. 손오공에게 무슨 일이 있었는지도. 절교가 뭘 꾸미려는지도. 이예가 왜 나섰는지도. 해와 달이 올라가지 못할 거란 것도.

그리고 지호가 무슨 말을 할지에 대한 것도.

모두 다 알고 있었다.

"일단은 말해 둠세. 맞네. 알고 있었다네."

"하면 어째서……?"

어째서 도와주지 않았냐는 질문에,

"늙어서 그래."

"……?"

"늙어서 그렇다고. 흘흘흘."

전혀 알 수 없는 대꾸만 해 댄다.

"늙으면 말일세. 좋은 의미로나 나쁜 의미로나 짧어지게 되는 것이 너무 많아. 신경 써야 할 것도 많고, 책임져야 할 것도 많지."

지호는 쟁기질을 도중에 멈췄다. 우마왕이 무슨 말을 하려는지 알 것 같았다.

마경.

이곳에서 살아가는 수많은 사람들.

"내가 움직이면 세상이 움직인다네."

우마왕은 지호를 보면서 엷은 미소를 띴다.

* * *

세상을 움직이는 게 무엇일까?

천기? 운명? 삼라만상?

아니면 천상의 신?

답은 틀렸다, 다.

하지만 정답이기도 하다.

세상에 속하는 구성원이라면 모두 해당되니.

나비가 날갯짓을 하면 어딘가에서는 태풍이 일어난다는 나비 효과라는 말이 있듯, 아무 생각 없이 한 선택이 나중에 어떤 결과로 돌아올지는 아무도 모른다.

하지만 만약 구성원이 가진 입지가 크다면.

아니, 그 정도를 넘어서서 종주라 불리는 자라면.

세상을 이루는 여러 개의 구성 요소 중 한 가지의 끄트머리에 선 자라면.

하물며 그 요소의 이름이 마라면.

그런 자가 움직인다면 세상에 어떤 영향이 미칠까?

'……무너지겠지.'

지호는 우마왕이 무슨 말을 하고 싶은지 알 것 같았다.

그가 여태 봤던 우마왕에 대한 것들. 분명 겉으로 드러난 한쪽 단면에 지나지 않을 테지만, 그것만 해도 절대 얕지 않다는 걸 안다.

우마왕이 움직이면 세상이 움직인다.

너무 많은 걸 어깨에 짊어지고 있는 우마왕으로서는 행동에 각별히 유념할 수밖에 없다.

"저기 있는 아이, 보이나?"

우마왕은 밭 한쪽 구석에서 홀로 쭈그리고 앉아 쟁기와 낫을 정리하는 사람을 가리켰다. 옆 사람과 도란도란 이야기를 나누는 다른 사람들과 다르게 그의 주변에는 아무도 없이 황량했다.

삐쩍 마른 체격에 우울한 얼굴. 다른 사람이 다가오면 움찔 떨기도 한다.

익숙한 낯이다.

“미후…… 왕이시지 않습니까?”

“맞네. 우리 형제 중 다섯째지.”

예전에 북쪽 지방에서 나후와 싸울 때 손오공과 함께 도와줬던 동주칠마왕. 미후왕.

서유기에서 손오공을 가리키는 미후왕(美候王)과는 전혀 다른 뜻의 미후왕(獼猴王)이란 이름을 쓰기에 기억에 남았다.

통풍대성이라는 별호만큼이나 바람을 다루는 기술이 아주 대단해 나후도 쩔쩔맸었지 아마.

그런데 지금은 그렇게 호쾌하고 재빠르던 모습이 보이지 않는다.

자신의 이름을 들었는지 주변을 두리번거리다, 지호와 눈이 마주치자 바로 자라목이 되어 눈길을 피한다.

“저 아이가 날래기는 세상 최고라네. 아마 바람의 신이라는 손낭낭도 저 아이만큼은 따라잡질 못할걸? 하지만 소심하고 주변 눈치를 많이 보는 됨됨이가 그런 능력을 많이 가려 버리지. 아내 눈치도 엄청 보는 공처가이고.”

지호는 알 것 같다는 듯이 고개를 끄덕였다.

“하지만 저 아이가 한때는 일국(一國)을 무너뜨린 전적이 있다면 믿겠는가? 그것도 대륙 일통을 목전에 둔 강국이었는데도 말이야.”

지호의 눈이 휘둥그레진다.

우마왕은 웃으면서 이번엔 반대편에 있는 다른 사람을 가리켰다.

일에 열중인 이들과 다르게 잠깐 휴식을 취하라고 만들어 둔 평상에 하루 종일 누워 뒹굴뒹굴 구르기만 하는 이.

"헤헤헤헤헤. 우리 미미 장. 귀여워. 미미 장, 요번 생일에 뭐 갖고 싶어?"

이상한 인형이 살아 있는 것처럼 자꾸 말을 건다. 누가 보면 미쳤다고 생각할 것이다.

우융왕.

동주칠마왕의 여섯째이며 별호는 구신대성.

우둔해 보이는 것과 다르게 전투 스타일은 아주 잘 벼린 칼날처럼 날카로웠다.

"저 아이는 아주 게으르지. 사실 일은 안 하고 매일 방구석에 틀어박혀서 놀기만 하는 걸 내쫓고 싶은 마음이 하루에도 열댓 번은 더 드네만. 그놈의 정이 뭔지 남겨 두고 있어. 그래도 제 앞가림은 어느 정도 하는 아이니까 말일세."

어딜 봐서 앞가림을 한다는 겁니까?

지호는 왠지 밴드 멤버 중에서 게임 오타쿠인 박민상이 자꾸 떠올랐다.

"그러나 저 아이는 한때 기다란 칼 한 자루를 들고 강호를 종횡하던 낭인이었다네. 그것도 아주 유명한 살인귀였지. 한 번 칼을 뽑으면 사람 수십은 베어야 멈출 정도로 악독했어."

"지금과는…… 딴판이군요."

"딴판이지. 아주 다르고말고. 또 저 아이는 어떤가?"

우마왕은 마지막으로 붕마왕을 가리켰다.

붕마왕은 이나은과 나란히 앉아 이런저런 이야기를 나누고 있었다.

잘 들리지는 않지만, 침과 뜸을 꺼내 자세히 설명하는 걸로 봐서는 의술에 대해서 심도 있는 이야기를 나누는 것 같았다.

동주칠마왕의 셋째. 별호는 혼천대성.

하늘을 망가뜨린다는 뜻만큼이나, 공격도 아주 화끈했었지. 지호는 자신을 치료할 때 고래고래 소리를 지르던 붕마왕을 아직도 잊을 수 없었다.

우마왕도 지호와 같은 생각인지 피식 웃는다.

"꽤 다혈질이지?"

지호는 어색하게 웃으며 손가락으로 볼을 긁적였다. 괜히 인정했다가 붕마왕의 귀에라도 들어가면 사달이 벌어질 것 같았다.

"하지만 역시나 저 아이도 예전에는 지금과 전혀 다르게 아주 조신한 여인이었어. 내가 한창 강호에서 뛰어다닐 때만 해도 꽤 유명했던 명문가의 규중처자였다던가? 꽤 아름다웠으니 온갖 귀족들이며 왕족들도 탐내했었지."

우마왕이 계속 말을 잇는다.

"물론 성격이 확 바뀐 애들만 있는 건 아니라네. 둘째야 원래 왈패였고, 넷째는 싸움을 참 좋아했어. 둘 다 나와 의형제의 예를 맺게 된 이유가 뭔지 아나? 둘째는 도망치려다가 정말 복날 개 맞듯이 맞아서 어쩔 수 없이 묶인 거고, 넷째는 자신보다 강한 사람이 처음이라며 형님으로 모시겠다고 한 것일세."

교룡과 사타왕을 떠올린 지호는 그럴 만하다는 생각이 들었다.

지금은 어디 갔는지 보이지 않지만.

"형제들만이 아닐세. 저기 있는 아이도. 저곳에서 밭을 가는 아이도. 저기 뛰어 노는 꼬맹이도. 참을 나눠 주는 아낙네도. 모두 공통점이 뭔지 아는가?"

복마전의 사람들을 가리킨다.

지호는 무겁게 고개를 끄덕였다.

"어깨에 걸려 있군요."

"그렇다네. 모두 내 어깨에 올라와 있는 이들이지. 내게는 가족인 것이야."

우마왕은 피식피식 웃음을 흘렸다.

"지금은 이런 쭈그렁 할아방이 되었네만, 그래도 나도 한때는 개차반이라는 소리를 들었을 정도로 엉망이었어. 마누라는 둘이나 두었다가 집안이 풍비박산이 나기도 하고, 자식이 속을 썩이다 내친김에 천계와 한 판 뜨기도 했었고."

나찰녀와 옥면공주, 홍해아를 말하는가 보다.

파초선이 나오는 등, 서유기에서도 참 재미난 이야기였었지 아마.

"이렇듯, 우리는 어디에도 섞이지 못하고 따로 떠돌아다녀야만 했던 이들이라네. 그러다 겨우 정을 붙일 장소를 찾았던 것이야."

불같은 성정의 우마왕. 세상을 공포에 떨게 만든 교룡. 조신하고 얌전한 규중처자였지만, 속에는 늘 외로움과 슬픔만 가졌던 붕마왕.

싸움을 좋아해 강호를 종횡하던 사타왕. 나라를 하나 무너뜨릴 정도로 치열하게 싸웠던 미후왕. 살인에 쾌락을 느꼈던 미치광이 우융왕.

그리고 화과산의 돌 원숭이 손오공.

처음에는 어디에도 섞이지 못할 일곱 명이 한데 모여 의형제가 되었다.

세상을 뒤집자고.

자신들을 괄시하는 저놈들을 모두 공포에 떨게 하고 발 아래에 두자고.

그 뒤의 생활은…… 아주 즐거웠다.

재미있었다.

세상이 좁다 하며 돌아다니고, 절교라는 적을 만나 목숨을 걸고 싸우기도 했다.

여태 우울과 불행밖에 모르던 그들의 입가에 처음으로 웃음꽃이 폈다.

그러던 어느 날, 우마왕은 생각했다.

이 웃음꽃을, 우리와 같은 다른 녀석들에게도 쥐여 주면 어떨까?

그래서 사람을 모았고, 마을을 이루며, 마경이 탄생했다.

그러다 보니 저절로 하나의 세(勢)가 되었다.

그리고 우마왕은 그들을 어깨에 짊어지게 되었다.

그가 움직이면 세상이 움직인다?

아니다.

그 말은 틀렸다. 사실 그건 단순한 겸양일 뿐.

우마왕이 움직인다면?

세상이 떨린다. 혹은 무너질 각오를 해야 한다.

천계도 주시하고 있는 자.

그것이 바로 우마왕이며, 우마왕이란 존재가 앉고 있는

자리의 무게였다.

"나라고 해서 어찌 막내 녀석을 구하고 싶지 않을까. 그 아이도 내게는 아주 소중한 가족인데 말이야."

우마왕은 씁쓸한 미소를 띠며 다시 밭을 갈았다.

"하지만 이 늙은이에게는 늙은이에게 주어진 자리가 있어. 그곳은 내가 갈 자리가 아니야."

"……그렇습니까?"

"그래서 자네가 필요한 게야."

우마왕은 수건으로 이마에 송골송골 맺힌 땀을 훔쳐 내면서 고요한 눈빛으로 지호를 봤다.

"그 자리는, 자네의 것이라네."

* * *

"그 자리는, 자네의 것이라네."

경작이 끝나고, 지호는 가만히 자리에 앉아 고민했다.

머릿속을 따라 우마왕이 했던 말이 메아리처럼 떠돌아다닌다.

우마왕이 말하는 '자리'라는 것.

그것은 단순히 손오공을 구할 사람, 이라는 뜻이 아닐 터였다.

그 속에 담긴 의미는 너무 깊었다.

'내가 있어야 할 자리.'

마경에 있는 사람들 모두 자기 자리를 갖고 있다.

붕마왕은 지호를 치료하는 데 열중하고, 이나은은 병간호하는 데 집중했다. 복마전은 우마왕을 지켰고, 우마왕은 제자리에서 자신의 일을 지켰다.

"낯선 사람에게는 모두 낯설 뿐이야. 인생사도 그러하다네. 마치 밭일처럼."

"하지만 그때마다 생각을 정리해 시도한다면 어려운 게 없는 것 또한 인생사지."

"그곳은 내가 갈 자리가 아니야."

어렵게 고민하지 마라. 자기 길을 찾아라.

단, 그 자리가 자신의 것이라면 확실하게 걸어라.

"그 자리는, 자네의 것이라네."

지호는 그제야 이 말의 뜻을 알 것 같았다.

그 순간,

끼익!

지호가 돌리다 말았던 삼라만상의 태엽이 돌아가더니,

철컥!

다른 것과 아귀가 맞아 돌아갔다.

깨달음은 그렇게, 아주 불현듯 찾아왔다.

* * *

심연 가장 깊숙한 곳.

끼이이이이!

청룡이 심연 밖으로 고개를 내밀며 울음을 토한다.

여태껏 깊게 잠들어 움직일 생각을 않던 나후의 핵에 살짝 상처가 나더니,

쩌거거걱!

균열이 삽시간에 사방으로 퍼지더니 잘게 부서진다. 안에 숨었던 에너지가 발산되면서 사방으로 휘몰아친다.

심연이 출렁이다, 이내 가득 물들어 버린다.

천장에 달려 있던 해와 달이 흔들렸다.

*　　*　　*

화아아아악!

지호의 단전에서 웅혼한 힘이 솟구친다.

"소, 손 공자?"

이나은은 깊은 생각에 잠겨 있던 지호가 혹시 다칠까 싶어 조심스러운 마음으로 다가갔다가, 갑자기 뭔가가 느껴지자 화들짝 놀라고 말았다.

지호를 따라 기운이 감돌고 있었다.

푸르른 빛을 발하는 왼쪽 눈을 따라 칠흑빛처럼 아름다운 달빛이 맴돌고, 불그스름한 광망을 띠는 오른쪽 눈을 따라 노을을 닮은 햇빛이 감돈다.

분명 지호가 올리고자 했지만, 이예의 방해로 올리지 못했던 해와 달의 힘이 지호를 따라 감돌고 있었다.

푸르고, 붉고, 샛노란 광채가 배광을 일으키듯 그를 따라 휘돈다.

그 빛이 얼마나 강렬한지 일대를 환하게 밝힐 정도다.

밭을 경작하던 사람들도, 뛰어놀던 아이들도, 새참을 들고 나르던 아낙들도 무슨 일인가 싶어 지호 쪽으로 시선을 돌린다.

수많은 사람들의 시선이 쏟아지지만, 지호는 빛무리에

한창 빠져 있었다.

"내 자리를 찾는 것."

작은 혼잣말과 함께,

"하하하하하하하!"

웃는다.

손으로 얼굴을 덮는다. 저절로 폭소가 터진다.

이나은은 뭔가 잘못되었나 싶어 걱정되었다.

하지만 그런 건 아닌 것 같다.

처음 지호가 해와 달을 올리려 할 때에는 걱정이 앞섰는데, 이상하게 지금은 마음이 편해진다.

"아, 정말. 멍청하게. 왜 여태 그걸 생각 못했던 거지?"

지호는 입꼬리를 씩 말아 올렸다. 따스한 눈빛으로 이나은을 쳐다본다.

"지금까지 내 자리를 잘못 알고 있었던 거야."

이나은이 무슨 말뜻이냐며 눈이 휘둥그레진다.

하지만 지호의 미소는 다른 어느 때보다 산뜻한 느낌이었다.

여태 조각을 모으고 손오공을 구해야겠다는 생각에 정신이 팔려 조급함만 앞섰지만, 지금 이 순간만큼은 뭔가를 벗어던진 것처럼 산뜻한 기분이다.

마치 자신을 가둬 두던 껍질을 깨 버린 것처럼.

"아직 이걸로는 부족해."

지호는 작은 혼잣말과 함께 이나은에게 물었다.

"우마왕, 아니, 어르신은 어디에 계셔?"

우마왕은 인근 정자에서 붕마왕이 가져온 참을 즐기고 있었다.

"뭔가를 봤나 보구먼."

지호는 고개를 끄덕였다.

"제 자리를 알 것 같습니다."

"뭔가?"

"그 전에 부탁드릴 것이 있습니다."

"뭔가?"

"어르신께서 앉은 자리, 조금만 빌려도 되겠습니까?"

올라갔던 우마왕의 입꼬리가 갑자기 내려간다.

무표정이다.

여태 옆집 할아버지처럼 따뜻하게만 보이던 모습이 거짓말처럼 사라진다.

대신에 근엄한 위엄이 자리 잡아, 지호의 육신과 영혼을 강제로 눌러 버린다.

이것이 우마왕의 진짜 모습.

홀로 세상을 압도하는 이의 무게다.

그는 묻고 있었다.

과연 네놈 따위가, 내가 앉고 있는 이 자리를 탐낼 만한 자격을 갖추었느냐고.

내공이 꿈틀거린다. 우마왕이 내리는 위압을 물리치고자 발버둥 치려 한다.

하지만 지호는 되레 내공을 단전에 도로 밀어 넣고 나오지 못하도록 빗장을 걸어 잠갔다. 위압에 저항하지 않고 되레 순응을 한다.

확, 하고 위압감이 거짓말처럼 그를 통과해 버린다.

우마왕의 눈가에 살짝 이채가 어렸다.

일단은 그럭저럭 자격은 갖췄군.

그가 묻는다.

"어떻게 말인가?"

"바깥과 거리를 두어 주셨으면 합니다."

우마왕은 눈을 가느다랗게 좁혔다.

"그게 무슨 뜻인지 잘 알겠지?"

"예. 마경을 밖과 격리시켜 달라고 부탁드리는 겁니다. 제가 잠들었던 만큼의 시간을 주셨으면 합니다."

우마왕은 손으로 턱을 쓰다듬었다.

잠깐의 고민 뒤.

"대체 그 자리가 무엇이기에?"

"제천대성입니다."

우마왕이 흐뭇하게 웃었다.

마경은 밖과는 전혀 다르게 돌아간다.

갖가지 환란으로 가뭄과 재해가 교차하는 것과 다르게 농토가 비옥하다. 선인들의 힘이 담겨 있어 그럴지 모른다는 생각도 할 수 있지만, 그것과는 조금 다르다.

하늘.

저렇게 파란 하늘이 빛나고 있지 않은가.

듣자 하니 때로 저 하늘에서는 비도 내리고 눈도 내린다고 했다.

지호는 오래전에 그런 비슷한 걸 본 적이 있었다.

오호문에서 손오공이 나후와 격전을 벌였을 때.

해와 달이 나후에게 먹혀 하늘이 어둠으로 물들었을 때, 손오공은 자신의 힘을 빌려 가짜 해를 걸어 놓고 하늘을 파랗게 물들였었다.

이곳도 그때와 같았다.

조금 다른 점이 있다면 손오공이 건 하늘은 하늘 모양의 파란 천을 덧댄 것이었다면, 우마왕이 연 하늘은 정말 날씨가 바뀌고 낮과 밤도 교차하는 진짜라는 점이랄까.

보다 높은 경지에 다다른 선술인 것이다.

아니, 정확하게는 저 하늘뿐만 아니라, 마경이라 불리는 모든 것이 우마왕의 손길에 닿아 있었다.

마경은 우마왕, 그 자체였다.

지호가 현재 대면하고 있는 건 진짜 우마왕이 아니다.

우마왕이 빚어낸 마음속의 상(象).

진짜 우마왕은 바로 마경, 그 자체.

복마전과 동주칠마왕을 품고, 파란 하늘을 그리며, 비옥한 땅을 내주는 마경.

아낌없이 주기에 소, 인 것이다.

"저 둔한 것들은 나이 먹고 밥만 축낼 줄 알지, 아직도 잘 모르는 것을. 자네가 저들보다 낫구먼."

우마왕이 세상에 제대로 나서지 않는 이유가 바로 이것이었다.

"제게는 자리에 완전히 앉을 수 있는 시간을 필요로 합니다. 도와주십시오."

시간은 상대적인 것.

지호는 이미 현실 세상과 이쪽 세상의 시간 흐름이 상당히 차이 나는 것을 겪어 봤다.

그렇다면 우마왕의 시간도 마찬가지일 테지.

지호는 그 시간을 빌려 제천대성이 될 기회를 얻고자 했다. 해와 달을 완벽히 자신의 것으로 삼고, 부서진 나후의 기운을 융화시켜야만 했다.

그런다면 제아무리 이예가 어찌 방해를 하고자 나선다고 해도 어쩔 수 없으리라.

절대 부술 수 없는 해와 달을 만들면 되는 것이다.

"시간을 구속한다는 것은 밖으로 전혀 눈길을 돌리지 못한다는 뜻일세. 그 자리 그대로 진득하게 눌러앉아 있어야만 하니. 자칫 자네를 돕고자 우리 모두가 위험에 잠길 수 있는데도, 그럴 만한 가치가 있는 것인가?"

우마왕이 지호를 위해 움직임을 멈추면, 마경은 연옥에게 그대로 노출되어 버리고 만다.

"제가 본 동주칠마왕과 복마전은 그리 약하지 않았습니다."

"좋네. 단, 길지는 못하네."

"감사합니다."

지호는 고개를 숙였다.

"그런데 대체 어떻게 할 생각인가? 사실 그 자리는 너무 높아 당장 내가 줄 수 있는 시간으로는 부족할지 모르는데."

"말씀드리지 않았습니까."

지호가 고개를 슬쩍 들더니 웃는다. 손오공을 닮은 웃음이었다.

"제천대성처럼 할 거라고요."

알 듯 모를 듯한 대답이었다.

*　*　*

지호가 어디론가 사라진 뒤.

우마왕은 일어나 천천히 정자를 내려왔다.

"군아야."

"부르셨습니까, 주공."

하늘에서부터 누군가가 툭 떨어진다. 밭이라도 갈고 있었는지 옷에 흙이 묻고 손에는 쟁기를 들고 있다.

"쯧. 그놈의 주공 소리는 그만하래도."

"제가 좋아서 하는 것입니다."

복마전주는 고개를 푹 숙이며 단호하게 대답했다.

그래. 자네를 어떻게 말리겠나.

우마왕은 고개를 절레절레 흔들고는 뒷짐을 지며 말했다.

"이제부터 우보를 시작할 것이다. 그동안 네가 이곳을 지켜야 한다."

순간, 복마전주의 눈동자가 흔들리다 고개를 숙였다.

"명을 받듭니다."

스륵.

우마왕은 조용히 사라지는 그를 보다, 천천히 걸음을 옮겼다.

북두칠성의 별자리를 따라, 일곱 번의 발걸음.

우보.

한 발자국을 내디딘다.

마치 잔잔한 호수에다 돌멩이를 던진 것처럼 지표면을 따라 둥근 파문이 그려진다.

두우우우우웅.

곧 범종을 울리는 듯한 소리가 마경을 따라 퍼졌다.

*　*　*

'시작됐어.'

지호는 살짝 울리는 파란 하늘을 보면서 우마왕이 자신의 부탁을 들어줬다는 사실을 깨달았다.

하지만 시간을 벌었다고 해서 무한한 것은 아니다.

선계는 빠르게 돌아간다. 이예는 당장에라도 연옥과 함께 마경을 공격하려 들 것이다. 손오공 역시 마찬가지. 어디선가 놈들과 싸우고 있는 중이라고 해도 위험하다는 사실이 없어지는 건 아니다.

그러니 하루라도 빨리 자리를 찾아야 한다.

그래서 지호가 도착한 곳은,

"이것들아! 빠릿빠릿하게 못 움직여! 이러다 해 다 지겠다!"

품앗이를 하는 중에 자기는 일도 안 하면서 옆에서 사사건건 잔소리만 해 대는 얄미운 사람이 있다. 교룡이 딱 그랬다.

지나가는 사람들을 붙잡아 어디 있는지 물으니, 하나같이 귀찮게 구는 놈이니 제발 좀 잡아 달라는 대답만 돌아왔다.

확실히 멀리서도 참 잘 보였다.

뺀질뺀질하고, 말만 많고.

"교룡."

"응? 뭐야? 애송이, 너 벌써 움직여도 되냐?"

교룡이 지호를 보더니 휘둥그레 눈을 뜬다.

거기다 대고 다짜고짜 한 마디 툭 내뱉는다.

"붙읍시다."

"으잉?"

이게 뭔 헛소리냐며 의아해하는 교룡.

하지만 지호는 이미 몸을 날리고 있었다.

쉭!

동시에 다짜고짜 면전으로 날아가는 주먹.

"얌마! 이게 무슨 짓이야!"

교룡은 놀란 자세 그대로 몸을 옆으로 홱 하고 돌렸다.

그러다 의아해했다.

왜 이렇게 주먹이 느리지?

지호의 행동이 너무 눈에 잘 보인다. 내공을 전혀 사용하지 않고 있었다.

진짜 왜 이래!

교룡은 전혀 뜬금없는 녀석의 행동이 영 이상하게 느껴졌지만, 지호는 이미 장쾌하게 웃으면서 몸을 돌려 돌려차기를 날리고 있었다.

역시나 내공이 담기지 않은 단순한 체술. 교룡은 어쩔 수 없이 지호의 장단에 맞춰 움직였다.

퍽!

교룡은 옆으로 공격을 흘리면서 안쪽으로 팔을 뻗었다. 지호도 마찬가지로 팔을 내민다.

팔뚝과 팔뚝이 정확하게 부딪쳐 교차한다.

뼈가 뭉개질 것 같은 강한 타격.

하지만 교룡은 거기서 그치지 않고 팔꿈치를 접으면서 지호의 관자놀이를 후려친다.

빠악!

지호가 강한 타격과 함께 뒤로 주춤 물러선다. 주르륵, 코피가 흐른다.

교룡은 순간 흠칫거렸다. 이걸로 꼬투리를 잡아서 날 괴롭히려는 건 아닐까?

하지만,

"그래. 이거지."

지호는 손등으로 코피를 쓱 문대더니 씩 웃었다.

교룡은 순간 소름이 돋았다. 혹시 이 새끼 변태 아니야?

그런데 다시 지호가 움직인다. 이전보다 빠르게 와락 달려들면서 하체를 쓸어 온다.

"아, 젠장! 진짜 뭘 하려는 거냐고!"

교룡이 버럭 소리를 질러도 지호는 싱긋 웃기만 할 뿐. 이번에도 내공은 없다.

교룡은 짜증이 나 다리를 걷어차 올렸다.

바람을 가르는 각법. 교왕투체술의 발도각이다.

순간, 지호의 눈가를 따라 이채가 어렸다. 그러더니 갑자기 몸을 측면으로 틀면서 마찬가지로 다리를 움직인다.

어설프지만 어딘지 모르게 발도각을 닮은 체술.

빠아아악!

정강이와 정강이가 부딪치면서 혹시 뼈가 부서지는 게 아닐까 싶은 충격과 함께,

휘리릭!

교룡은 좌측으로, 지호는 우측으로. 반대 방향으로 똑같이 몸을 틀면서 주먹을 꽉 쥐어 손등으로 상대의 머리를 노린다.

이번에도 빡, 하는 소리와 함께 손등이 서로 부딪친다.

뼈가 시리지 않을까 싶을 정도로 커다란 소리.

교룡의 눈이 저절로 커진다.

이 새끼, 이거 대체 뭐야?

발도각에 이어서 금포경까지. 자신이 지난 세월 동안 단련한 무공을 고스란히 따라 한다. 어설프기는 해도 힘과 동작, 기술 방향이 너무 비슷하다.

그냥 단순한 우연일까?

그런 교룡의 당황한 기색을 읽었는지, 지호가 싱글벙글 웃는다. 더 놀아 달라고 삼촌을 조르는 조카처럼.

교룡의 인상이 와락 일그러졌다.

좋아. 네가 무슨 생각인지는 몰라도 쉽게 당하지는 않을 거다!

이번에도 따라할 수 있나 보자. 교룡은 왼쪽 손날을 바짝 세워 벌처럼 빠르게 쏘았다. 봉비첨이다.

하지만,

탁!

'어?'

이번에도 지호는 왼쪽 손날을 세워 똑같이 부딪쳤다.

역시나 똑같은 봉비첨.

교룡은 위화감이 들었다.

지호가 뭘 하려는지 알 것 같았다.

녀석은 자신을 똑같이 따라 하고 있었다!

타다다다닥!

그 뒤로도 계속 체술을 벌이며 상대를 잡아 간다.

팔뚝과 팔뚝, 팔꿈치와 팔꿈치, 어깨와 어깨, 무릎과 무릎, 정강이와 정강이가 잇달아 부딪친다. 자세, 각도, 움직임 모두가 비슷하다.

마치 거울을 갖다 댄 것처럼 똑같이 이어지는 동작들.

처음에는 많이 어설펐던 동작들이 시간이 갈수록 점차 정교해진다. 외양이 어느 정도 비슷해지더니, 이제는 내양에 담긴 묘리까지 점차 닮아 간다.

그럴수록 교룡은 조바심이 들었다.

교왕투체술은 자신이 평생을 들여 창안하고 개량을 거듭한 체술이다.

이걸 고스란히 빼기고 있으니 열 받을 수밖에.

살아온 생애가 모두 넘어가는 듯한 느낌에 이를 악물었다.

비록 선술이나 내공은 딸릴지 모르지만, 스스로 체술 하나만큼은 맏형과 막내보다 낫다고 줄곧 믿고 있었다.

이대로 당할 수는 없지!

쾅!

교룡은 무릎을 살짝 굽히면서 땅을 세게 찍었다.

진각과 함께 자세가 꼿꼿하게 세워진다. 동시에 휘리릭, 몸을 돌리며 지면에서 솟구친 힘에다 회전력을 더해 단숨에 주먹까지 끌어 올린다. 전사경이다.

그는 그걸 바로 날리는 대신에 손을 활짝 펼쳐 장심에다 가득 모았다.

설명으로 하자면 긴 동작이 눈 깜짝할 사이에 이뤄진 과정이라, 지호는 순간 움직임을 놓치고 말았다.

그리고 벼락처럼 날리는 출수(出手)!

퍼어어어억!

지호는 팔뚝을 복부에 모아 겨우겨우 막아 냈다.

하지만 충격이 얼마나 대단하던지 몸이 저만치 뒤까지 밀렸다. 팔도 떨어져 나갈 것처럼 찌릿하다. 뼛속까지 얼얼했다.

이게 내공도 실리지 않은 공격이라고?

지호는 순간적인 충격으로 마비된 팔을 움직이지도 못한 어정쩡한 자세로 물었다. 감탄이 저절로 나온다.

"이게…… 뭡니까?"

교룡은 골반에다 손을 얹으면서 콧방귀를 꼈다.

"일 거형장인이라는 거다."

"일 거형장인……."

"옛날에 화산에 갔다가 깨달은 게 있어서 한 번 해 봤지."

섬서 화산 동쪽 향일봉에는 팔경으로 손꼽히는 거대한 절벽이 있다. 그 모습이 마치 거인이 손바닥으로 내려찍은 듯하다 하여 붙은 이름이 거형장인이다.

"아니, 그보다 왜 이래! 왜? 내 체술이 탐나기라도 하디?"

교룡은 도통 이해가 가지 않았다.

그냥 교왕투체술이 탐났다면 이렇게 덤비지 않아도 될 텐데. 지호가 예지안은 물론 천리안까지 가졌다는 걸 알기 때문에 마음만 먹으면 얼마든지 베낄 수 있다는 걸 잘 안다.

그러니 의문이 들 수밖에 없다.

하지만 지호는 자기 생각에 빠져 대답도 하지 않았다.

"이래서 여기가 안 된 거였구나. 아, 교룡, 고마워요. 나중에 또 부탁드릴게요."

"뭐? 또 하겠다고?"

교룡이 뭐라고 하기도 전에 지호는 훌쩍 사라져 버렸다.
"대체 뭐야?"
교룡은 황당한 마음에 인상을 팍 찡그렸다.

* * *

"잠시 시간 되세요?"
지호는 붕마왕을 찾았다.
마침 붕마왕은 이나은과 같이 있었다. 환자가 있었는지 침을 놓아 주던 중이었다.
"응? 동생이 아니라 나?"
"예."
"흐응. 왜? 우리 귀여운 동생 대신에 이 누님의 매력을 알기라도 했니?"
"아뇨. 다쳐서요."
지호는 덜렁대는 팔을 앞으로 내밀었다.
붕마왕이 침을 놓는 걸 유심히 지켜본다. 하지만 부상의 정도가 적어서 그런지 침은 몇 번 꽂다 말고 그친다.
"아, 이걸로는 모르겠는데. 아, 어쩔 수 없네."
"응?"
뭔 소리냐며 묻는 붕마왕에게 반문한다.

"이따 환자 하나 더 실어 와도 되죠?"

"……?"

그날 밤.

빠아악!

교룡은 눈이 빙글빙글 도는 채로 의방에 실려 왔다. 그 옆에는 지호가 따라오고 있었다. 치료 받는 동안 연구한 일거형장인을 고스란히 되갚아 준 것이다.

환자가 이거였냐. 붕마왕은 하고 싶은 말이 많은 눈치였지만, 곧 봉황금침을 꺼내 치료를 시작했다.

지호는 뒤에서 검지를 까닥이면서 침을 놓는 순서와 깊이를 따라 그렸다.

붕마왕의 침술, 봉황맥혈이었다.

*　　*　　*

"허이짜!"

사타왕은 장작을 가져와 거기다 대고 도끼질을 해 댔다.

쿵, 쿵, 도끼를 내려칠 때마다 장작은 말끔하게 잘린다.

호호흐. 내가 봐도 참 잘 잘랐단 말이지.

그는 산더미처럼 쌓인 장작을 보면서 흐뭇하게 웃었다.

그때 갑자기 옆에 누군가가 불쑥 나타나더니 말끔한 나무 밑동에다 장작을 올려 둔다. 쿵, 강한 소리와 함께 어설프게 잘린 토막이 튀어 오른다.

"잘 안 되네. 어떻게 해야 사타왕처럼 쉽고 깔끔하게 할 수 있어요? 비법 있으면 좀 가르쳐 줘요."

사타왕은 지호가 왜 여기에 왔나 하는 생각이 들었지만, 심심해서 그렇겠거니 하고 여겼다.

"무조건 도끼질을 한다고 해서 다 잘리는 게 아니야. 자고로 장작에는 결이란 게 있다. 이걸 포착해서 가르는 게 관건이지."

"오오오."

사타왕의 설명이 이어질 때마다 지호는 '역시!', '대단하네요.', '대체 모르는 게 뭐예요?' 등등 적당히 맞장구를 쳐 댔다.

그럴수록 사타왕의 콧대는 높아져서 그는 알고 있는 바를 미주알고주알 다 내뱉었다.

칭찬과 아부는 사타왕도 춤추게 했다.

* * *

화르르륵!

화로를 따라 불길이 오른다.

미후왕은 주물을 꺼내 모루에 올리고 두들기기 시작했다.

깡, 깡, 깡!

망치는 부딪칠 때마다 경쾌한 소리를 냈다.

마치 행진곡처럼 일정한 운율을 낸다.

소리는 한결같았다. 더 깊어지지도, 더 얕아지지도 않는다.

언제나 일정한 박자에 따라 같은 깊이로 울린다.

그럴 때마다 쇠는 반듯하게 펴졌다가 접혀지는 등 접쇠를 반복하고, 주물에는 서서히 나이테 같은 일정한 무늬가 자리를 잡았다.

그런데 여기에 다른 소리가 하나 더 얹혀졌다.

까아앙, 깡, 까앙!

미후왕과는 다르게 박자도 깊이도 제각각인 소리.

미후왕은 자신 외에 아무도 찾지 않는 공방에 누가 왔나 싶어 고개를 들었다가 깜짝 놀랐다.

지호가 옆에서 쇠를 두들기면서 씩 웃고 있었다.

미후왕은 놀란 나머지 황급히 고개를 푹 숙이고 하던 일에 집중했다.

지호가 갑자기 왜 여기에 온 걸까?

그동안 녀석과 면식은 있어도 이렇다 할 대화를 나눈 적은 한 번도 없다.

때문에 소심해서 다른 사람과 대화도 제대로 나누지 못하는 미후왕으로서는, 지호가 바로 옆에 있는 것이 조금 부담스러웠다.

눈이라도 마주치면 무슨 말이라도 해야 할 것 같아 고개를 푹 숙인다.

다행히 지호도 접쇠에만 관심을 둘 뿐, 이쪽으로 시선을 주지 않는다.

그렇게 얼마나 지났을까.

깡, 깡, 깡—

한창 접쇠의 마무리를 하던 미후왕은 허리를 펴다가 뭔가 이상하단 낌새를 알아차렸다.

'어? 왜 소리가 안 나지?'

분명히 지호가 접쇠를 하는 건 느껴진다.

그런데 언제부턴가 불규칙하던 소리가 나지 않더니, 자신이 접쇠를 끝나고 나서야 들리는 게 아닌가.

이게 뭔가 싶어 지호를 쳐다보는데 자세가 어딘지 모르게 익숙하다.

똑같은 박자에, 똑같은 세기에, 똑같은 방식.

계속 반복되는 망치질.

그 모습이 마치,

'나?'

미후왕은 소스라치게 놀랐다.

지호는 마치 자신을 복사해 넣은 것처럼 똑같았다.

한창 접쇠를 할 때에 소리가 나지 않았던 이유.

그건 두 개의 소리가 완벽하게 똑같았기 때문이었다!

미후왕의 눈동자가 떨렸다.

그때 지호가 망치질을 잠깐 멈추고 이쪽을 보더니 저벅 저벅 다가왔다.

"더 안 하시려고요?"

"……으응. 끝났어."

"흠. 전 아직 덜 끝났는데."

뭘 하려는 건가 싶어, 미후왕이 잔뜩 긴장하는데,

뚝!

갑자기 지호가 미후왕이 열심히 두들긴 접쇠를 반으로 부러뜨린다.

"이제 미후왕도 덜 끝났네요."

그러고는 제자리로 돌아간다.

미후왕은 덩그러니 놓인 접쇠를 멍하니 쳐다봤다.

"……."

꼭 다시 두들기라고 말하는 것 같다.

결국 미후왕은 울며 겨자 먹기로 다시 망치를 들었다.

깡, 깡, 깡!

그날, 밤새도록 망치 소리와 접쇠가 동강 나는 소리가 공방에서 울렸다.

*　*　*

우융왕은 인형을 갖고 놀다 말고, 자신의 옆에서 같이 빈둥대는 녀석을 보면서 생각했다.

이 놈은 뭐야, 귀찮게?

한 마디라도 쏘아붙일까 싶었지만.

'귀찮아.'

우유왕은 그냥 잊어버리는 쪽을 택했다.

*　*　*

지호는 그 뒤로도 계속 동주칠마왕을 따라다녔다.

교룡에게 달려들어 체술을 겨루고, 붕마왕에게 치료해 달라 부탁하고, 사타왕과 장작을 패고, 미후왕과 같이 공방을 다니며, 우융왕의 옆에서 나른한 휴식을 보낸다.

동주칠마왕은 귀찮게 이 녀석이 왜 이러나 싶었지만, 지호는 그때마다 뻔뻔하게 '왜요?' 라고 대꾸를 하는 통에 어떻게 할 대책이 없었다.

결국 그들은 한동안 지호를 혹처럼 질질 달고 다녀야 했다.

지호가 잠든 시각.

다섯 마왕은 쭈그리고 앉아 한숨을 내뱉었다.

"확실해. 저 새끼, 변태야! 자꾸 왜 저래!"

교룡은 오늘도 실컷 얻어맞았는지 시퍼렇게 멍든 눈을 달걀로 문대고 있었다.

"모르겠어. 만날 옆에 착 달라붙어서는. 봉황맥혈도 다 뺏기고! 으으! 그거 만드느라 내가 얼마나 고생했는데! 그걸 홀라당 가져가?"

"으잉? 기술을 가져간다고?"

"몰랐어, 넷째 형? 난 닷새 내내 망치질만 했는데."

"젠장! 나는 당연히 내가 존경스러워서 그런 줄 알았지!"

마왕들은 속았다면서 머리를 쥐어뜯는 사타왕을 한심하다는 얼굴로 쳐다보다가 다시 머리를 맞댔다.

"그걸 대체 가져가서 뭘 하겠다는 거지?"

하지만 아무리 생각해 봐도 도통 답이 나오질 않는다.

그때 마침 밭에다 물을 주러 나온 우마왕이 그들의 대화를 듣더니 껄껄 웃음을 터뜨렸다.

"과연! 막내 같은 발상이구나."

"그게 무슨 소리요, 형님?"

교룡이 답답한 나머지 답을 가르쳐 달라며 묻는다.

"너희들이 가진 것을 가르쳐 달라 하지 않고 뻔뻔하게 대놓고 훔쳐 가는 모습이, 꼭 막내를 닮았다는 뜻이란다."

다섯 마왕은 멍한 표정을 지었다.

확실히…… 뭔가 갖고 싶은 게 있으면 빌려 달라 거나 하는 것보단 뻔뻔하게 주먹 한 대 날리고 뺏어 버리는 게 손오공답긴 하지.

그런데 대체 왜?

우리가 떼로 덤벼도 이기지 못할 만큼 강하면서. 왜 굳이 우리 걸 훔쳐 가?

다섯 마왕은 도통 이해를 할 수 없었다.

"……혹시 그냥, 아니면 심심해서, 뭐 그런 건 아니겠지?"

다섯 마왕 모두 설마, 라는 말이 입언저리까지 올라왔지만 도로 삼켰다.

왠지 손오공이라면 그럴 수도 있다는 생각이 들었다.

우마왕은 안색이 거무튀튀하게 변한 동생들을 보면서 흘흘흘, 가볍게 웃었다.

어찌 그리도 아직 막내를 모르는 거냐, 이것들아.

막내가 심심하면 사고를 쳐 대긴 했어도, 그때마다 뭔가 깊은 속내를 감추고 있었던 것을.

이번에도 그럴 것이라 왜 생각을 못하는 건지.

아직 갈 길이 멀었구먼.

우마왕은 조만간에 동생들을 위해서라도 군기 교육을 시켜야 하는 건 아닌지 진지하게 고민했다.

* * *

지호는 우마왕이 따로 마련해 준 동굴에서 홀로 몸을 움직이고 있었다.

스으윽.

아주 느릿한 움직임.

마치 소가 걷는 것처럼 아주 굼뜨다.

하지만 지호는 동작 하나하나에 세밀한 주의를 기울였다.

다섯 마왕이 지금 지호의 동작을 보았다면 크게 놀랐으리라.

그것은 마치 자신들의 모습을 떠올리게 했을 테니.

어떻게 보면 교룡의 일 거형장인으로, 또 어찌 보면 붕마왕의 봉황맥혈로 보인다. 사타왕의 혈사자후, 미후왕의 풍도천천계, 우융왕의 예도파랑도 드문드문 보인다.

그가 다섯 마왕에게서 훔쳤던 기예들. 그것이 전부 하나로 녹아내리고 있었다.

이미 다섯 마왕을 쫄쫄 따라다니면서 기술적인 분석은 끝낸 것이다.

하지만 지호가 원하는 건 이 정도가 아니었다.

어차피 기술 같은 건 예지안으로도 얼마든지 훔칠 수 있다.

하지만 그 속에 담긴 심의(深意)는 다르다.

보다 근원이고, 기예를 완성케 해 줄 수 있던 지난 세월들. 경험들. 그 비법의 전부는 단순히 예지안으로 읽는다고 해서 얻을 수 있는 게 아니다.

그 속에 담긴 그들의 삶을 직접 볼 뿐만 아니라 직접 몸소 겪어 보고, 그때의 경험과 생각을 체험해 보고, 발전 과정을 지켜봐야만 한다.

지호는 다섯 마왕이 살아온 지난 생(生), 그 자체를 훔치려 하고 있었다.

사실 지호는 이룬 경지에 비해 깊이가 너무 얕았다.

손오공에게서 단기 속성으로 입문했고, 열 개의 내단과 묘성의 여의주를 먹는 등 여러 번의 기연을 반복하면서 이룬 것이었다.

외형만 거창하게 갖췄을 뿐, 내실은 다지지 못해 언제라도 쉽게 무너질 수 있는 위태로운 상태였다.

그래도 워낙에 이룬 업적이 커 괜찮았던 것뿐, 이예를 만나면서 약점이 여지없이 드러났다.

해서 지호는 부족한 내실을 다지고자 했다.

그렇다면 그 내실은 무엇으로 채울 것인가?

다행히 주변에는 좋은 교재들이 많았다.

동주칠마왕은 선인들 중에서도 높은 경지에 이른 이들. 그들이 왔던 길만큼 좋은 교재는 없다.

그리고 거기에 얽힌 강한 뭔가를 쫓는다.

첫 번째, 교룡.

스읍.

팔을 천천히 움직인다. 교왕투체술이 펼쳐지면서 천천히 양쪽 눈에 화안금정이 밝아진다. 교왕투체술에 담긴 어떤 사념이 읽힌다.

시야에 천천히 영상을 잡힌다.

그것은 천 년도 훨씬 지난 과거.

본인도 기억하지 못할 아주 오래전의 일.

교룡은 오랜 세월 함께 살아온 동료들이 있었다. 뒷골목을 전전하던 삼류 파락호 시절부터 추억을 쌓은 이들. 하지만 그들은 더 이상 볼 수 없다.

그래서 생을 마감하고자 했다. 동료들과 자주 찾던 이곳 향일봉이라면 눈을 감는 것도 나쁘지 않다 여겼다.

"거참, 죽기 딱 좋은 날씨다……."

교룡이 눈을 감으며 천천히 아래로 떨어지려는 찰나,

휘이이이이잉!

갑자기 깊은 절벽을 타고 바람이 불어온다. 교룡은 뭔가 싫어서 눈을 뜨고 아래를 내려다봤다.

뭔가가 이쪽으로 거칠게 올라오고 있었다.

하얀 장발이 유독 눈에 띄는 남자.

신기하게도 남자는 아주 멀리 있는데도 불구하고 너무 잘 보였다. 마치 바로 앞에 있는 것처럼. 거인을 보듯이 아주 큰 사람이었다.

그 순간, 남자를 비롯한 절벽 전체가 시야에 확 하고 담겼다. 거인이 손바닥으로 내려쳤다는 곳.

일거형장인이 머릿속에 강하게 박혔다.

쿵!

완성된 교왕투체술, 일거형장인이 손에 자리 잡히면서 옆쪽에 있던 벽에 깊은 손바닥 자국이 남는다.

승(昇). 교룡을 상징하는 힘.

지호는 다음 동작으로 넘어간다.

두 번째. 붕마왕.

사고로 사랑하는 임을 잃은 뒤, 붕마왕은 세상을 떠돌아다녔다. 할 줄 아는 재주라고는 침술이 전부. 그래서 그녀는 남은 삶을 타인을 구하는 데 전부 쏟기로 마음먹었다.

그렇게 천하를 방랑하다 보니 어느새 그녀는 성녀로 추앙받고 있었다. 그래도 붕마왕은 주변의 찬사에는 아랑곳하지 않고 제 할 일만 묵묵히 했다.

그때 한 남자를 만났다. 긴 백발에 금색 눈이 인상적인 남자였다. 크게 싸우기라도 했는지 기식이 엄엄하다. 당장 숨이 끊어져도 이상하지 않다.

평상시라면 치료할 엄두도 나지 않을 텐데. 그런데 이상하게도 오늘따라 감이 좋은지 치료법이 머릿속으로 저절로 그려진다. 그녀는 거기에 따라 남자를 치료했다.

쉭!

허공을 되짚던 손가락이 부드럽게 흐른다.

손은 어느새 빛무리에 잠겨 환하게 밝아진다. 빛무리가 떨어지는 것이 마치 날갯짓을 하고 나서 떨어지는 깃털처럼 가벼워 보인다.

환(煥). 붕마왕을 상징하는 힘.

지호는 주먹을 꽉 쥐어 빛무리를 안쪽으로 갈무리하며 다음으로 넘어갔다.

세 번째는 사타왕.

그는 지칠 줄 모르는 성격답게 한때 오로지 싸움만이 자신의 모든 것이라 여겼다. 그러다 딱 한 번 패배를 한 때가 있었다.

금색 눈에 어울리지 않게 비틀린 입술이 마음에 안 드는 놈이었다. 또 덤빌 테냐, 깐족대는 놈의 면상을 한 대 후려치고 싶어 했다.

그래서 개발한 게 바로 혈사자후.

지호는 당시 사타왕이 받았던 감정을 담아 주먹 끝으로 힘을 끌어 올렸다.

쾅!

폭(爆)의 힘이 개방되면서 바로 앞에 있던 바위가 포탄으로 쏜 것처럼 터져 나간다. 부스스, 박살 난 가루를 흠뻑 뒤집어쓰며 지호는 환하게 웃었다.

그 뒤로도 계속 힘의 개방이 이어진다.

미후왕의 풍도천천계과 우융왕의 예도파랑이 문고리를 연다. 쾌(快)와 예(銳)가 자리를 잡는다.

당연히 이것들이 비추는 사념 속에는 금색 눈과 백발을 가진 사내가 있었다.

마왕들의 특성에 맞춰 성격이 제각각 다른 힘들.

하지만 한 가지만은 동일하다.

한 사람을 만난 것이 인생의 변곡점이 되었다는 것.

손오공.

아직 제천대성이 되기 전. 젊은 시절의 그가 바로 그곳에 있었다.

하지만 그것들은 하나하나가 자그마한 파편일 뿐.

그래서 지호는 그 조각들을 모두 도려내 하나로 합치려 했다.

옛날의 손오공을 되살리고자 했다.

이것이 바로 지호가 다섯 마왕의 기예를 훔치고자 했던 가장 큰 이유.

보다 높은 곳으로 올라가기 위해서 그들의 생을 훔쳐 내실을 다질 것이나, 더 높은 곳으로 가기 위해서는 길을 찾아야만 한다.

다행히 지호에게는 그 길이 있었다.

손오공이 걸었던 길.

때문에 지호는 지금 자신과 비슷한 손오공을 찾고자 했다. 곳곳에 남은 흔적을 좇아 그를 찾을 수 있다면, 그 뒤로는 그가 걸었던 생을 따라 차분히 걷기만 하면 된다.

마침내 손오공의 생까지 손에 넣을 수 있는 것이다.

'이것이 바로 내가 앉을 자리. 가야 할 자리.'

지호는 완성된 내실을 기반으로 보다 앞으로 한 발자국을 더 내디뎠다.

손오공이 걸었던 길이다.

그리고,

콰직. 콰지지직.

가슴 한 편에서 뭔가가 부서지는 소리가 들린다.

동시에,

화아아아악!

지호는 빛무리에 잠겼다.

하얀 빛만이 가득한 세상.

지호는 이곳이 심연이면서도 조금은 다른, 영혼의 다른 장소라는 걸 느꼈다.

바로 앞에는 손오공이 가부좌를 틀고 앉아 있었다.

장난기 가득한 짓궂은 미소.

하지만 지호는 그것이 진짜 손오공이 아닌 자신과 그의 영혼이 빚어낸 하나의 상(象)이자, 분신이란 걸 알았다.

마경 속의 우마왕과도 같은 것.

"골 때리는 새끼. 감히 나까지 훔치려 들어?"

"그게 오공답잖아요. 또 저답기도 하고."

"자신 있냐?"

"해 보는 거죠, 뭐."

손오공은 피식 웃더니 자리에서 일어나 자세를 갖췄다. 어느새 손에는 여의봉이 들려 있었다.

지호 역시 마주 서서 여의봉을 뽑아 그에게로 겨눴다.

두 개의 여의봉. 하나의 영혼.

"자, 덤벼라."

지호는 거절하지 않고 바로 달려들었다. 손오공이 가진 것을 훔치기 위해서.

* * *

"용케 거기까지 왔구나, 애송이."

어둠만이 가득한 곳. 빛은 들어올 수 없되, 모든 이들의 꿈이 난잡하게 엉킨 곳.

손오공은 악몽의 바다 한편에서 심장을 꾹 누르는 느낌에 미소를 지었다.

흐뭇함이 담긴다.

처음에는 그저 허약하기 짝이 없는 녀석으로만 여겼는데. 벌써 이만큼이나 성장하다니.

그래. 그래야 이 제천대성의 영혼을 가졌다고 할 자격이 있지.

"하지만 날 따라잡으려면 아직 백만 년은 일러."

손오공은 화안금정을 들어 악몽의 바다 한편을 직시했다. 저 멀리, 검은 자위에 흰 동자를 지닌 두 개의 눈이 이쪽을 내려다보고 있다.

통천교주.

녀석은 무미건조한 눈빛 그대로 있기만 한다.

—아직도 그대와 이 몸의 차이를 모르겠는가? 이 몸이 이곳에 있는 한, 절대 죽을 수가 없음이니. 필멸(必滅)이 불사(不死)를 극복해 내지 못하는 것은 지극히 당연한 일.

"지겨운 새끼."

쾅!

손오공은 다시 놈을 향해 몸을 날렸다.

*　　*　　*

우마왕이 우보를 밟아 시간을 누르고 있다지만, 완전히 시간이 멈추는 것은 아니다.

지호의 수련이 계속되는 동안, 바깥세상 역시 착실하게 수레바퀴를 굴리고 있었다.

도화원과 정토가 마경을 방문했다.

"다들 먼 길을 오시느라 고생이 많으셨네. 오랜만에 보는 얼굴들이 많아 아주 기분이 좋구먼."

우마왕이 지팡이를 짚으며 천천히 방으로 들어선다.

복마전의 안내에 미리 실내에서 기다리고 있던 오백여 명의 선인들이 황급히 일어나 예를 갖춘다. 위대한 이를 향한 무한한 존경심이다.

"도화원 및 삼백팔십칠 명의 선인이 마왕을 뵙습니다."

"아미타불. 정토에서 온 이백구십사 명의 중이 마왕을 뵙소."

"예를 멈춰 주시게. 그리하면 이 늙은이가 더 늙어 보이지 않는가. 흘흘흘."

우마왕이 풍기는 따스한 분위기에 몇몇 선인들은 눈에 이채를 띄었다.

오랫동안 홀로 천계의 장수들과 싸웠던 우마왕의 투지와 용맹에 대해서 주로 들었던 그들로서는 이런 그의 분위기가 색다르게 느껴졌다.

우마왕이 가장 상석에 앉는다. 그 아래로 좌로는 납탑도인과 도화원이, 우로는 혜가와 정토가 착석했다. 복마전은 우마왕의 뒤편에 시립해 있었다.

서로를 마주 보는 선인들은 긴장한 기색이 역력했다.

지난 수백 년간 얼굴도 마주치지 못했던 이들이 대부분이다.

추구하는 바도, 조직의 성질도 모두 다르니 이렇게 모여 있을 필요가 없었는데.

그런데도 이렇게 다들 한 자리에 모였다는 사실은 지금 선계가 처한 환경이 얼마나 위급한지를 말해 준다.

"천계에서의 신통은, 여전히 그대로겠군."

납탑도인은 수심에 찬 얼굴로 고개를 끄덕였다.

"그렇습니다. 혹 아시는 것이 있으십니까?"

"짐작하시는 그대로라네."

납탑도인의 눈동자가 흔들린다.

"그럼 역시나……!"

우마왕이 고개를 끄덕인다.

"절교가 삼신산을 열려 하고 있다네."

"그, 그런……!"

"고얀 것들!"

곳곳에서 반발이 터져 나온다.

그럴 수밖에 없다.

삼신산은 옛 신들의 고향이자, 선인들의 요람. 오랜 선인들일수록 삼신산은 그리운 터전이다. 그곳에서 수련을 하고, 깨달음을 얻었으니.

그런 곳을 절교 따위가 더럽히려 한다니 화가 날 수밖에.

하물며 그들의 진격지가 천계라고 한다면 더더욱.

혜가가 말한다.

"노납이 근래 들어 천문을 몇 번 훔쳐본 적이 있습니다. 한데, 나후성이 조금씩 움직이며 자미성의 영역으로 다가가고 있었습니다."

"시기가 다가올수록 절교는 하계를 천계로부터 고립시키려 들 테니."

"하지만 이해가 가지 않는 것이 있었다오."

"무엇인가?"

"구백 년 전에는 저들에게 나후가 있었다 하나, 지금은 그런 것이 없는데, 어찌 절교가 하늘의 문을 열려 하는 것인지요?"

좌중이 잠시 침묵에 잠긴다.

사실 여태 풀리지 않는 수수께끼가 이것이었다.

연옥과 절교가 손을 잡아 연옥은 선계를, 절교는 천계를 노리려 한다는 것은 이제 알겠다.

하지만 과연 지금 절교의 병력으로 천계를 넘는 게 가능할까?

아니, 넘더라도 과연 당해 낼 수 있을까?

천계는 오랜 세월에 걸쳐 세상을 지배하면서 세를 더더욱 완고히 잡았다. 72마신도 없는 절교 따위가 넘볼 수 있는 곳이 아니었다.

하지만,

"왜 없겠는가. 지옥이 있는 것을."

우마왕은 지극히 평탄한 어조로 답했다.

납탑도인과 혜가는 서로 얼굴을 마주 봤다.

지옥?

저승의 지옥을 말하는 건가?

그게 갑자기 여기서 왜 언급되는……!

순간, 두 사람의 안색이 창백해졌다.

"마, 마왕의 그 말씀은……!"

그러고 보니 절교의 사도 중에는 분명 죽었던 자들도 있지 않았던가!

우마왕이 씁쓸하게 웃는 그때였다.

위이이이이잉.

갑자기 마경이 울린다.

우마왕은 눈을 가느다랗게 좁히며 고개를 들었다.

"왔구먼."

*　　*　　*

어둠이 깔린 연옥.

이예는 옥좌에 앉아 오만하게 아래를 내려다보았다.

모자가 달린 피풍의를 깊게 눌러 쓰고 있어 얼굴을 알아보기 힘든 선인 오백여 명이 부복한 채, 주인의 명을 기다리고 있었다.

"마경에서 답변은?"

얼마 전에 모든 준비가 끝나 사절을 보냈다.

지호를 내놓으라는 최후통첩.

"부(不), 였습니다."

"아니 된다, 라. 과연 마왕들다운 답변이로군."

어차피 저들이 지호를 순순히 내놓을 거란 생각은 하지 않았다. 복마전이 복귀하고, 도화원과 정토가 마경으로 향한다는 소식은 이미 들어서 알고 있으니.

그저 명분도 쌓을 겸, 저들에게 기회를 주었을 뿐이었다.

마지막으로 살 수 있는 기회를.

그리고 방금 전에 녀석들은 그걸 걷어찼다.

이예가 차갑게 웃으며 손을 흔든다.

그러자 어둠이 좌우로 갈라지면서 건너편으로 다른 공간이 드러난다.

마경의 푸른 하늘이 보인다.

"그럼 시작하지."

연옥이 일제히 자리에서 일어난다.

*　　*　　*

마경의 떨림이 계속 이어진다.

복마전과 도화원, 정토는 모두 밖으로 나와서 하늘을 쳐다봤다.

반구 모양을 띤 둥그스름한 천구를 따라 곳곳에 구멍이 뚫리고 있었다.

윙. 윙. 윙. 윙.

잔잔한 파문을 그려 내면서 열린 공간.

그 밖으로 수줍게 고개를 내민 것은,

"소증……!"

과거 아홉 개나 되는 해를 떨어뜨렸다는 이예의 화살, 소증이었다.

대략 눈에 띄는 숫자만 얼추 잡아도 백여 개.

마경의 외벽을 뚫고 등장한 그것들은 당장에라도 아래로 쏟아질 것 같았다.

선인들의 움직임이 바빠졌다.

"도화원은 모두 오행벽을 위한 진법을 갖추라!"

납탑도인이 가장 먼저 전면에 나서서 검을 높이 들어 원래 북극성이 있던 자리로 겨눈다. 그리고 왼손으로는 검결지를 짚어 검에다 살짝 얹었다.

짧은 진언과 함께 그의 머리카락이 푸른색으로 물들기 시작한다.

강신술.

신통은 끊어졌다지만, 진무대제와의 고리가 사라진 건 아니다. 그의 힘을 잔뜩 받아 사방에 신력을 뿌린다.

다른 선인들도 마찬가지로 각자 모시는 신들의 힘을 받으면서 저마다 다른 기예를 펼친다.

누구는 땅을 짚고, 누구는 물통에 담긴 물을 뿌리고, 누구는 불꽃을 피우고, 누구는 나뭇조각을 주우며, 누구는 바람을 느낀다.

뚜두두두두둑.

신력을 머금은 것들이 움직인다.

땅에서 나뭇조각이 터지며 거대한 넝쿨나무로 자란다. 물을 잔뜩 마신 넝쿨나무는 선인들이 있는 자리를 휘감고 하늘까지 가릴 정도로 무럭무럭 자라 잎사귀 대신 불꽃을 태우면서 거대한 지붕을 만들었다.

이것이 오행벽. 다섯 가지 자연 요소를 담아 이루는 절대 방벽의 선술이다.

그렇게 공격과 수비 진형이 갖춰진 그때,

쉬시시시시시시시식!

화살 비가 쏟아졌다.

소증 하나하나는 해와 달을 떨어뜨렸을 때처럼 빛줄기로 변해 단숨에 하늘을 발기발기 찢어 놓았다.

그야말로 폭우였다.

쾅! 쾅! 쾅! 콰아아아아앙!

소증은 강했다.

선인들을 떠받치고 있던 오행벽과 부딪칠 때마다 외벽이 크게 터져 나간다. 넝쿨이 다시 자라 부서진 자리를 메우려 하지만 곳곳에 생기는 균열을 동시에 메우기엔 역부족이었다.

반격을 꾀하려 해도 도저히 나갈 엄두가 나지 않는다.

그때를 틈타, 다시 하늘에서 공간이 열렸다.

—**단 한 놈도 살려 두지 마라.**

이예가 내뱉은 신의 목소리와 함께 연옥의 선인들이 드디어 모습을 드러낸다

오백여 명에 달하는 녀석들은 소증의 엄호를 받아 강습을 시작한다. 선봉은 알유.

"주공!"

이를 확인한 복마전주가 우마왕을 돌아본다.

우마왕은 여태 가만히 있다가 옆에서 팔짱을 끼고 뚱한 얼굴로 있던 교룡을 돌아봤다.

"이곳을 부탁해도 되겠나?"

교룡이 뚱한 표정으로 답한다.

"왜? 형님은 뒤로 쏙 빠지시게?"

"나는 돌봐야 할 아이가 있지 않은가."

"하여간 그놈의 애새끼가 뭐가 좋다고 이렇게 다들 감싸고 난리야!"

교룡은 얼굴을 잔뜩 일그러뜨리면서 소리쳤다.

"괜히 귀찮게 하지 말고 어서 가 보슈!"

"그럼 부탁하마."

우마왕이 지팡이로 땅을 살짝 두들긴다. 그러자 몸이 흔들리며 사라졌다.

교룡은 팔을 가볍게 풀면서 형제들을 돌아봤다. 송곳니가 드러난다.

"큰형이 귀찮으니 우리더러 알아서 하시란다. 니들도 그냥 알아서 날뛰어."

남은 마왕들이 웃으면서 고개를 끄덕이고는 축지를 밟아 어디론가 사라졌다.

교룡만이 오행벽 밖으로 나와 하늘을 쳐다봤다.

빽빽하게 내리는 빛줄기가 허공을 가득 메운다.

자칫 교룡도 폭발에 휘말릴 수 있었지만 눈 하나 깜빡하지 않고 욕지거리를 내뱉으면서 소매를 걷어 올린 오른손을 위로 뻗는다.

"미친 새끼. 화살이 남아도나."

그리고 주먹을 오므린다. 뭔가를 움켜쥐듯이.

그 순간, 하늘 위로 거대한 손그림자가 드리우며 공간을 잡아 간다.

두두두둑. 두두둑!

마구 구겨진 종이처럼 하늘이 일그러진다.

마치 거인이 손을 뻗어 움켜쥐는 듯한 모습. 일 거형장인이다.

퍼퍼퍼퍼퍼퍼퍼펑!

내려오던 빛줄기는 왜곡된 공간을 따라 서로 부딪치면서

폭발을 일으킨다. 강하를 시도하던 연옥의 선인 중 상당수가 거기에 휘말리고 말았다.

거인의 손그림자가 사라지자, 다시 하늘이 평평해진다. 연옥은 가까스로 균형을 잡으려 했지만, 이번에는 좌우에서 붕마왕과 사타왕이 축지로 모습을 드러냈다.

마치 이런 좋은 기회를 놓치지 않겠다는 듯, 붕마왕은 침통 대신 부채를 들어 크게 휘둘렀다. 불길을 동반한 강풍이 불어닥치면서 하늘을 가득 메운다. 반면에 사타왕은 일격을 내질러 푸른 해일처럼 거대한 기풍을 쏟아 냈다.

이에 맞서 연옥에서는 네 줄기의 잿빛 안개가 빠르게 튀어나와 네 마리의 마물로 변했다.

늑대 착치는 아가리를 벌려 불 폭풍을 삼키며 붕마왕과 부딪치고, 멧돼지 봉희는 하늘을 질타하면서 거센 송곳니로 기풍을 부숴 사타왕에게로 쇄도했다.

콰아아앙! 콰아아앙!

두 마왕과 두 마물이 부딪치면서 사방으로 퍼져 나간 칼바람과 후폭풍은 하늘에다 쉴 새 없이 상처를 냈다. 우마왕이 덧댄 푸른 천이 찢어지면서 밖으로 잿빛 하늘이 언뜻언뜻 드러나 흉측한 몰골을 더했다.

옆 사람의 말소리도 제대로 들리지 않을 만큼 거대한 폭음과 명멸을 거듭하는 충격파가 계속되는 가운데, 복마전을 비롯한 선인들은 마왕들이 만들어 준 기회를 틈타 일제히 몸을 날려 연옥에 맞섰다.

쿠쿠쿠쿠쿠쿠쿠쿵!

일천에 달하는 선인들이 서로의 목숨을 뜯어 버리기 위해 부딪친다.

갖가지 선술이 난무한다.

불 폭풍이 곳곳에서 불어닥치며 마경 일대를 초토화시킨다.

하늘엔 먹구름이 가득 껴 우박을 쏟아 내고, 벼락이 소나기처럼 쏟아지면서 세상을 환하게 밝히며, 지면에는 얼음을 꽁꽁 얼린다.

말세라고 해도 믿을 만큼 어마어마한 광경.

그렇게 9백 년 만에 열린 선계전은, 비참한 참상을 일으키면서 시작되고 있었다.

하지만 그들 중 어느 누구도 싸움에 정신이 팔린 나머지 눈치채지 못했다.

어느새부턴가 소증이 더 이상 내려오지 않는다는 사실을.

* * *

툭!

"이곳인가?"

이예는 공터에 조용히 내려앉았다.

벽을 따라 안쪽이 보이지 않을 만큼 깊은 동굴이 보인다. 지호가 폐관 수련을 하는 곳. 해와 달의 기운이 풍기고 있었다.

"용을 쓰는군."

녀석은 뭔가를 시도하려는지, 뜨겁고 차가운 두 기운이 서로 맞물리면서 더 큰 무언가로 거듭나려 하고 있었다.

범인들의 기준으로는 도저히 짐작도 할 수 없는 더 큰 무언가로.

"이대로 둘 순 없겠어."

녀석에게 계속 시간을 줬다가는 이제 소중으로도 떨어뜨릴 수 없을 만큼 높은 경지로 오를 듯했다. 어쩌면 자신과도 견줄 수 있을지 모르는 경지로.

그래서는 모든 게 수포로 돌아간다.

지금이 해와 달을 빼앗을 수 있는 마지막 기회다.

하지만 이예는 동굴 안쪽으로 발길을 들이지 못했다.

"흘흘흘흘. 뭐가 그리도 급하기에 발걸음을 서두르시는 겐가?"

"옛날부터 노리던 어린 원숭이 한 마리가 안쪽으로 들어

가서 말이오."

"어리다면 그냥 놓아주면 되지 않는가. 세상에 잡을 건 아주 많은데 말이야."

"녀석이 중요한 보물을 두 개나 갖고 있어서 말이오. 한데, 사냥을 조금 미뤄야 할 것 같소."

이예는 천천히 몸을 뒤로 돌렸다.

우마왕이 나무 그루터기에 지팡이를 쥐고 앉아 있었다. 이쪽을 보며 웃는다.

이예가 송곳니가 드러나도록 차갑게 웃었다.

"여기에 사냥하기에 더 재미있을 것 같은 걸 발견해서 말이오. 혹 어디로 갔는지 보지 못했소?"

"흘흘흘흘. 본 듯도 하네만."

"어디요?"

"자네 눈앞에 있지 않은가?"

그 말과 함께, 우마왕은 눈을 가느다랗게 좁히며 지팡이로 바닥을 툭 두들겼다.

그 순간,

두우우우우우우웅.

마치 범종을 울린 듯한 가벼운 떨림과 함께 마경이 뒤섞인다.

우마왕의 뒤편으로 거대한 그림자가 내려앉는다.

그림자는 아주 컸다.

장장 100여 미터는 될 법한 크기.

마경을 모두 메우고도 남을 만큼 거대한 그림자는 크기만큼이나 어마어마한 위압감을 사방으로 뿌려 댔다.

위압감은 거센 태풍이 되어 마경 일대를 휘몰아친다. 지반에 균열이 가고, 거목이 부러지며, 절벽이 무너져 산사태가 일어났다.

콰콰콰콰콰콰콰콰—!

우마왕은 지팡이를 꾹 누르며 천천히 일어섰다.

굽은 허리가 조금씩 펴질 때마다 등 뒤에 자리 잡은 그림자도 조금씩 제대로 된 모양을 갖춘다.

태산처럼 어마어마한 크기를 자랑하는 그것은, 잔뜩 골이 난 들소였다.

두 눈은 이예를 다섯이나 합칠 만큼 어마어마하게 크고, 거친 입은 대해를 들이킬 만큼 넓다. 검은 근육은 용암이 타고 흐르는 것처럼 핏대가 잔뜩 서서 꿈틀거리고, 머리에 선 일곱 개의 뿔은 악마의 것처럼 단단하게 서 위용을 과시한다.

녀석은 우마왕의 명이 떨어지면 바로 대지를 부수고 이예를 짓밟겠다는 듯이 거칠게 콧김을 뿜어 댔다. 얼마나 거센지 마경을 무너뜨릴 듯한 지진보다도 강렬할 정도였다.

'이것이…… 우마왕!'

이예는 오천 년 만에 처음으로 '긴장'을 했다.

감정을 모두 잃었다고 생각했건만.

단지 기세만으로 자신을 이토록 궁지로 내몰 정도라니.

등 뒤로 식은땀이 흘러내린다.

그가 여태 상대했던 그 어떤 마물도, 마신도, 심지어 태고신조차도 여기에 당해 내지는 못하리라.

이것이야말로 과거 천계를 홀로 대적했다는 우마왕의 본모습.

모든 마의 종주가 현신(現身)하려 하고 있었다.

바로 이 자리에.

'쳐야만 해!'

이예는 두 눈을 부릅뜨며 동궁을 쥐어 갔다. 하지만 쉽사리 몸이 움직여지지 않는다.

우마왕이 몸을 일으킬수록 땅을 누르는 지팡이에도 힘이 실린다.

들소는 더더욱 큰 위압감을 뿌리고, 마경도 금방 무너져 내릴 것처럼 보다 거센 진동을 일으킨다.

'이것이 말로만 듣던 우보인가?'

우보.

상고 시대, 72마신을 봉인시켜 인간의 시대를 열었다는 우가 물길을 다스리기 위해 밟았다는 걸음걸이.

하지만 이제는 우마왕을 상징하는 걸음 앞에, 이예는 이를 악물었다.

이웃집 노인처럼 포근하게 짓는 미소는 마치 이렇게 말하는 듯하다.

고작 그따위로 나를 대적할 수 있을 것이라 여기는가?

그렇게 우마왕의 본체가 완연히 모습을 드러내려는 순간,

"으잉? 굳이 이 늙은이가 용쓸 필요는 없었구먼그래."

갑자기 우마왕이 그렇게 일어나려다 말고 털썩 그루터기에 주저앉는다.

그림자가 휙 사라지면서 다시 푸른 하늘이 드러난다. 위압감도 감쪽같이 흩어지고, 마경을 부술 듯이 흔들던 지진도 거짓말처럼 그친다.

이예가 이게 무슨 짓이냐며 인상을 찡그리려는데,

툭!

갑자기 이예의 뒤쪽으로 무언가가 사뿐히 착지했다.

감각에 있어서는 천계와 하계를 통틀어 최고라 자부했던 자신의 감각을 속이다니!

이예가 화들짝 놀라 몸을 돌리자,

"할로! 오래 기다렸지?"

지호가 화안금정으로 빛나는 눈과 푸른색으로 반짝이는 여의봉을 든 채로 차갑게 웃고 있었다.

〈다음 권에 계속〉